平凡な俺が双子美形御曹司に溺愛されてます

人物紹介
Characters
神楽《かぐら》　蘭《らん》
神楽財閥の双子御曹司の弟。
常にクールで無愛想だが、
根は優しい。
神楽《かぐら》　蓮《れん》
神楽財閥の双子御曹司の兄。
優しくて紳士的だが、
かなり嫉妬深い。
佐藤《さとう》　翔《しょう》
居酒屋勤務の青年。
母と二人暮らしで、
亡き父の店を残すべく、
必死に働いて
お金を稼いでいる。

佐《さ》藤《とう》律《りつ》子《こ》
翔の母。人当たりが良く明るい性格。
手《て》嶋《じま》潤《じゅん》也《や》
翔の中学時代の親友。
東雲《しののめ》政《まさ》宗《むね》
東雲コーポレーション代表取締役社長。プライドが高い。
東雲《しののめ》紬《つむぎ》
政宗の娘。さっぱりとした性格の持ち主。

目次

平凡な俺が双子美形御曹司に溺愛されてます

文化が発展し、人々の価値観や生活様式も多種多様に変化した現代。

歴史の授業でたった数十年前の話を聞いて、衝撃を受けたのを覚えている。特に、数十年前との違いが顕著に表れているのは、性についての考え方だった。

二〇〇〇年代初頭からジェンダーレスの動きは少しずつ見え始めていたが、なかなか浸透しなかった。それが今では皆なんのしがらみも偏見《へんけん》もなく、自分の性に縛られず自由に生きることができる。

女の体で生まれようが男の体で生まれようが、自分の望むように性を変えられる。

また女同士でも男同士でも、もちろん男女でも、愛し合う者たちがなんのハンデもなく法的にパートナーとして認められるのだ。

同性同士で子を望めば、ＡＩが両親と性格の相性を判断して、親子らしく生活できるであろう、親のいない子供を正式に自分の子として迎え入れることができる。

それだけでなく、この国では長らく『生涯ただ一人の相手を愛し抜くべき』という思想が根付いていた。今ではかつては本当にそうだったのかと疑うほど、一夫多妻、一妻多夫も当たり前になっている。

そんな時代に生きる俺は、佐藤翔《さとうしょう》。

俺は恋愛するなら女性が良い。同性を好きになったことも、触れてみたいと思ったことも、人生で一度もないからだ。

けれどもきっと、誰かを好きになることはない。根拠のないそんな確信が、胸の内に深く根を張っている。

父が死ぬ間際、伝えてくれた言葉を受け止めてから、ずっと——

◆

「母さん、大丈夫？」

俺は母と二人で小さなアパートに暮らしている。

父は、三年前、俺が高校一年生の時に病気で亡くなった。

「ごめんね……今日も、パート行けそうにないかな」

腰を押さえ苦痛に顔を歪《ゆが》める母の身体を支え、椅子まで運ぶ。

「大丈夫だよ。もう母さんも若くないんだし、無理しないで。俺もちゃんと働いてるんだからさ」

「ちょっと、あんまり年寄り扱いしないでよね」

わざとらしく口を尖《とが》らせる母は、たった一人でまだ学生だった俺を育ててくれた。昼夜懸命に働き続けたせいか、腰を痛めて今では働くこともままならない。

そんな事情もあって、俺は高校を卒業したあとは就職の道を選び、母と二人で生きていくために額に汗して働いている。

「ねぇ、翔。そういえば今日じゃなかったっけ、町の夏祭り。毎年八月の第一日曜日だったわよね」

母は在《あ》りし日に想いを馳《は》せるように目を細めた。

「そうだね。父さんと毎年、屋台出してたのが懐かしい」

「翔もお父さんも、前日眠れなくなるくらい、お祭りを楽しみにしてたのよね」

父の思い出を語る母の表情は満ち足りているようで、空虚さもあった。そんな母親に問いかけるこの言葉は、きっと残酷なものなんだろう。

「……やっぱり、テナントを手放すつもりはないの?」

母は一瞬その丸い目を見開いて、すぐに目を伏せてうな垂れた。

まだ父が生きていた頃、母と父が二人で切り盛りしていた食堂があった。父は根っからの料理人だったのだ。

俺は父の作る料理が大好きで、作文に書いた将来の夢が、『お父さんみたいな料理屋さん』だったことを今でも覚えている。

だが、人生は時に残酷だと、十代半ばにして思い知らされた。父はあっという間に病気で弱り、そのまま帰らぬ人になってしまったから。

もう営業することはないというのに、母は父との思い出が詰まったお店を手放す気になれないと、今でもテナントの料金を毎月支払ってなんとか維持していた。

母とたった二人きりの生活だ。本来であれば自分一人の稼ぎでもなんとかなりそうなものだが、テナントを維持し続ける限りはどうにもお金が回らない。両親が必死に蓄《たくわ》えた貯金も底をつき、すでにギリギリの生活を余儀なくされていた。

「……そうよね、そろそろ、ちゃんと向き合わなきゃよね」

力ない声で必死に笑顔を取《と》り繕《つくろ》う母の姿に、罪悪感を覚える。

「お父さんが亡くなってもう三年も経つもの。そろそろ潮時よね」

皮肉なもので、両親と三人で毎年楽しんだお祭りだって、父が亡くなったその年以降、町の過疎《かそ》化《か》に伴って開催を打ち切ることとなった。

どんなに大切で手放せない存在だとしても、変わらないものなんてない。必死に過去にしがみついたって、変わらなければじわじわと滅びていくだけ。そうだと、わかっているのに。

「翔だって、そんなに働き詰めじゃ良い出会いを逃しちゃうかもしれないしね」

母は無理に口角を上げて笑ったが、その瞳が悲しそうに揺らいでいるのを見逃せなかった。

「母さん、今のやっぱなし。忘れて」

「翔……？」

「俺、あのお店継ぎたいんだ。だから、残そうよ」

きっと、今手放したら後悔する——直感的にそう思った。

あのお店は、両親にとってかけがえのない大切な場所。お金には決して代えられない。

「それに俺は恋愛よりも仕事が楽しいから、好きで働いてるんだよ」

「それ、本心で言ってる？」

母の怪訝《けげん》そうな顔に、ほんとだよ、と笑って立ち上がる。

「恋愛も結婚も、いつしたって遅くないよ。もしかして俺が一生独身なんじゃないか、って心配してる？」

「少しね」

「ひどいな。いつか最高のパートナーを捕まえて、母さんに紹介するつもりだよ」

「うん、気長に待つわ」

「そうだと助かる」

気休めの言葉を交わしたあと、行ってきます、と足早に自宅を出た。

自分が懸命に働かなければ、テナントを残せないばかりか、生活が立ち行かない。なにより、母が悲しむあんな顔をもう見たくなかった。

——母さんを頼む。

そう残した父のためにも。

「よし！　今日も頑張ろ」

ばちん、と両頬を叩く。

自転車を漕《こ》ぐと、じんじんと熱を持つ頬をぬるい風が撫《な》でていった。

「六卓さん生三つ入りました！」

「はいよー！」

「三卓さんお会計お願いしまーす」

高校を卒業してすぐに働き始めた居酒屋。

遅い時は朝の五時頃まで働くこともある。身体が悲鳴を上げることもあるが、飲食に関わりながらお金をもらえるのは、俺にとっては幸せなことだ。

「だいぶ落ち着いてきたね」

「お疲れ様です、店長」

幸い、この職場の店長やスタッフのほとんどと良好な人間関係を築けている。酔っ払いの相手に疲れる時もあるが、基本的には楽しく働けているし、やりがいもある。

本当は進学して料理の勉強をしたかったけれど、そんなお金のない俺を救ってくれた場所だった。

「翔くん、ごめんね。急に残業してもらっちゃって、助かったよ」

「いえ、大丈夫ですよ。これくらい」

店長は申し訳なさそうに眉尻を下げた。

「でもこないだも急なシフト交換をお願いされて受けてたよね？　希望休だって全然取ったことないでしょ。忙しい週末は全部出勤してくれてるし……いいの？」

「ああ、いつも気がついたら他のスタッフの休みで埋まってて」

「それは翔くんがいつも最後に確認するからだよ。取りたい休みがあるなら遠慮せず、我先に申請しなきゃ」

店長の言う通り、たまには繁忙の週末を休みたいと思うこともあるが、他のスタッフに懇願されるとシフト交換を断れず了承してしまう性格なのだ。

それに今は馬車馬のごとく働かなければならない理由もある。

「翔くんはこの店で一番頑張ってくれてるからさ、バイトにナメた態度取られたら教えて。がつんと言ってやる」

「はは、ありがとうございます。でも、本当に大丈夫ですから」

あまりにも気前よくシフトを交換するせいで、一部のバイトには裏で「お人好しの佐藤さん」なんて言われているのは、知ってる。

でも、「悪人の佐藤」なんて呼ばれるよりはマシだから、特段気にしてない。

「じゃあ、お先に失礼しますね」

「あ、翔くん！　これ、まかない二人分。お母様にもよろしくね」

「えっ、いいんですか」

店長が差し出したのは、大量のお惣菜。俺はそれを喜んで受け取った。食費が浮くのは、とてもありがたい。

「いつもありがとうございます！」

「こちらこそ、いつも真面目に働いてくれて、ありがとう。もう暗いから、気をつけて帰ってね」

ふかぶかと頭を下げた後、急ぎ足で着替えて、鼻歌を歌いながら店の外に出た。

時刻は深夜一時。今日はいつもより早く上がれた。帰ってシャワーを浴びてゆっくり寝て、朝、母とまかないを食べて、明日も頑張ろう。

スタミナが切れた頭でぼんやりと考え事をしながら夜道を歩いていると、黒くて大きな車が前方から近づいてくるのに気がついた。

リムジンだろうか、やけに派手だ。こんな時間にこんな狭い路地を高級車が通行している光景は、異様だ。

それでも気にせず歩き続けると、すれ違うと思っていたリムジンは俺の横で静かに停止した。

――なんで、こんな道の真ん中で？

そう思った矢先、その車から一人の人物が降り立った。黒と白のフリフリのついたワンピース――いわゆるメイドの格好をした、黒髪ロングで小柄な可愛らしい女の子だった。

「こんばんわぁ！　お迎えにあがりましたっ」

彼女は明らかに俺を見て、そう言い放つ。後ろに誰かいるのか、と振り返るが、俺しかいない。

「あの、もしかして……俺に言ってますか」

「あぁ〜、そうですよねぇ。私ってば、不躾《ぶしつけ》にごめんなさぁい」

その少女は困惑する自分をよそに、ふふ、と可憐に笑い、おもむろに俺の手を取った。

「佐藤翔様。一緒にいらしてください」

「なんで、俺の名前……っうわぁ！」

おおよそ少女とは思えない腕力で腕を引き寄せ、彼女はリムジンの中へ俺をひきずり込んだ。扉が閉まると即座に車は走り出し、いとも簡単に、俺は攫《さら》われてしまったのである。

「ちょ、え、はっ？　な、なんなんですか」

「詳しいお話はお屋敷でいたしますからぁ」

「はい？　お屋敷？　話？　ひ、人違いじゃないですか!?」

高級感のある黒の本革に包まれた内装の車に乗せられ、お屋敷とやらに連れていかれる筋合いなど、俺にはまったくないはず。

「やだ〜、人違いではありませんよ。大丈夫です。お話が終わりましたら、ちゃんと律子《りつこ》様のもとへお送りしますので、ご安心くださいっ」

「な……っ、なんで母さんの名前」

メイド服の彼女が口にしたのは、紛れもなく母親の名前。

なぜこんな高級車を所有するような人物が、貧乏人の俺と話をしたいのか。まったくもって理解不能だが、どうやら人違いではないようだ。

だとしても、いきなり夜道で車に押し込んでくる相手とは、きっと関わるべきではない。

――本当に誘拐か？　よりによって身代金なんてとれそうにない俺から？

考えても考えても、この状況を理解できそうになかった。

「あ、翔様、申し遅れました。私、神楽《かぐら》財閥とも呼ばれる神楽家メイド兼、あなた様の付き人の安《あん》藤《どう》と申します」

「かぐらざいばつ……って、あの神楽⁉」

この国に住む人間なら誰でも知っている、世界レベルの企業群のことだ。この国の経済の大半を回していると言っても過言ではない。

安藤と名乗る彼女は、たしかに神楽財閥のロゴのピンバッジを胸につけていた。

――神楽家のメイドが、俺に何の用だ？　しかも、付き人って？

ますますパニックに陥りそうな中、彼女はおもむろにシャンパングラスを差し出した。

「翔様、お疲れでしょうから、まずはお飲み物をどうぞぉ」

「え？　あの俺、未成年でお酒は……」

「大丈夫です。こちらはただのジュースですから」

「はぁ……」

受け取って匂いを嗅ぐと、彼女の言う通りアルコールではなさそう。喉が渇いていたのでとりあえず飲んだ。

「翔様、お好きですよね？　ジンジャーエール」

「ぶふっ！」

安藤の言葉を聞くや、勢いよく吹き出してしまった。彼女は胸元から取り出したスカーフで俺の口を拭いながら、不思議そうに言う。

「あれ、お口に合いませんでしたか？」

「い、いやいやいや、そうじゃなくて！　本当になんなんですか、あなたたちは！　俺も母さんも、

「神楽財閥が欲しがるものなんて何も持ってませんよっ！」

俺の好きな飲み物を知って、神楽財閥に何の得があるというのだ。得体の知れない彼女と距離を取る。すると、安藤はただ「ふふ」と笑った。

「翔様。私どもが欲しいものは、目の前にございますよ」

「はっ？」

「あなた様自身です」

もしかして人身売買か。若い男の臓器が必要なのか。

一瞬恐ろしい想像をして、背筋が凍った。なんにせよ、どうにかしてこの状況から逃れなければならない。

震えながらも脱走を目論《もくろ》んでいると、車が減速し始めた。

「あ、着いたようですよ」

安藤はついに止まった車のドアを開け、ぴょん、と軽い足取りで外に出る。俺も続いて車から降りた。

辺りを見回して、隙を見て逃げ出そうという目論見《もくろみ》が一気に崩れた。

そこには広大な土地に、リゾート地のコンドミニアムのような大きな建物が何棟も並び、周りは全て高い塀で覆われていた。たった今、リムジンが入ってきた門も、自動でゆっくりと閉まっていく。もう、人一人通れないだろう。

――あれ、でもなんか……この建物を見たことがあるような。

自分みたいな庶民には到底縁がないはずだけれど、思い出せなくて気持ちが悪い。十九年分の記憶を必死に巡らせていると、今度は車の運転席から誰かが降りてきた。

「翔様、ご挨拶が遅れ申し訳ありません。私は運転手の安藤澪《あんどうみお》と申します」

まるでお手本のような整ったお辞儀を披露するその人物は、背が高くスラリとした中性的な男性だった。長い髪を後ろでポニーテールにしており、スーツ姿がよく似合う。

その美麗な見た目とスマートな立ち振る舞いに圧倒され、俺は一瞬怯《ひる》んでしまった。

「ふ、二人とも、同じ苗字なんですね……」

もっと他に言うことはあっただろうと思うが、火急でもない感想を告げる形となってしまった。

「はい。我々は夫婦でございますので」

澪は爽やかな笑顔で答える。

「ずいぶんと、美男美女の夫婦ですね……」

「美男美女だなんて。そんな、やめてくださいよぅ」

メイド服の安藤が頬を赤らめて満更《まんざら》でもなさそうに笑う。

「そうですよ、翔様。春樹《はるき》は男でございますから」

「春樹……？　男……？」

春樹と呼ばれたメイド服の彼女――否、彼は、頬をわずかに赤くして澪の肩を小突いた。

「ちょっとぉ、せっかく美女って言ってもらえたんだから、そんなあっさり否定しないでよぉ」

「翔様に嘘をつくのはよくありませんよ」

「少しくらい余韻にひたらせてくれてもいいでしょう。澪ちゃん真面目なんだからぁ」

頬を膨らます仕草も、よく通る高い声も含め、見た目は完全に可憐な少女だった。もっと言うと、結婚できる年齢かどうかも怪しい。

「翔様、私のことはぜひハルと気軽に呼んでくださいねっ」

「ハル、さんですか」

「春樹、じゃ可愛くないんですもん。それじゃあ、今後ともよろしくお願いしますねっ」

天真爛漫《らんまん》な笑顔を振りまきながら、ハルは俺の手を自然に握った。彼の言う今後とも、という言葉に引っかかるが、またしても強引に腕を引かれた。

「じゃあ、外は冷えますし、早速お入りくださいませ。ご案内いたしますねっ」

「え、ちょっ」

「こちらです！　さぁどーぞぉ」

どちらにせよ、もう逃げることはできないだろう。そう思い、半ばヤケクソで屋敷の中へついていく。

まるで童話に出てくるお城のように広い建物の中を進んでいくと、ある部屋に着いた。

案の定、部屋の中も広い。部屋の中央に鎮座する大きな革張りソファに座らされ、そわそわと辺りを見回す。

見たことのない大きさのシャンデリアが天井からぶら下がっていて、動物の皮のようなカーペットが部屋の端に敷かれているし、壁に鹿の頭の剥製《はくせい》みたいなものも掛かっている。

俺の中の金持ちのイメージが全て詰め込まれたこの部屋の中で、これから何が起きるのか想像できず困惑した。

勢いに流されて断れないのは、俺の悪い癖だ。今日ほどその性格を悔やんだことはない。

少しの間辺りを見回していたが、ふいに部屋の入り口が小さく音を立て、ゆっくりと開いた。心臓がどきりと跳ねて、おそるおそる視線をそちらへ向ける。

大きな二枚扉から、二人の男性が入ってくるのが見えた。

男たちは長身ですらりと細く、何より、異性が恋愛対象である俺ですら息を呑むくらい顔が整っていた。

美しい、という言葉がぴったり当てはまる。

細かな雰囲気は違うが、二人の顔立ちが同じことから、双子なのだろう。

彼らは静かに、向かいのソファに腰掛けた。

「ごめんね、こんな時間に」

爽やかな笑顔で口火を切ったのは、黒髪で切れ長の目の青年。その振る舞いは、紳士的で温和な印象だ。

一方、彼の隣で何も言わず、吊り上がった目をして俺を見つめてくる青年。茶色がかった髪で、顔つきもあり少々近寄りがたい。

二人とも、見れば見るほど緊張するような美形だった。

頭のてっぺんからつま先まで綺麗な二人を、俺はじぃっ、と観察した。だが、この二人とは面識がなく、呼ばれる覚えはない。

「あの、俺……なんで呼ばれたんでしょうか」

考えても解決しなさそうだったので、本題をぶつけることにした。すると、黒髪の彼が、あっさりと口を開く。

「そうだね、もう時間も時間だし、本題に入ろうか」

彼は扉付近にいた安藤夫婦に視線を送り、指示をする。すると、駆け足でハルがやってきた。

……なにやら、白い紙を持って。

ハルは静かにその紙を俺の目の前に差し出し、黒髪の彼が言葉を続けた。

「結論から言うよ。俺たちと結婚してほしいんだ」

にこっと笑む甘いマスクはまるで王子様のようだ。大変眼福ではあるが、彼が放った爆弾は聞き捨てならないものだった。

「は……？　け、っこん……？」

「そう。君に、俺たちと。結婚してほしい」

あまりに突拍子がなく、もはや突っ込んでいいのかもわからなかった。

後ろを振り返ると、安藤夫妻はにこにこと微笑みながらこちらを見ていた。動揺しているのは俺だけのようだ。

「驚かせてごめんね。でも、俺たち神楽の跡取りの法的パートナーになっても、君の生活が今すぐ大きく変わるわけじゃないから、あまり気負わないで」

狼狽《うろた》える俺に気づいてか、黒髪の彼は宥めるように語りかける。しかし彼が何気なく放った言葉は、さらに俺を震撼《しんかん》させた。

「はっ？」

――神楽財閥の跡取り⁉

先ほど手渡された紙に視線を落とす。左上には婚姻届と記載されていた。

さらには、二人分の情報は既に埋まっていて、パートナー一人分の記載欄だけが空白になっていた。

「神楽蓮《れん》……神楽蘭《らん》……」

たしかに神楽の姓だ。よりによって、この大企業群の跡取り息子二人の結婚相手をなぜ俺にするのだろうか。一般人で学もなく、家は少しばかり貧乏で、顔も身長も経歴も平凡な普通の人間なのに。

たしかに、俺には恋愛相手も結婚相手もいない。しかし、彼らは優れた容貌を持ち、家柄にだって恵まれているのだから、もっとふさわしい相手がいるだろう。

「ど、どうしてですか」

「俺たちは来春に大学院の修士課程を修了して、会社の経営に専念するようになる。これからは嫌でも他の大企業の役員や政治家、そしてその子供たちとの交流が増えることになるんだ」

来年大学院を修了するということは、二人は現在二十三の歳のはず。四つ歳の離れた俺とは、もちろん昔の同級生というわけでもない。ますます、接点が見当たらなかった。

「これまでは学業に専念するって口実で、そういった権力者たちとの交流はほぼ避けてきた。だけど修了したらそうもいかない。大勢の人間が神楽財閥とのつながり欲しさに、自分の子供と無理やり結婚させようとするだろうね。俺たちは、それが嫌なんだ。愛のない、金や権力目当ての結婚が」

この言葉で突拍子のないこの話の全貌がわずかに見えてくる。

「そこで、気を悪くしてほしくないんだけれど……申し訳ないが君の周りを少々調べさせてもらったんだ」

うわ、ドラマとかでしか聞かない台詞《せりふ》だ。と、他人事のように心の中で呟く。それと同時に、パズルのピースがかちりと合わさるように、彼らが俺に望むことが理解できた気がした。

「もちろん、君にも、お義母《かあ》様にも悪いようにはしないよ。必ず、二人を幸せにすると約束する」

俺が貧乏で、後ろ盾のない人間だから。全てお金で解決できる契約結婚の相手として、都合が良いんだろう。

——なのに愛のない結婚が嫌って言うんだから……ずいぶんな皮肉だな。

「だから、俺たちの正式なパートナーとして、どうか結婚してほしい」

真剣な表情で一般庶民に頭を下げる黒髪の彼と、その隣でじっと俺を見続けるだけの茶髪の彼。

そんな依頼に、簡単に答えが出せるはずもない。狼狽《うろた》えていると、ずっと無言を貫いていた茶髪の彼が、俺を軽く睨みつけた。

「で、嫌なのかよ」

「……っいや、あの、すみませ……」

鋭い切れ長の目をギラリと光らせ、虫の居所が悪そうな彼に怯《ひる》む。俺に非はないはずなのに、彼のオーラに圧倒されてとっさにこぼしたのは謝罪の言葉だった。

「だいたい、なんでそんなによそよそしいんだよ」

知らない人だからだよ、と心の中で反論する。彼の威圧的な態度が怖くて口には出せないけれど。

「こら、蘭。そんな態度取るなよ、翔が可哀想でしょ」

「はっきりしないからだろ」

「予定よりも急なんだ。驚くのも仕方がないよ」

黒髪の彼は改めて、深々と頭を下げた。茶髪を蘭と呼んでいたということは、こちらが蓮なのだろう。

「俺たちは一応この国を代表する企業を経営する家の息子だから……生きていく上で、色々な制約がある。だけど、パートナーだけはどうしても自分たちで決めたいんだ。だから、俺と蘭を助けると思って……翔、どうしても君にお願いしたいんだ」

平凡で貧乏な年下の俺に、大企業の御曹司が頭《こうべ》を垂れる光景に、心臓が締め付けられる。なんだかこっちが悪者みたいだ。

——大金持ちの恵まれた家庭で育っても、この人たちにも悩みがあるんだな。

根っこの部分は、普通の恋愛がしたい普通の人間なのかもしれない、と同情すら感じてしまった。

「で？　どうすんだよ」

再度、茶髪の彼、蘭が声を上げた。

「まさか、断るつもりじゃないよな」

「え、あの」

「俺たちはお前と結婚したい。いいだろ」

「うぐ……っ」

その迫力に気圧《けお》され、思わず頷いてしまった。

蓮はこちらが申し訳ないと思うほど低姿勢で、蘭は有無を言わさぬ圧をかけてくる。「大丈夫です」が染み付いてしまった俺は、抗えそうになかった。

俺が頷いたのを見た蓮は、全身から太陽の如く晴れやかなオーラを放ち、前のめりになって俺の手を取った。

「本当に、いいの?」

「あ、はい……」

「うわ、嬉しいな……本当に。ありがとう、翔」

安藤夫妻も含め、皆が一気に上機嫌になった。

そんな中、俺が「やっぱりナシで」と言える勇気のある人間だったら、そもそもここまでのこのこついてきたりしてない。

「蓮、もう時間が遅い。あとは明日にしろ」

「それもそうか。じゃあ翔、これからよろしくね」

「明日迎えを出すから、家で待ってろ」

恐怖で引きつる頬をなんとか引き上げ、首を縦に振る。

俺はこの時はじめて、自分のお人好し加減に呆れ果てた。

——こんなことに巻き込まれるくらいなら、「悪人の佐藤」の二つ名のほうがマシだったかもしれない。

◆

「それじゃあ、母さん。いってきます」

「気を付けていってらっしゃい、翔」

眩しい陽の光が降り注ぐ朝。今日も俺は仕事へ向かう。母と共に住む、この家から。

「いってらっしゃいませ、翔様」

正確には神楽の使用人が見送るこの屋敷から、なのだが。

エントランスには、ざっと十名ほどのメイドがずらりと並び、みな同じ角度で頭を下げていた。

その光景に圧倒され、薄ら笑いを浮かべることしかできなかった。

黒髪で優しい雰囲気を持つ兄の蓮と、茶髪で少々近寄りがたいオーラを放つ弟の蘭。

神楽の御曹司である彼らと法的にパートナーとなり、彼らの豪奢なお屋敷で暮らし始めて、約二週間が経った。

結婚の申し出を受け、翌日さっそく婚姻届を提出し、あっという間に引っ越しを終えた俺たちは、次期神楽家跡取りのパートナーとその母、として正式に神楽家に入った。

パートナーの存在は世間にも明かすが、名前や顔などの公表はしばらくの間控えると蓮は言っていた。なので実際のところは紙切れ一枚を提出し、同じ敷地に住まわせてもらっているだけ。淡々と手続きが進み、何の実感も湧かないまま、俺はあっさりと既婚者になっていた。

「翔様！　今日も自転車で出勤なさるおつもりですかっ？」

頭を下げるメイドたちを見て苦笑いを浮かべていると、可愛らしい少女のような外見にメイド服姿、それでいて実は成人男性で既婚者というギャップの宝庫であるハルが、頬を膨らませて詰め寄ってきた。

「ハルさん……堅苦しい態度を取る必要ないって言いましたよね？　俺はチャリ通勤が似合う普通の人間なんですよ」

「そういうわけにはいきませんよぉ！　翔様は神楽のお身内なんですから」

ハルは俺たち親子の身の回りのサポートをしてくれる。俺が神楽家へ籍を入れる前までは、双子から特別な仕事を任されていたというが、今では俺と母の専属メイド兼、神楽家のメイド長となっている。こう見えて実はやり手だ。

「俺は二人に拾ってもらっただけなんです。リムジンの送り迎えも、こんな大層なお見送りもいらないですよ」

「でも本当なら、翔様はお仕事をする必要はないのですよ？　蓮様は、翔様が望むことはなんでもしてやれとおっしゃっていますし、お金だっていくらでも……」

「良いんです、俺たちは。家賃、光熱費、食費がかからなくなっただけでも、本当に感謝してます。十分すぎますよ」

なにせ母と二人の崖っぷちの生活からなんとか抜け出せたのだから。父のテナントも、生活費が浮いたおかげで何とか維持できそうだった。

都合の良い相手としてで構わない。結婚相手として、運良く俺に白羽の矢が立ち、ありがたいと思っている。

最初こそ逃げ出したい気持ちでいっぱいだったが、双子のためになり、母を守ることができるのなら、正直俺のことはどうだってよかった。

それでも、二人が本当のパートナーを見つけたら、ここを出ていくことになる。用無しになったら自分の力で母を守れるよう、お金を貯めておかなければならなかった。

「でもでも、汗水垂らして週六で働くなんて……翔様だけのお身体ではないのですよ？　二人分を受け止めて愛さなければならないんですから」

「うっ……ハルさん、冗談きついです」

あの美形の双子が俺を誘うだなんて、控えめに言っても九十九パーセントないだろう。

なぜなら俺たちの結婚は、双子二人の自由な恋愛を守るための政略結婚に過ぎないのだから。

お互いにウィンウィンな関係で、そこに愛や恋などは存在しない。しかしその関係性がどうであれ、仮にも神楽の人間となった俺の付き人を担うハルは、気を配らなければいけないのかもしれない。そこは、同情する。

「ハルさんも大変ですね、俺なんかの付き人で」

「何をおっしゃるのかと思ったら。私は翔様と律子様のお役に立てて幸せですよ」

神楽家に来てから、母は本当に楽しそうに過ごしている。神楽のコネで名医に診てもらって身体の調子もすこぶる良くなった。メイドたちと一緒にお菓子づくりをしたり、広いお庭の草むしりや花植えをしたり。シアタールームで映画鑑賞会なんかもよくやるそうだ。

母は、一気に家族が増えたみたい、と毎日嬉々として教えてくれる。

「母さんのこと、いつもありがとうございます。でも、俺のことは本当に適当でいいですから。俺に割く時間があったら休憩してください」

「そうはいきませんよぉ。翔様とテーブルマナーのお稽古をして、パーティー用のお洋服のデザインも何種類か用意しないと……あ、デザイナーが来たらちゃんと試着してくださいねぇ」

「俺、社交の場に出ることないと思いますけど……」

まるで俺たちが本当に愛し合っているかのように話を進めるハルの言動の数々には、もう慣れた。これがデフォルトだ。

「って、もう行かないと」

「ちょっと翔様、お話は終わってませんよぅ」

「ごめんなさい、遅刻しそうだからまた今度」

「あっ、翔様ってばぁ」

ハルを半ば強引に振り切る。エントランスから外へ出ようとすると、自分で開ける前にメイドがさっと扉を開けた。

つい最近まではただの庶民だった。それに遠くない将来、また一般人に戻るんだ。こんな待遇を受けていいはずがない。

神楽の人間としての扱いを受けるたびに、後ろめたさが胸をちくりと刺した。

メイドたちに深々とお辞儀をして、屋敷の外へ踏み出す。しかし、行く手を阻まれてしまった。

「おはよう、翔」

目の前には、ちょうど二週間前に籍を入れたばかりの双子、蓮と蘭の姿があった。ちょっと後ろに、運転手の澪が佇《たたず》んでいる。

双子ときちんと顔を合わせるのは、籍を入れた日以来だ。二人は学業や仕事を精力的にこなしているようで、こうして朝に帰ってくることもしばしば。日々すれ違いだった。

——まぁ、契約結婚の俺たちが頻繁に顔を合わす必要なんてないんだけど。

蓮は爽やかな笑顔だが、蘭は相変わらず鋭い眼光で見つめるだけ。久々の対面でわずかに緊張しつつも、挨拶を交わす。

「お、おはようございます」

「今日は、これから仕事かな？」

「はい、早番なんです」

「そっか、なら、都合がいいね」

「え？」

「今夜は俺たちも久々にオフなんだ。ようやく翔と一緒にゆっくり過ごせそうだね」

まるで今日の晴れ渡った空のように、混じり気のない笑みだった。

俺とゆっくり過ごす必要などないのでは、という感想が浮かぶ。

しかしメイドたちが見ている手前、パートナーとして自然な距離感を演出する必要があるのかもしれない。

「気をつけて行ってらっしゃい、翔」

すっ、と伸びてきた蓮の掌が優しく髪に触れた。

父が亡くなってから、誰かに頭を撫《な》でられることなどなかった。父の大きな存在感とあたたかい掌の記憶が一瞬だけ蓮のそれと重なって、安心感とわずかな気恥ずかしさが生まれる。胸がざわつくのに、懐かしさにむせそうになる、不思議な感覚だ。

「はい、行ってきます」

少しの緊張は残るものの、笑顔で返す。

蘭とも同様に目を合わせてぎこちなく微笑みかけたが、ふい、と視線を外されてしまった。その後も、黙して語らず。双子なのに、綺麗に正反対の反応だった。

◆

「ありがとうございましたー！」

今日もたくさんの来店客で賑わう店内で、忙《せわ》しなく仕事をこなしていく。

上がりの時間まで、あともう少し。いつもなら早く帰ってゆっくり休みたいと思うところだが、今日は少し違っていた。

――帰ったら、双子がいるのかぁ。

蓮は穏やかで優しい性格だ。俺にも柔らかい態度で接してくれる。彼なりに気を遣ってくれているのだろう。

だが、同じ双子でも蘭は違う。彼は俺に興味や関心がない。むしろ嫌われているのかも。

こちらは崖っぷちの生活から助けてもらった身であり、俺に配慮してほしいだなんて思ったことはない。だが、正直すれ違っていたほうが好都合だと思う。

「翔くん、翔くん」

ふいに店長から肩を叩かれ、思考の海から一気に浮上する。

「あっ、はい」

「四卓さん、呼んでるよ」

「すみませんっ、今行きます」

まだ勤務中だというのに、考え事に夢中になってしまった。

慌ててお客さんのもとへ向かった。

「島《しま》さん、お待たせしました」

「ああ、いいよ。翔くん、何だか今日元気ないね」

一人で頻繁に来店する島は、スタッフ全員の名前を把握している常連客だ。二十代後半くらいの、いわゆる好青年だ。

彼は心配そうに俺の顔を覗き込んだ。俺は何事もないと訴えるように、二割増しの笑顔で返した。

「え？　やだなぁ、いつも通りですよ」

「そう、ならいいんだけど。でもあんまり無理しないでね。今日はもう上がり？」

「はい。島さんに心配かけたくないし、今日はたくさん寝ようかな」

「翔くんの笑顔にいつも癒されてるからさ、何かあれば言って。力になるよ」

「えー、めっちゃ優しいじゃないですか」

「翔くんにだけだよ。じゃあ、お会計してもらおうかな」

「はいっ。いつもありがとうございます」

そんな会話を繰り広げている間にも、勤務終了の時間が迫っていた。会計のあと店先で見送りを終えると、店長に「もう上がっていいよ」と声をかけられた。

正直腰は重いが、神楽の屋敷以外に帰るところはない。それに、一緒に過ごそうという発言自体が蓮の社交辞令という可能性も捨てきれない。できればそうであってほしい。

そう願いながら、バックヤードへ向かった。

タイムカードを押し、手早く制服を脱ぎ裏口から出る。ほんのりと橙《だいだい》がかった明るい空の下で、愛車のロックを外した。

「翔くん」

すぐ後ろで俺を呼ぶ声がした。振り返ると、そこには先ほど見送ったはずの島が立っている。なぜ、こんな狭い裏路地に。

「あれ、どうしたんですか」

「やっぱり君のこと、心配になって」

島は突如、俺の腕を掴んで引き寄せた。予想しない展開に、身体はすんなりと吸い込まれた。

「翔くん、やっぱり細いね、簡単に折れちゃいそうだよ」

彼は俺の腕をぺたぺたと触りながら、わずかに掠《かす》れた声で言う。

「島さん、こういうのは、ちょっと」

相手には多少なりともお酒が入っている。店員と客という立場ではあるが、関係は良好だ。だから、ただの悪ふざけだと判断した。

しかしそれが、間違いだった。

「俺はずっと、君に会いに来てたんだよ」

「……ひっ！」

すっ、ともう片方の腕でゆっくりと腰を撫《な》でさする。一瞬で全身に鳥肌が立ち、同時に恐怖した。初めて感じるこの感覚が『気持ち悪い』なのだと理解する。

「翔くん、君が好きだ」

「っい、やだ、離して」

「放っておけないんだよ、俺が守ってあげるから」

乱暴に引き寄せられる。必死で抗うが、抜け出せずにさらに恐怖でこわばった。

島は良い人だった。人として好きだ。それなのに『特別な好き』でないというだけで、身体に触れられるのがこれほど耐え難いものなのか。

ふいに、パートナーは自分で決めたいと語った双子の顔が浮かぶ。

——そっか。そりゃあ嫌だよね、好きでもない相手と結婚するだなんて。

「おい」

聞き覚えがあるようで、その実あまり耳にした回数は多くない、そんな声がした。

蘭だ、と思うのと同時に、薄暗い路地裏には到底不釣り合いな彼がなぜ？　という疑問が、先程までの恐怖を消し去った。

「勝手に触んな」

帽子を深く被り、薄い色合いのサングラスをかけ、Tシャツにジーパン姿というラフな格好で突然現れた蘭の表情は相変わらず無愛想で、まるで不機嫌だと顔に書いてあるみたいだった。

そのまま俺の腕を掴む島の手首を掴み返し、内側にぐるん、とひねる。人体の構造上無理な方向に曲がった肘を押さえながら、面白いくらいあっさりと島はその場に膝をついた。

——もしかして、助けに、来てくれた？

「帰るぞ」

蘭は踵《きびす》を返し、何事もなかったかのように歩き始める。だがすぐに、背後から制止がかかった。

「待てよ！　お前さっき店にいたよな、その子とどんな関係なんだ」

やられっぱなしで終わってくれず、島が声を荒らげて詰め寄る。蘭はため息をつくと、俺を隠すように一歩踏み出した。

「今回は、警告だけで済ませてやる」

「なんだと」

「あんたさ――」

蘭の言葉を待たずに、島は逆上し殴りかかろうと腕を振り上げる。蘭は臆する様子はなく、ふっ、と鼻を鳴らした。俺は無意識に蘭の腕を引き寄せた。しかし彼は根が生えたように動かない。

焦燥にかられ、危ない、と口にする。だが瞬きの後、どん、と鈍い音が路地裏に響いた。

「手ぇ出す相手、間違えたな」

飄々《ひょうひょう》と言い放つ蘭には、傷一つない。よかった、怪我はしていない。では、あの音は？

「頼むから、翔だけはやめてくれないかな」

島は蓮に後ろ手にされ壁に押さえつけられていた。何が起きたのか理解できないと表情が語っている。

「もう二度と翔に近づかないでくれ。約束できないなら、少々荒っぽい手段を取ることになる」

スーツ姿でかっちり決めている普段とは違い、パーカーにスキニーパンツのラフな姿だが、仮にもパートナーの姿を見間違うことはない。地を這《は》うような低い声で、島を脅す蓮の腕にさらに力が入るのがわかった。島が、苦痛に顔を歪《ゆが》めたからだ。

「蓮くん！」

汗が滲《にじ》むほどぎゅっと掴んでいた蘭の腕を放し、引き寄せられるようにふらふらと進む。だがすぐさま、蘭が強引に俺の腕を引いた。

「どこへ行く気だ」

「止めないと」

「なんで」

「だって、乱暴はよくないです」

「お前、自分が乱暴されといて、よくそんなこと言えるな」

ぐうの音も出ない。それでも不安と心配が胸の中で渦《うず》を巻いて、その場から動けなくなった。そんな俺の身体を、蘭は黙って横抱きした。

「えっ、なに」

「帰るぞ」

「でも、まだ蓮くんが」

契約結婚で、身分も住む世界も違う俺には、こんなふうに世話を焼く必要なんてないのに。

それでも、蘭の体温が、人肌はこんなに温かいのだと思わせてくれて、抵抗感が薄れていく。

「蘭様」

前方から澪が音もなくやってきた。声をかけられるまでそもそも澪がいることに気づかなかった。

「この後の対応はいかがいたしましょう」

「二度とこいつに近づかないよう、説明と交渉」

「かしこまりました」

「あー……なるべく手荒い手段はなし。怪我してるようなら、治療してやれ」

蘭は歯切れ悪く付け足すと、すぐさま歩き出す。一度だけ送られた視線には、これでいいのか、という問いが込められているように思った。

普段は無機質な彼の声や表情に、俺への配慮があると気がついて、胸の内がわずかに温かくなる感覚があった。

「あ、ありがとうございます」

今はもう俺を見ていない彼の目を見て伝えるが、返事はない。足早に路地を抜けて表通りに差し掛かると、見覚えのあるリムジンが停めてあった。

蘭は開いたドアの中へ、俺を少々雑に押し込んだ。

「……わっ」

本革の座席の上に前のめりに着地したあと、ほとんど間を置かずに後ろから強く身体を抱かれた。翔、とたしかめるように名前を呼ばれると、腕や骨格だけでは判別できないが、不思議なことに声でわかってしまう。

双子でも、声にはちゃんとそれぞれの特徴があるものだなぁ、とふと思った。

「怪我はない？」

「だ、大丈夫です」

「良かった……」

耳にかかる声は、先ほどまでの怒りと牽制を含んでいない。彼は髪に指をくぐらせ、頭に頬をすり寄せてくる。

そして、ばたん、とドアが閉まる音が聞こえたのと同時に、掴まれた肩を支点にして身体を反転させられた。安堵するような表情で見つめる蓮と、その奥に足を組んで窓枠に頬杖をつく蘭がいた。

「あ、あのっ。助けてくれて、ありがとうございます」

「俺たちがそばにいて良かった。知らないところで君の身に危険が及んだらと思うと、気が気じゃないよ」

そんなおおげさな、と思った後で、二人が来てくれなかったら、と考えてしまい身体が震える。なぜ二人がここにいるのかはさておいて、吐く息が震えるくらいには怖かった。

「大丈夫、もう怖くないよ」

震える両手を、蓮が強く握る。彼が握ってくれると、不思議と落ち着いた。数回深呼吸をすると、身体をしめつける圧迫感が消えていき、ほっとしてまた息を吐く。

「ありがとうございます。でも、どうしてここに？」

「仕事の邪魔にならないように隠れてたつもりなんだけど、結局バレちゃったね、蘭」

蓮が振り返り蘭に目配せしたが、彼の視線がこちらを向くことはない。それでも蘭の顔を見るだけで、たった数秒抱かれただけの体温と鼓動が蘇る。

いやいや、何を意識しているのかと、微かにかぶりを振った。

「けっして、翔の仕事姿を覗き見しに来たわけじゃないよ。仕事の下見なんだ」

「そうなんですね。なら、偶然ですね」

「そう、偶然」

二人ともどんなにラフな服装をしていようが美青年で目を惹くことには変わりない。だが、自分の職場に二人がいるはずがないから、その存在に気がつくことはなかった。

偶然でもなんでも、二人がいてくれて良かったと口にすると、小さな舌打ちが聞こえた。舌打ちをしたのは、蘭しかいない。思わずびくんと肩を揺らす。

しかし直後聞こえた言葉に、彼の優しさが垣間見えた。

「自分に下心を持ってる人間くらい、わかれよな、お前」

「はい……ごめんなさい」

「気をつけろ、特に外では。俺たちはいつでも近くにいるわけじゃないからな」

裏を返せば、近くにいたらまた助けてくれるということだろうか。

なんともぶっきらぼうな言葉だが、俺の身を案じてくれる。都合のいい解釈かもしれないが、嬉しかった。

蘭は俺に興味などないと思っていたのだが、彼の印象が変わった。

——案外怖い人じゃないのかもしれない。

さっきだって、暴力を振るおうとする相手に臆することなく俺を救ってくれた。助けてもらったのに図々しく意見した俺の意思を汲んでくれた。

危機から脱し、苦手だった蘭の人となりに触れて、一気に緊張の糸が解けた。

「俺、二人の気持ちが、少しだけわかった気がします」

「俺たちの？」

「自分で決めた人とパートナーになりたいって気持ちが。自分が好きになった人とじゃないと、触れ合うのは辛いなって」

俺も、恋をしたことはある。お付き合いをしたこともある。一生手放したくないと願った恋だってあった。

齢十九にして生意気だとは思うが、もう遠い昔の話だ。だから、惹かれ合う心地よさも、人肌に触れる感触も、すっかり忘れていた。

最初こそ、なぜ俺なのかと悩み、与えてもらってばかりの環境に引け目を感じていた。けれども案外、二人の人生において重要な役割を担っているのかもしれないと思った。

恩人である二人の役に立てるのなら契約結婚も悪くないと、わずかに高揚した。

「だから、二人が本当に好きになった人と――」

いつか結ばれることを願っている。そして、その時が来たら、すぐに二人の前から消えるから。

そう、続けるつもりだった。

「翔」

しかし俺の言葉は、柔らかな蓮の声に遮られた。

直後、唇に、久方ぶりの熱が触れた。柔らかく、微かに伝わる拍動が心地よいのに、心臓が止まりそうな衝撃があった。

「ありがとう、嬉しいよ」

目の前で微笑む蓮の顔は、近すぎて焦点が合わない。その後ろには眉間に皺を寄せる蘭の顔が見える。唇にはたしかに感触が残っている。

「おい、蓮。話がちげーだろ」

「あーでも、これくらいならギリギリ……いや、正直最後までいかなければセーフじゃないかな」

俺たちの間には、恋愛感情は存在しないはず。唇を重ねるこの行為は、俺の知る限り心通う者同士で行うものだった。

呆れと苛立ちが交錯する複雑な表情を浮かべ、蘭は吐き捨てるようなため息をつく。

「……せめて帰ってからにしろよ」

「ごめん、最初奪っちゃって。怒った？」

「別に」

蘭は、いたって冷静だった。だからこの直後、こんな行動に出るとは想像もしなかった。

「どうせ、これからずっと俺のものだしな」

ゆっくり立ち上がった蘭は、蓮を押しやって俺の隣にすとんと腰掛ける。そしてふいに俺の首に腕を回すと、強張った俺の身体を抱き込んで、唇を食《は》むようにキスをしてきた。

指先までぴんと固まって、抵抗することも声を出すこともしなかった。先ほどと同様の感触に、やっぱり勘違いでも夢でも気のせいでもなかったと思い知らされた頃、すっと綺麗な顔が離れていく。

「やっぱ、怒ってるじゃん」

「うるせ」

「俺の、じゃなくて俺たちの、だから」

自らの行為になんの疑問も後悔もない様子の彼らは、その後も変わらない。

一人でぐるぐると考えをめぐらせて、心臓をせわしなく弾ませている自分がおかしいのかと思った。

再びそっぽを向いてしまった蘭と、わざわざ反対隣に移動して俺の頭を撫《な》でさする蓮。

出会って間もない契約結婚の相手……それ以上でもそれ以下でもないはずの二人から贈られた口づけは、嫌悪や苦痛といった感情が芽生える間もなく過ぎていった。

◆

『翔、よく覚えておくんだぞ……』

——ときどき、夢を見る。

『人間の価値は、お金や地位なんかじゃ決まらない』

その夢には亡き父が出てくる。俺に会いに来てくれたようで、嬉しかった。

『大きさは関係なく、自分の力で何かを成し遂げることが大事なんだ。ひたむきに努力できる翔になら、きっとできる』
幼い頃、父がくれた言葉を、頭を撫《な》でてくれた掌の温もりを、たしかに覚えている。
だけど決まって、この先が思い出せない。
『そして――』
――あの日、父さんはなんて言ったんだっけ……

身体が柔らかい感触に包まれる中、少しずつ頭が冴えてきた。

辺りを見回すと、母と暮らしていたアパートよりも数倍広いマンションの部屋。俺はキングサイズのベッドで目を覚ました。

空調が完璧に効いているのにもかかわらず、首筋にはじとりと汗が滲《にじ》んでいる。手の甲で額を拭うと、たしかにある水滴に、ここが現実だと理解した。

「やっぱ、夢じゃない、か……」

仕事を終え、双子と共にディナーをして、他愛もない話をして、それぞれの寝室へと別れた。それはいい。問題は、何事もなかったかのように、ただ時間が過ぎていったということ。

――車の中でされたのってやっぱ……キスだよな。

今でも鮮明に、唇の感触を覚えている。昨日たしかに、唇同士が触れたのだ。

偏見《へんけん》で申し訳ないが、社交的で柔軟な兄の蓮であれば、挨拶代わりにキスをしても違和感はないかもしれない。

でも蘭は違う。初対面から刺々《とげとげ》しい態度を取っていた蘭が自ら唇を寄せてくるなど想定外だ。

あの後、二人があまりにも普段通りに振る舞うから、結局キスの真意を聞き出すことはできなかった。俺が深く考え過ぎているだけで、キスくらい、二人にとっては大事ではないのだろうか。

「翔様、失礼します」

数回のノックの後、寝室の扉が開いた。

「ハルさん、おはようございます」

「よかった。起きていらしたんですね。よく眠っていらっしゃいましたねぇ」

ハルはいつも通り可愛らしい声で、「遅刻しちゃいますよ」と促す。時計を見ると、いつもより起床時間が十分ほど遅い。俺は慌ててベッドから降り立った。

「あ、そうだ翔様。今日から必ずお車で送迎いたしますからね」

「えっ？　でも俺は自分で……」

「おはよう、翔」

寝間着のボタンを外しながら突然の提案に意見しようとすると、ふいに名前を呼ばれた。しかしハルの声ではない。

開け放たれた寝室の入り口から自然に入室してきたのは、蓮だった。

昨日の件もあって意識してしまい、ボタンを外す手を止めてしまう。

蓮は俺の両手をくるむように握ると、わずかに腰を折って俺の顔を覗き込んだ。

「また昨日のようなことがあるといけない。こうしないと、俺たちが不安なんだ。お願いを聞いてくれると嬉しいな」

彼に爽やかな笑顔でお願いされると断れない。契約結婚とはいえ俺が面倒事に巻き込まれるのは、彼らにとって避けたい事態なのだろう。

そう自分を納得させた。

「……わかりました」

「ありがとう。いい子だ」

蓮は俺の頭を撫《な》で、額にキスを落とす。思わず肩をびくつかせると、ハルがいたずらっ子のように笑った。

やめてよ、心臓に悪い。決して口に出しては言えないクレームを心の中で呟く。

この気軽さを見ると、やはり昨日のキスにも深い意味はないようだ。

「二人は、今日も学校ですか」

「ううん。大学院でやるべきことはほとんど終えたから、しばらくは行かなくてもいいんだ。あ、でも今晩は会社の打ち合わせがあるから、気にせず先に寝ててね」

「そうですか。あまり、無理はしないでくださいね」

翔もね、と屈託のない笑顔で返す彼を見て、いいな、と羨《うらや》んでしまう。

二人の生活は決して楽には見えないが、充実を体現しているようだった。レベルの高い教育を受け、自分には想像もつかない苦悩を抱えながら、それをおくびにも出さずに事業に邁進《まいしん》する。その余裕も、経歴も、才能も、環境も全て、自分は持っていない。

俺だって学校に通いたかった。

両親とお店をやりたかった。

父が生きていればきっと今頃……なんて、心の底に暗い影を落としては、決まってすぐさま自己嫌悪に陥る。

いけない、と拳を強く握った。誰のせいでもない。人は人、自分は自分。俺は俺のやるべきことを、一つずつやるだけだ。父がそう、教えてくれただろう。

◆

「到着いたしました。翔様」

何度乗っても己の場違いさに慣れない。これからはこの高級車に毎日乗るのかと思うと、どことなく心が曇る。

乗り心地が悪いわけではない。必死にお金を稼ぐ俺と煌《きら》びやかな車のミスマッチ感に申し訳なさが勝るだけの話だ。

「ありがとうございます」

「ご夕食はいかがいたしますか」

「まかない食べたんで、今日はシャワーを浴びてもう寝ます。澪さんも、もう休んでくださいね」

「お気遣いありがとうございます。ではゆっくりお休みください」

「はい、おやすみなさい」

その後広すぎる浴室で、さっと身体を洗う。改めて考えたら浴室だけで前住んでいたアパートよりも広い。

神楽の家に来てから、家の中にいても落ち着かない。しばらくはここにお世話になるのだから、いい加減慣れないといけないことはわかっているが。

寝室を一人で使わせてもらえることは、せめてもの救いだった。電灯も点けず、まだほんのりと髪の毛が湿ったままベッドに倒れ込んだ。

一日労働した身体を優しく包み込むマットレスの上で、意識が遠のいていく。ほんのわずかな合間に、俺は眠りに落ちた。次に目が覚めるのは朝……のはずだった。

ふいに、ぎし、とベッドが軋《きし》む音が微かに耳に届く。

その後、ぺたぺたと身体に何かが触れる感触に気がついた。

夢にしてはリアルな体感で、ふと目を開けた。

目の前に、誰かがいた。やっぱり夢じゃない。俺の頬に、頭に、じっくりと触れている。

「……だ、れ……っ？」

震えを隠しきれない声で、その人物に問いかける。

強盗か、不審者か。まだどこか夢心地だった意識が恐怖で覚醒する。だが、暗闇から返ってきた声は、今朝も聞いた人物のものだった。

「翔、大丈夫。俺だよ」

「蓮、くん……？」

「ごめん、起こすつもりはなかったんだ。今日は少し眠りが浅かったのかな」

さらりと、乾いた髪を撫《な》でる蓮の掌は、熱を持っていた。

「どう、したんですか？」

蓮と蘭との寝室は別にある。俺が知る限り、蓮がこの部屋を訪れる理由はないはずだった。

「翔に会いにきたんだよ」

「俺に？」

「そう。眠り姫でもいいから顔が見たかったんだ」

……眠り姫って。

とても自分を表現する言葉としてふさわしいとは思えず、くすりと笑った。

だんだんと暗闇に目が慣れてきて、ベッドに腰掛けて俺を見下ろす彼の表情を確認できるようになってきた。

毎日多忙であるはずの彼が、貴重な時間を使ってまで契約結婚の相手に会いにくる、というのにひっかかったが、蓮の人肌はなんだか心地よかった。またすぐに眠りに落ちそうだ。

「蓮くん、明日も早いですよね。もう休んでください」

「うん、そうだね……翔、一緒に寝てもいい？」

「……えっ？」

彼の言葉は本気なのか、冗談なのか。それを知るには時間が足りない。声色はまっすぐだったから、戸惑って声を漏らした。すると、蓮の笑い声が聞こえた。

「あは、冗談だよ」

「で、ですよね」

「翔は見ていて飽きないね。もう少しここにいたいけど、もう戻るよ」

また静寂が戻ってくる。そう思うとほっとした。

「最後に少しだけ」

突如、蓮の顔がぐっと近づいて、甘ったるい吐息が鼻先にかかった。

かと思ったら、すでに唇に柔らかな感触があった。これで二回目だ。もうさすがに、認めざるを得ない。お互いのことを良く知りもしない契約結婚の相手と口づけをしているのだと。

「っン、う……!?」

「翔、口開けて」

唇を割って、ぬる、と侵入するのは蓮の舌。寝ぼけたままの身体は抵抗する間もなく簡単にそれを受け入れてしまう。あっという間に彼の舌が俺のものを搦《から》め捕《と》り、上顎をなぞるように蠢《うごめ》く。

「ん……ッ、蓮、く……」

「そう、いい子、だね」

首筋から後頭部にかけて、びりびりと痺《しび》れるような感覚が走る。今まで生きてきて、感じたことのない未知の感覚が少しだけ怖い。自分の全てを喰い尽くされそうなキスは、初めてだった。

ようやくゆっくりと唇が離れていく。ぷは、と大きく息を吸い込む。酸欠になって、そのまま意識が飛びそうだった。

「ちょっと苦しかったかな。ごめんね」

再び優しく頭を撫《な》でると、蓮はすっと立ち上がった。

「毎日仕事お疲れ様。翔はいつも一生懸命で偉いね」

「あ、いや、そんな……」

「とりあえず今日は戻るよ。ゆっくり休んで。おやすみ」

「お、おやすみなさい」

呆然とする俺をよそに、蓮はそのまま出ていった。またしても聞くタイミングを逃してしまった。

――今のは、一体なんだったんだ。

昨日の触れるだけのキスとは違って、明らかに別の思惑を含んだものだった。お互いに恋愛感情はないはずだ。それなのになぜ、愛する者同士がするような、情欲を孕《はら》んだ口づけをするのか。

「休んでって、言われても……」

どきどきと心臓がうるさく拍動し、俺はしばらく寝付くことができなかった。

◆

「おはよう、翔」

翌朝九時。少し遅めの起床をした母がリビングにやってきた。鏡で見た俺とは対照的に、顔色がすこぶる良い。

少し隈《くま》ができてるわよ、と母に指摘されたが、パートナーに寝込みを襲われたから緊張して寝付けなかった、と正直に話すわけにはいかないので、誤魔化すように笑う。

それを見た母は小首を傾げたものの、すぐに俺の手元に視線を落として、目を瞠《みは》った。

「あら、ずいぶんと懐かしいのを読んでるのね」

「これ、神楽に引っ越してくる時に見つけてさ」

「懐かしい。お父さんの字だわ」

俺が持っていたのは、料理のレシピが書かれた父のノート。学生だった頃、いつか父のように食で人を幸せにする料理人になりたいと夢見ていた。何度も熟読して、練習を繰り返した。

父がいなくなって働きづめの毎日になってからは、こうしてゆっくりと触れる機会を失っていたのだが。

「また、父さんの料理が食べたいな。本当に、美味しかったから」

「翔は大好きだったものね。特に、麻婆豆腐」

「最高だった。父さんを超えるものにまだ出会ってないよ」

「私、翔の料理もとっても好きよ。また作ってほしいな」

神楽に完璧な衣食住を提供してもらってからは、少しだけ時間に余裕が生まれた。レシピのページをめくりながら、改めてこの環境に親子二人で身を置かせてもらえるありがたみを噛み締めた。

「うん、必ず作るよ。俺、父さんのお店を継ぐの諦めてないから。絶対、いつか自分の力で、再開させてみせる」

「……お店を残そうと頑張ってくれてるのね。ありがとう」

両親にとって、そして俺にとっても大切な場所。ただ風化するのを待つだけのあの場所を復活させたら、きっと母は喜んでくれる。

「そうだ。あなた今日はお休みなんでしょう？　澪ちゃんとハルちゃんと一緒にショッピングする約束をしてるんだけど、一緒に行かない？」

「あー……ちょっと、勉強したいこともあるし、俺はやめておくよ。楽しんできて」

「そう……あまり根を詰めないようにね」

「うん。わかってる」

母はすっかり神楽での生活を満喫しているようで、日々神楽への感謝が募《つの》る。

この生活に終わりが来ることを伝えたら悲しむのではないか、という懸念は脇に置いておく。

少しでも早く、俺一人でも母を守れるようになる。今はそのことだけを考えよう。そのために、今自分にできることはなんだってやる。


勉強に夢中になっているうちに、あっという間に夜になった。窓の外の暗闇が、休みがもう終わるのだと嫌でも実感させる。

——明日は仕事だし、今日は早めに寝よう。

シャワーを浴びて寝室へ向かう途中、異変に気がついた。俺しか使わないその部屋から、薄く明かりが漏れていた。

メイドが部屋の掃除でもしているのだろうか。そう怪訝《けげん》に思いながらも、扉をガチャリと開ける。

部屋で俺を待っていたのは、予想だにしない人物だった。

「蘭くん……おかえりなさい」

「ああ」

「すみません、気づかなくて」

「いや、今戻ったとこだ」

シンプルだが高級そうなスーツをまとった蘭は、今日も変わらずまぶしいほど綺麗だ。その顔を見るだけで、車でされたキスを思い出して身体が熱を持つ。

「来ないのか」

「あ、はい」

与えてもらったとはいえ、俺の部屋のはずだが、蘭はベッドに腰掛けたまま俺を呼びつけた。おずおずと歩み寄りなんとなく隣に腰掛ける。

「髪、濡れてる」

おざなりに髪を乾かしたことがバレて、蘭は俺の首にかかったタオルで髪をくしゃくしゃと拭き始めた。多忙でお疲れの御曹司に髪を乾かしてもらうなど、恐れ多い。

「だ、大丈夫です。自分でできますから」

「いい。すぐ終わる」

「ありがとう、ございます」

蘭は一体なんのためにこの部屋に来たのだろう、と疑問に思いながらも、そんなこと聞いていいのかと悩み口ごもる。昨夜の蓮といい、二人の行動の動機がまったくわからなかった。

「お前、細いな」

考え込んでいると、突然首根っこをそっと掴まれた。彼の掌が冷たくて、思わずびくんと肩を揺らす。

「ハードな立ち仕事してんだろ。こんなんで保つのか」

「蘭くんたちのほうが、ずっとハードですよ、きっと」

実際、日付が変わる前に彼らが帰るのは、見たことがなかった。

「俺たちは……どうせあと少しで落ち着く」

「え？」

「ほら、乾いたぞ」

蘭は再びタオルを俺の首にかけ、ぽん、と軽く俺の頭を叩いた。

出会った当初は無愛想で怖いイメージしかなかったが、職場で助けてもらった日から、彼の印象はだいぶ変化していた。

態度、目つき、口調。これらは全て彼の人柄を冷たく感じさせるが、彼の行動に焦点を当てるとそんなことはない。

「ありがとうございます」

今でも緊張するし、顔を合わせるのに勇気が必要だが、初めの頃のような不安はなかった。

「もう、寝るんだろ」

「え？　は、はい」

「なら、電気消すぞ」

蘭はベッドに腰掛けたまま、枕元のリモコンで部屋の明かりを落とした。真っ暗な部屋で、蘭と二人。彼は部屋を出ていく気配がなかった。

少しして、困惑したまま動けない俺の腰を何かが抱きしめた。

「わっ……」

見えないけれど、蘭の匂いがする。肌を通して彼の心臓の鼓動が伝わってくる。

「嫌か？」

無抵抗で彼の腕の中にいるのに、控えめな声が届く。彼の吐息が耳にかかって、無意識に身体を震わせた。

「いっ、嫌じゃない、です」

勝手に口走った。否、触れられて嫌ではないことは確かだ。

けれども心臓に悪いので、できれば解放してほしい。

ふいに、腰に巻きついた彼の腕が動き出した。するりと撫《な》でるように下部へ落ちていき、腿《もも》をさする。先ほどまで冷たかった手は火傷《やけど》しそうな熱を帯びていた。

その触り方がやけにいやらしくて、一気に顔と身体が熱くなった。

「なあ」

この間、キスをした唇が不意に言葉を発する。

低く、肌にまとわりつくような声に、反射的に背筋がぞくぞくと震える。恐怖からではない。蘭の色気に、当てられたのだと思う。

「お前、あの約束のこと……」

蘭が何かを言いかけた、その時。

がちゃ、と音がして、真っ暗だった室内に廊下の光が差し込んだ。

「やっぱり、ここにいた」

「……もう帰ってきたのかよ」

蘭がわずかに恨めしそうにため息をつく。俺たちの視線の先にいるのは蓮だ。

「ただいま、翔」

「あ、おかえりなさい」

「楽しそうだね。俺も混ぜてよ」

少々雑にジャケットを脱ぎ捨て、ネクタイを緩める蓮の瞳に、昨日までの優しい色はなかった。たとえるならば、獲物を狩る肉食獣のような色をしていた。

「ダメだ」

「どうして?」

「お前、途中でやめるつもりないだろ」

要領よく衣服を脱ぎ捨てた蓮は、上半身を露《あら》わにしてベッドに乗り上げる。

美しく引き締まった身体に思わず見惚《みと》れそうになるが、今はこの不穏な空気に目を向けるべきだと本能が警鐘を鳴らしていた。

「蘭だって、こうやって手、出してる」

「俺はもう戻るとこだったんだよ」

「へぇ。蘭って、結構真面目だよね」

「あ？」

「必死に目を背けて、意識しないようにしたりさ、それって辛くない？」

彼ら双子の会話の内容は俺には理解しがたい。そして、なぜそれを俺のベッドの上で繰り広げているのかもわからない。

「約束はあるけど。法律的にはもう蘭の手の中にいるのに」

「それは――」

「悪いけど俺さ、一度触れて気がついちゃったんだ。もう戻れないって」

蓮は手をおもむろに俺の顎に添え、引き寄せる。

――また訳がわからないまま、キスされる。

そう思うと、身体に力が入った。だが実際には、蓮の手を蘭が払いのけた。

俺の身体を引き寄せてベッドの上に倒した蘭は、馬乗りになってきて、噛みつくように口づける。

「ん……ッ!?」

熱く火傷《やけど》しそうな舌が、ぬるりと口内に侵入する。乱暴に俺の舌を搦《から》め捕《と》り、口内をぐちゃぐちゃに掻きまわす。蓮のキスとは違って、かなり野性的だった。

「あは、これで共犯だ」

「主犯はお前だろ」

なぜ、お飾りの結婚相手である自分にこんな行為をするのか。酸欠になった頭でどうにか思考を巡らせる。そうこうしているうちに、蓮が俺の寝間着のボタンを一つずつ外していく。

「や、待って……」

誰とも肉体関係を持ったことのない、いわゆる未経験の自分でも、ベッドの上で服を脱がすことの意味はわかる。さすがにこの先の行為を受け入れる心の準備はない。

だって、これは愛のない結婚だったはずだ。

「どうして、こんなことをするんですか」

蓮の腕を必死に押さえて、問いかける。

だが、返ってきた答えを聞いて、頭を抱えてしまった。

「翔、お願い。何も聞かないで」

目尻を下げ、瞳を潤ませて、蓮は俺の目をじっと覗き込んだ。その瞳には、たしかに情欲の色が滲《にじ》んでいるというのに、瞬時に断れない自分がいた。

「わがままを言ってるのはわかる。だけど、抑えられないんだ」

「……っでも」

まるで承諾しないこちらが悪いことになりそうな必死な懇願に、抗えそうにない。拒絶しなければ、どうなるか目に見えているのに。

「ダメなパートナーでごめん、許して」

「――っ！」

言い淀む俺にしびれを切らし、蓮は俺の両手首をベッドに押さえつけた。その間に、蘭が黙って衣服のボタンを外していく。あっという間にシャツがはだけて、上半身が露《あら》わになる。

つー、と蘭の指が腹部から胸にかけてなぞっていく。困惑とこそばゆさで、ぞわぞわと身体が震えた。

「やだ……っ」

俺よりも体格が良い年上の男二人に押さえられ、力ずくで逃げることは不可能だ。

「翔、怖くないよ、最後まではしない」

蓮は俺の耳元で囁《ささや》きながら、かぷ、と耳を甘噛みしてくる。低く甘い声が直接脳に響くようで、大げさに身体が揺れてしまう。

「――っひ、あ」

突如、胸に強い刺激が押し寄せる。露《あら》わになった胸の突起を蘭が丁寧に舌で転がしていた。胸なんて、今まで触られたことも、もちろん舐められたこともない。一気に羞恥《しゅうち》が押し寄せて、涙が出そうになる。

「だめ、離してくださ、い」

した。

「っあ、わかん、ない」

胸を舐められて、指で焦らすようにゆっくりとなぞられると、電流が走ったみたいに、びりびりした。

——こんなに怖いのに、なんで反応するんだ。

蓮は首筋や耳に舌を這《は》わせながら、俺の下腹部へ手を移動させる。ズボンまで脱がせようとしていると気がついた俺は、必死に首を横に振った。

「翔、勝手でごめんね」

「いやだ、やめて……っ」

期待はしていなかった。そしてやはり聞き入れてくれず、あっさりと下衣まで取り払われた。どうして俺は、神楽の御曹司二人を前にして、素肌を晒《さら》しているのだろうか。

「でも、受け入れてほしい、お願いだから」

ごめん、とまたしても呟く蓮は、黙っていてくれと言わんばかりにキスで唇を塞いだ。自分以外の熱に侵されて、恐怖と無力感で力が抜けていく。

——逃げたい。でも、どこに？

母を置いて落ち延びる安寧《あんねい》の地など、どこにもないだろう。

非情になれず懇願され流されて、結局は受け入れてしまう自分はダメなやつだ。

蓮と蘭は自分より大人で、知的で、見た目も、育ちだって、俺にないものを全て持っている。そ
「気持ちよくない？」

んな彼らがなぜか息を荒くして、平凡な自分の身体を必死に貪《むさぼ》っている。

俺が貧乏で後ろ盾のない人間だから、契約結婚の相手として都合が良いから選ばれた。自尊心が多少でもある人間ならば、こんな話、腹を立てて断るのかもしれない。

でも、それでよかった。取るに足らないプライドなんて、母と二人生きていくのに持っていても邪魔だったから。

悪い表現をすれば、お互いに利用し合うだけ。

そんな間柄だったはずなのに、彼らが夢中で俺に触れていることに、ほんのわずかに興味が湧いたのもまた事実だった。

蓮は俺の身体を横向きに転がすと、正面から肩を抱いてキスをした。いつの間にか自身の昂《たかぶ》りを露出させ、俺のそれに擦り付けている。

「――っ!?」

その行為よりも、そそり立つ彼の昂《たかぶ》りに言葉を失った。俺のそれよりも、はるかに大きい。今までの行為も十分冗談の域を超えているが、それでもこの瞬間に理解した。彼らは本気なのだと。

蓮は俺の性器と一緒にぎゅうと握ると、上下に扱《しご》き始めた。

「あ、あ……っ」

「翔、熱くて、気持ちいい」

どく、どく、と蓮の拍動が直接そこから伝わって、今更ながら、出会って間もない人間と淫らな行為に及ぶ自分から目を背けたくなる。

固く目を閉じても、蓮は容赦なく動き続けた。

快楽に呑まれ、こぼれそうになる声を必死に抑えていた時、裏腿《うらもも》にぬるりと液体が垂れる感覚がする。そしてその直後、それは入ってきた。

「っや、あ……ッ!?」

いつの間にか俺の背側にいた蘭のそれが、ずる、と後ろから腿《もも》の間に侵入してくる。蓮と同じく強く鼓動し、硬く勃ち上がっていた。見なくたって、それがなんなのか、わかってしまう。

「脚、閉じてろよ」

「え……っあ、やだ」

本当に繋がっていると錯覚しそうなほど熱を持ったモノが、ゆっくりと前後し始める。裏筋に擦れて、否応《いやおう》なしに快感が走る。背後から伸びてきた掌が、焦らすように胸の突起をなぞった。

「ん……ッあ、あ」

内腿《うちもも》が火傷《やけど》しそうなくらい熱い。蘭の動きはだんだんと勢いを増し、ぱん、ぱん、と何度も強く腰を打ちつけた。

前は蓮の欲望と大きな掌が絶えず動き続ける。抗えないほど気持ちよくて、自身のモノがどろどろに溶けそうだった。

「あ、あ……っも、だめ……ッ」

思わず出た言葉を、恥ずかしいと感じる余裕さえない。いいよ、と耳元で蓮が呟く。その声さえ、快感を助長する。

もう限界だと、頭の中が欲を吐き出すことしか考えられなくなって、真っ白になる直前。

蘭が背後から顎を掴まえて振り向かせると、強引に唇を重ねた。

「翔」

いつも面白くなさそうに目を尖《とが》らせている蘭が、差し迫った様子で俺の名を呼ぶ。

「～～ッん、んぅ……！」

直後、絶頂を迎え、俺はびくびくと全身を揺らしながら淫らに欲を吐き出した。

裸も見られた上、全身余すことなく触られて、あっけなく果てて。

恥ずかしいとか、気持ちいいとか、怖いとか。そんな感情の中に一つだけ、「蘭に、初めて名前で呼ばれた」という小さな感嘆が紛れ込んでいた。

◆

「やっちゃった……」

会社の休憩室で一人うなだれながら、後悔を吐き出す。

流されて結婚を受け入れる時点で、大概だとは思う。それにしたって、身体まで許してしまう事態を、いったい誰が想像できるというのか。

昨夜の衝撃的な出来事が脳内にこびり付いて離れない。

二人の声、熱、息遣い、ぐちゃぐちゃに蕩《とろ》けるような口づけを、はっきりと思い出す。その度に、雑念を振り払うかのように頭をぶんぶんと横に振った。

理由も聞かずに受け入れてしまう自分の性格に、つくづく嫌気がさす。最後までしないって言ったって、男同士の身体でできる行為は十分やった。平常心で顔を合わせるのが難しいと感じる程度には。

「あ、翔くん。お疲れ」

その時ふいに休憩室の扉が開き、店長がやってきた。とっさによそ行きの表情を貼り付けて、笑顔で「お疲れ様です」と返す。

「翔くんがこの間考案してくれた新メニュー候補あったでしょ。一つ、本社で企画通ったって。おめでとう」

「えっ、本当ですか?」

「ほら、あれ。辛くない和風麻婆豆腐。すごい美味しかったもん」

それは、辛いものを食べられないお客さんのために父がアレンジして提供していたことを思い出して作ったものだった。

「元々上手だったけど、うちに来てからますます料理の腕に磨きがかかってきたもんね。キッチン全般を任せても問題ないくらいだよ」

「店長と皆さんのおかげですよ、ありがとうございます」

よかったね、と店長はまるで自分のことのように喜んでくれる。

先ほどまでの暗然たる気分はどこへやら。嬉しい報告に、冷静を装いながらも心が躍った。今まで以上に『やりがい』が俺の中ではっきりと形を成していくのがわかった。

双子が何を考えているかなんてわからない。けれどどちらにしたって、俺の置かれた状況とやるべきことに変わりはなかった。

神楽にこの身を置かせてもらえる境遇に感謝して、少しずつ、確実に、努力を続けるしかない。

そう決意して、俺は仕事に戻った。

◆

「翔様、なんだか最近ご機嫌ですね」

ハルにそう言われたのは、双子と濃厚な接触をしてから一週間ほど経過したある日のことだった。

「え、そ、そうですか？」

珍しく定時ぴったりに仕事を終えた今日、母と安藤夫妻とともに屋敷でのんびりと夕食を取っていた。

顔や態度には出さずにいたつもりだったのだが、内心ではたしかに浮かれていた。

理由の一つとして、仕事が順調で、少しずつ努力が認められてきているから。俺を必要としてくれる場所に身を置けることも、自分自身の成長を感じることも、嬉しかった。

もう一つは、今この場にもいない双子と、最近はほとんど顔を合わせないからだ。

「お二人と順調だから、とか？」

翔様は愛されてますしね、と、ハルはもてはやすように続けた。

残念ながら大外れだが、母には結婚生活は上手くいっていると伝えている手前、引きつりながらも口角をニッ、と上げて頷いた。

二人を嫌いなわけでも、会いたくないわけでもない。ただ、顔を合わせなくても済むのであればそれに越したことはないというだけ。だから双子と会わないこの数日間は平穏に過ごせていた。

「でもお二人ともなかなかお屋敷に帰ってこれなくて、残念ですね」

「あー、そうですね……」

「お寂しいですよね？」

「ハイ……寂しい、デス」

このぎこちない返答で、俺はあまり嘘をつくのが得意ではないのだな、と再認識する。

「お二人に連絡しておきますね。翔様が寂しがっているからたまにはちゃんと帰ってきて、って」

「絶対にやめてください」

「え～、なんでですかぁ？」

「……二人が集中して頑張ってるのを邪魔したくないから、です」

翔様はとてもお優しいですね、と澪が微笑んだ。その笑顔に、少しだけ心が痛む。寂しいどころか、会えなくて安堵しているとは、口にできない。

「翔が結婚なんて、最初は実感が湧かなかったのにね。今ではすっかり神楽家の人だもん」

「母さんのほうが、よっぽど馴染《なじ》んでるよ」

「あら、そう？」

屈託のない笑顔でけらけらと笑う母の姿を見て、俺も気持ちが緩み、ふぅ、と息を吐いた。

こんな風にリラックスして笑う母には、俺と二人で暮らしていた頃はほとんどお目にかかれなかった。それだけでも神楽に来てよかった。

「でもまさか、翔が二人と結婚なんてね。きっとお父さんもびっくりしてるわよ」

「そりゃ、まぁ……こんな家柄と俺とじゃ釣り合わないもんね」

「そんなことないわ。二人は翔の良いところをたくさん知ってるから選んだんだと思うもの」

……いつか本当のことを言ったら、息子の結婚を心から喜んで、相手から愛されていると疑わないまっすぐな母の気持ちを踏みにじる、嘘つきの親不孝者になってしまうのだろうか。

それでも今は、できるだけ幸せに過ごしてほしい。

自分を想う純粋な優しさに心臓の奥深くをえぐられる痛みを感じながら、俺は「そうだといいな」と返した。

◆

ひどく冷える夜だった。広大な部屋の中で一人、目を覚ました。

気がつくと、秋が次の季節へとバトンを渡す、そんな折だ。

相変わらず、パートナーの二人を屋敷内で見かけることはほとんどない。三人で快楽を貪《むさぼ》ったあの夜は夢だったのではないか、と思ってしまう。

もう一度深く布団を被るが、一度目が冴えると寝付けそうにない。時計に目をやると、日付が変わって一時間以上は経っていた。

――何か温かい飲み物でも飲もうかな。

そう思い立ちベッドから降り立って部屋を出る。広すぎていまだに位置関係を把握できていない屋敷の中を、物音を立てないようにゆっくり歩き始めた。

籍を入れたばかりの頃、二十四時間交代で誰かしらメイドがいるから、何かあったらいつでも申し付けるようにと言われたことを思い出すが、こんな夜中に仕事をさせるのは申し訳ない。

橙《だいだい》色の薄暗い間接照明に照らされた長い廊下を歩いていくと、一つの部屋から明るい昼白色の光が漏れているのを見つけた。

こんな時間に誰かが起きている。興味本位でその部屋に近づき、扉に耳をそばだてて中に誰がいるのかと神経を集中させた。

「……もう……だ……あと……」

ぼそぼそと話し声が聞こえるが、内容までは聞き取ることができない。さらに扉へ身体を寄せたその時、不意にドアノブのレバーが作動した。扉に寄りかかっていた身体は前につんのめり、バランスを崩しつつ入室することとなってしまった。

「わっ」

倒れ込んだ先に立っていたのは、ここしばらく見かけることすらなかった人物だった。

「何してんだ、こんなとこで」

見上げると、目を丸くしながらもしっかりと俺の身体を抱きかかえている蘭がいた。

「翔、どうしたの？」

続いて、蓮が奥から心配そうに現れた。どうやらここは二人の作業部屋だったようだ。

「ご、ごめんなさい。たまたま通りかかって、邪魔するつもりじゃ……」

「いいよ、邪魔だなんて思ってない。こっちへおいで」

久々に、二人の姿を目にした。物腰柔らかく笑いかける蓮も、優しく俺の身体を支える蘭も、目の下には隈《くま》ができて、心なしか少しやつれているように見えた。

蓮に促され、肩を抱いたままの蘭に連れられて、部屋の中央のソファに腰掛けた。

「眠れなかった？」

「目が覚めちゃって、飲み物を取りに行こうと」

「ああ、じゃあ、温かいハーブティーでもどう？　リラックスできるよ」

「い、いえ。いいです。自分でやりますから」

蓮が立ち上がるが、見るからに疲れている彼らにそんなことはさせられない。

「実はさっき自分用に淹《い》れたばっかりなんだ。余ってる分だから、気にしなくていいよ」

蓮は微笑みながらそう言うと、ティーポットからハーブティーを注ぐ。

その間部屋の様子を見ると、二つ横並びになったデスクの上には、書類や書籍が乱雑に積み上がっていて、この空間で二人が仕事や学業に真摯に向き合っている姿が想像できた。

仕事で各所を巡っては、こうして帰って遅くまで作業する。知っていたけれど、休息も削るほどの二人の多忙な毎日を改めて再認識した。

「はい、どうぞ」

「ありがとうございます」

デスクの足元に置かれたゴミ箱には、たくさんの使用済みのティーバッグやブラックコーヒーの空き缶が捨てられている。それだけで、作業の過酷さが伝わってきた。

「ごめんね、散らかってて」

「いえ、そんなことないです」

「翔が遊びに来てくれるなら、もっと綺麗にしておけばよかったよ」

向かいのソファに腰掛けようとした蓮に、蘭が念を押すように告げる。

「蓮、さっきの資料、ちゃんと保存したのか？」

「あっ忘れてた。翔、ちょっとだけ、ごめんね」

蘭の鋭い声を聞き、蓮は慌てた様子でＰＣの前に戻り、カタカタと何やら作業を始める。その表情は、真剣そのもの。何気なく視線を巡らせると、蓮のＰＣの横には、シンプルな写真立てがポツンと置かれていることに気がついた。こちらに背を向けていて、何の写真が入っているのかまではわからなかった。

「蘭。この申請書、資本金の金額が間違ってた」

「あー……今、直す」

「いいよ、俺がやる。それよりこっちの契約書なんだけど……」

ひたむきに自分たちに課せられた使命に打ち込む二人を前にすると、場違いな俺がここに居座るのが心苦しくなった。

「俺、もう戻ります。蘭くんも、部屋を出るところを引き止めちゃって、ごめんなさい」

俺はハーブティーをデスクに置いて立ち上がろうとしたが、その腕を蘭が掴んだ。

「飲み終わるまで、ここにいろ。ゆっくりでいい」

「でも」

「いいから」

時間と身体を共にしたせいか、ぶっきらぼうな物言いの中にわずかに優しさを感じ取れる。

蘭の腕が、抱きしめるように俺の背に回る。

直《じか》に体温を感じて、彼がちゃんといることになぜか安堵した。あんなに顔を合わせることも、触れることも、避けたいと思っていたのに。

「……なんで、そんなに頑張るんですか」

意図せず疑問がぽろりとこぼれた。俺だったら、神楽に生まれたことにあぐらをかいてしまうかもしれない。一生安泰だ、と努力もせずに遊び呆けるかもしれない。

二人が身体に鞭《むち》打って努力する姿を理解できなかったのだ。

「こうしないと、手に入らないから」

蘭は俺の身体を静かに、時間をかけて解放した。

「これくらい、今までの長い我慢に比べたら、どうってことないよ」

作業の手を止めて、蓮が言う。

二人をしっかりと見たのは、一心不乱に快楽を貪《むさぼ》る獣のようなあの夜が最後。あの時とは違って、今の二人は冷静で、聡明で、強い意志がある。

彼らはなんでも持っていると思っていた。それくらい、見た目も、能力も、地位も、完璧そのものだった。

そんな二人が、こうまでして手に入れたいと思うものは何なのだろうか。

いつか彼らが選ぶ本当のパートナーは、どんな人間なんだろうか。そんな興味が湧いた。きっと俺はそれを知る前に二人の前から姿を消すことになるだろう。それでも、二人のことをもっと知りたいと、素直に思った。

「あの……俺に何か手伝えること、ありますか」

波風立てずに契約結婚の期間を終えられたら……と思っていた相手に、まさか俺がこんなことを言うとは。自分で言っておいて、動揺した。

「ありがとう、嬉しいよ。けど、これは自分たちの力でやらなきゃ意味がないんだ」

自分たちの力で。その言葉が、胸に響いて熱を持つ。

得体の知れない、何を考えているかもわからない、不思議で掴み所のない人たちだと思っていた。だけど、夜中に懸命に仕事に取り組むその姿も、その眼差しも、在《あ》りし日のひたむきに努力する父と、重なった。

わからないから遠ざけて蓋をしていた。いや、わからなかったのではなく、わかろうとしていなかったのではないか。

二人もまた、自分の力で何かを成し遂げようと藻掻《もが》いている人間だった。この時初めて、遠く離れた存在である二人のことを、身近に感じた。

「心配するな、絶対、最後までやり抜く」

「二人ならきっと大丈夫です。俺もそう思います」

心からの確信を口にすると、蘭は何も言わずに、ふっ、と笑みを浮かべた。

◆

「翔、来てくれたんだ」

部屋を訪ねると、蓮だけがいた。デスクに置かれた写真立てに注いでいた視線が、入室した自分へ移る。

「明かりがついてるのが見えたので」

「今、帰り？　いつも遅くまでお疲れ様」

なるべく双子との接触を避けるようにしていた俺が、こうしてコミュニケーションを進んでとるようになるとは、少し前の俺に聞かせたら驚くだろう。

何かできることはないか、と思わず問いかけたあの日。すれ違いの生活の中でも、会える時だけでも良いから顔を出してくれると嬉しいと彼らは言った。

そのため、俺が手伝えることはないにしろ、タイミングが合う時に、彼らの作業部屋を訪ねるようにしていた。

他愛のない会話をすると息抜きになるらしい。その気持ちはよくわかる。

神楽に来るまでの自分も、職場のスタッフと客、そして母としか顔を合わせない日々を長いこと過ごしていた。それが嫌だというわけではないが、ごくたまに、気の置けない誰かと内容も目的も駆け引きもなく戯《たわむ》れたいと思うことがあったからだ。

「おいで」

ゆるやかに手招きをする蓮のそばに歩み寄る。

言われた通り彼に近づくと、目の下の濃い隈《くま》が目についた。決して自ら弱音を吐くことをしない彼らの、わずかな変化にも気がつくようになっていた。

目の前にたどり着くと、彼は何も言わず、俺の身体をぎゅっと抱きしめた。石鹸《せっけん》のような爽やかな香りと、心地よい人肌にふわりと包まれる。

「ずるいよね、翔の身体は。こんなにちょうどよく俺の胸の中に収まるから」

「小さいって、ことですか」

「あは。大きくはないかもね」

百八十センチはゆうに超えているであろう彼の身長に対し、俺は百六十五センチとなんとも微妙な数字だ。彼らの見映えの良い身長が、ときどき羨《うらや》ましい。

「でも、翔の身長がこれくらいでよかった。自然と手が伸びて、抱きしめやすい。ほんとだよ」

そういうことにしたいのだろうな、と思った。

ときおり、会話だけに留まらず俺にこうして触れるのは、きっと捌《は》け口を必要としているからだろう。かと言って、そういう性サービスを提供する店に足を運ぶというのは、二人の多忙さを見るに難しいだろう。

誰かを屋敷に連れ込むというのも、仮にも結婚を発表した双子の立場ではリスクが大きい。

そうなると、一番身近にいてリスクがなく、手っ取り早い相手は俺になるわけだ。法的にはパートナーなのだから、俺にいくら手を出したってやましいことは一つもない。

「ねぇ、翔……」

耳元で熱のこもった掠《かす》れ声を吐きながら、蓮は俺の手を自身の下腹部へ誘導する。そこには案の定、溜まった欲望を主張する彼の昂《たかぶ》りがあった。

疲れているのだろう。同じ男の身体だから、体力の底が見えてきた時にどんな生理現象が起きるのかはもちろん理解している。どうして、と聞くのは野暮というものだ。

「蓮くん……」

「眠いよね、ごめんね。少しだけだから」

蓮は硬くなった下半身を擦り寄せながら、にじり寄るようにしてソファの上に身体を圧し伏せた。

控えめな態度のくせに、行動は大胆だ。

「ん……っ」

馬乗りのまま、蓮は当然のように唇を押し当てた。いつもだったら、舌を入れてくるよなと思って唇を固く結んでみる。唇の境目を舌でゆっくりなぞりながら、俺の意思を感じ取ってか知らずか、ずぼ、と口の端に指を突っ込んできた。強引に引き伸ばしてできた隙間に、舌をねじ込む。蓮は紳士な顔をしているけど、やることが案外荒っぽい。

「ん……っふ……」

「お願い、逃げないで……翔」

二人の吐息だけが響く部屋の中、扉が開く無機質な音が聞こえた。

「ああ、蘭。おかえり」

その拍子に、蓮の唇から解放された俺は大きく息を吸った。鼻で呼吸をするのが、いまだに慣れない。

蘭は無言のまま、ソファに歩み寄る。片手で器用にネクタイを外し、ベルトを緩めているところを見ると、これから彼にも求められるのだろうな、と悟った。

「蘭が来たから、ちょっとだけじゃ終わらないかも」

「人のせいにすんな。お前が始めたんだろ」

「ここじゃ狭いし、ベッドに行こうか?」

「……貸せ」

俺の上に乗る蓮の身体を押しのけて、蘭は軽々と俺を抱き上げた。彼の首元からふわりと漂うのは、少しの汗と、シトラスの香り。

密着した彼の心臓の音が伝わる。どくどく、と、少しだけ速い。

そんなに焦らなくても俺は逃げないのに、と内心で思う。

十分な生活を送れるようになったのも、母の身体が良くなったのも、母の心からの笑顔を取り戻せたのも、全て彼らのおかげだ。

籍を入れるだけでは、返すべき恩と不釣り合いに思えてならない。それなのに。なぜ、優しく身体を抱いたりするのだろう。

彼らについて、知らないことはまだまだたくさんある。

あの写真立てには何を飾っているのか、とか。二人の交友関係や生い立ちはどういったものか、とか。双子以外の神楽の親族にも会ったことがない。

だが、少しずつ身をもって理解してきたこともある。それは、欲望に正直で、少し狡猾《こうかつ》で、泥臭く努力を続ける彼らは、必死に生きているということだ。

ベッドの上で裸になって、触られて、二人の欲に翻弄《ほんろう》されながら抵抗しても意味がないので、自分自身も恍惚《こうこつ》に身を任せる。そうすると楽だった。

俺もまた、シンプルな欲求には抗えないただの人間だった。二人に触れられると素直に気持ちが良かった。

誰かと肌を重ねることが心地よいのだと気づいてしまった健康な若者の欲なんて、きっとそんなものだろう。

◆

神楽に来て七ケ月が経ち、三月になった。俺たちはいまだ、この地にいる。色鮮やかな命がちらほらと芽吹き始め、なんてことない道端にも華やかさを添えている。

夜はまだまだ底冷えするのに、日中は陽気な日差しとじんわり暖かい空気が心地よい。中途半端な気候が、まるでどっちつかずな自分みたいだ。

「お義母《かあ》さん、翔、おはよう」

母と二人で朝食を摂っているところに、蓮が現れた。

爽やかな笑顔を貼り付けているが、つい昨晩も彼の貪欲《どんよく》で猛々《たけだけ》しい表情をベッドの上で見た。同じ顔なのに表情だけでこれほど印象が変化するんだなと、挨拶を返しながらぼんやりと思った。

「蓮ちゃん。今日も爽やかね、モデルさんみたい」

「お義母《かあ》さんこそ、今日も一段と綺麗です」

「あら、いいのよ、私にお世辞なんて」

朝から爽やかだ。彼が口にすると、不思議と嫌味に感じない。

「お世辞なんかじゃないですよ」と蓮は柔らかく微笑んだ。

「俺も、翔が目移りしないように、努力しないとですね」

蓮がこちらに視線を送ると、とっさに目をそらしてしまう。家族の前でこの類の話をするのは精神衛生上良くない。彼にとっては戯言《たわごと》だろうが、気恥ずかしいのだ。

「翔ってば、照れてる」

「そんなんじゃないって」

「私、お花に水をあげてくるわ。あとは夫夫《ふうふ》水入らずでどうぞ」

母は楽しそうに笑いながら、そそくさとその場を後にした。

二人きりになった瞬間、蓮は表情を少し緩めた。最初は俺にも気を遣ってくれていたみたいで、ベッドの上以外はよそ行きの表情をしていることがほとんどだったが、今では自然な表情をしている。

「蓮くん、母さんの前であんまりああいうことは……」

「ああいうことって？」

「俺を、その、好いてる……みたいな」

「どうして、恥ずかしいから？」

なんともあっけらかんとしている。どうしてって、そんなのは決まっている。嘘だからだ。この結婚自体が嘘だということは一旦横に置くとして、それでも罪の上塗りはいけない。

「良くないことだからですよ」

「パートナーを好きだと言うのが良くないこと？」

「……とにかく、控えてくれると嬉しいです」

しかし純真な彼の瞳に折れて、端折《はしょ》った。蓮は不思議そうな表情をして「そう、とりあえず、わかった」と頷いた。

蓮と蘭の二人は、つい先週大学院を無事に修了した。仕事に専念ができるようになったからか、屋敷で顔を合わせる頻度がわずかに増えた。

「そうだ、翔。これを言いにきたんだ。明日、デートしない？」

「デート……？」

「明日から二連休なんでしょう？　もしかして、予定あった？」

「ないですけど……」

聞き慣れない言葉に、思わずたじろぐ。言葉自体が、じゃない。彼が俺に対してそんな言葉を口にする機会などないと思っていたからだ。

契約結婚をして、初めてのデートのお誘い。定期的な身体の触れ合い以外には、多忙な二人と顔を合わせる機会はそう多いわけではなかった。ましてや共に外出など。親交を深める必要のない関係なのだから、当たり前だ。

「実を言うとね、君に話したいことがあるんだ」

真剣な表情になって、改まって口にした言葉に、無意識に息を呑んだ。

——ああ、もう、終わりか。

とっさに浮かんだのは、そんな言葉だった。ここに来て半年以上経った。二人の生活にも余裕ができた。きっとプライベートを充実させることができるくらいの。なら、二人が俺にする話なんて、一つしかない。

そろそろ潮時なんじゃないかって、思っていたところだ。

一瞬の間をおいて、彼の誘いに頷いた。

◆

とあるホテルの高層階。ネオン輝く街が一望できるレストランで、夫夫《ふうふ》三人で食事をする。覚える意味なんてまったくないと思っていたのに、ハルに特訓されたテーブルマナーが初めてここで活きることとなった。何事も勉強しておいて損はないものだ。

「翔、どうかな、美味しい？」

「はい、とっても」

「そう、良かった。俺たちもここをよく利用するんだ。翔を連れてきたいと思ってたんだよ」

こんな高級な場所で食事することなんてないから、緊張で味がよくわからないというのが本音だ。必死に冷静を装って、少しずつ高級食材を口に運ぶ。

「そういえば、昇進したんだってな」

静かに食事をしていた蘭が、口を開いた。思いがけなくて、息を呑んだ。

「頑張ってるもんね。休みの日だっていつも勉強してる。おめでとう、翔」

「なんでそれを……誰から」

「ああ、お義母《かあ》さんからだよ」

「母さん……恥ずかしいから誰にも言わなくて良いって、言ったのに」

たしかに俺は、キッチンのチーフに昇格した。給料もほんのわずか昇給した。

しかし俺にとっては喜ばしいことだが、二人の努力や成果の規模感に比べたら、ちっぽけな結果だと思う。それにわざわざ言うことではないと思った。だから、母にしか言わなかった。

じんわりと赤くなった顔を隠すように俯《うつむ》く。

「恥ずかしいことなんて、ないだろ。翔が努力した結果だ」

突如、蘭のまっすぐな言葉が胸をついて、顔を上げる。彼はまっすぐに俺を見ていた。

たった半年の付き合いだが、彼が取《と》り繕《つくろ》うような言葉を発しないことは知っている。だからこそ、心臓を鷲掴《わしづか》みにされるような衝撃があった。

「そうだよ、隠さないで言ってよ。聞きたいよ、翔の話」

衣服を身にまとい、肌を露出することなく、刺激に善がることもなく、こうして会話をするのは随分と久しい。

二人によくしてもらっているので、身体だけの関係と言うのは憚《はばか》られるが、だいたいそれに近い。実際のところ、二人は俺そのものに興味なんてないし、持つ暇がないだろうと思っていた。そんな相手が、自分を評価してくれたことが、素直に嬉しい。

「翔の昇進のお祝いも兼ねて、食事できて良かった」

「ありがとう、ございます」

「少しは、緊張が解けたかな？」

「……！　気づいてたんですね」

「俺たちしかいないんだ。リラックスして、ゆっくり食べて、ね」

蓮の柔らかい物言いと心遣いに、魅せられそうだ。

自制しろ、と自身に言い聞かせる。契約結婚相手と心の距離を縮めてはいけない。

「翔、それで、そろそろ本題に入りたいんだけれど」

ほら、来た。知ってたよ。

心の中で虚しく高を括《くく》る。次の言葉はきっと、別れの言葉だ。そう思ってフォークとナイフを静かに置いた。

「来週、神楽の新事業のお披露目パーティーが開催されるんだ。ぜひ翔にも参加してほしいと思ってる」

――はい、わかりました。今までありがとうございました。

そう返す準備はできていた。深く頭を下げながら、はい、と言いかけたところで、彼の言葉が想像していたものと違うと気がついた。ハッとして口をつぐむ。

「……俺が？　なんで……？」

「翔が神楽の人間だからだろ」

蘭は、何を驚いているのか、とでも言いたげにさらりと返す。

「実はね、ここ最近、周りの当たりが強くなってるんだ。今は、パートナーがいるという情報しか公開していないから、一部の人たちは、他の家と関わりたくない俺たちの嘘だと思っているみたいでね」

「それで？」

「それで、って……翔。君が俺たちのパートナーだから、出席してくれると非常に助かるんだけれど、どうかな」

俺が二人のパートナーであることは間違いない。それは理解している。

けれどもそれは一時的なもので、いつかは終わりが来るはず。そんな俺がパーティーに参加したら後々困るのは二人のほうではないのだろうか。

「今回のパーティーは、マスコミは一切出入り禁止にしているんだ。参加者も身元のしっかりした方だけ。勝手に情報を漏らしたらタダでは済まないとわかっているはずだから、安心してほしい」

「嫌なのか、翔」

嫌かそうでないかで言ったら、嫌だ。

いくら世間への公表は免《まぬが》れたと言っても、名だたる政治家や大企業から、こんな平凡な人間が神楽の御曹司の相手なのか、とバカにされるのは容易に想像がつく。

俺が嘲笑《ちょうしょう》の対象にされるだけならまだいい。二人のイメージまで下がるかもしれない。そんなの考えただけで心苦しい。

「俺じゃないほうが、良いと思います」

「どうして？　俺たちのパートナーは、翔しかいないいんだよ」

「でも、世間に公表しないんだったら、誰かに代役をお願いしても支障はないいんじゃないですか」

そのほうが双子にとって良い選択だと信じて食い下がる。そんな俺を見て、蘭はふぅ、と息を吐いた。

「特段何かをする必要はない。ただパートナーとしてそばにいるだけで良い。だから、参加してくれないか」

そう言い、蘭は頭を下げた。彼が俺にお願いするなんて、初めてのことだった。慌てて「頭をあげてください」と逆にお願いした。けれど、彼は動かない。

「でも、俺なんかじゃ……」

「お前に、ついてきてほしい、頼む、翔」

俺が承諾するまで、彼はてこでも動かないつもりだろう。普段から決して人に媚《こ》びるような真似はしない蘭に頭《こうべ》を垂れさせるのは、見ているこっちの心が痛かった。

「……わかり、ました」

ここまでされたら頷くしかなかった。そうしたら二人とも、安堵したように微笑んでいた。

来週に向けて一気に緊張が高まるのと同時に、その後の食事は先ほどまでと比べて、しっかりと味がした。我ながら、心も、身体も、行動も、ひどくちぐはぐで非合理的だと思った。

全面ガラス張りの部屋に、やけに高い天井、おまけにシャンデリアだなんて、『高級な部屋です』と太字で書いてありそうな部屋、初めて入った。

シャワーを浴びバスローブに着替えた俺は、ベッドの縁に腰掛けて、目の前に広がる夜景に見惚《みと》れていた。

「気に入ってくれた？」

振り返ると、バスローブ姿の蓮がいる。少し湿った髪と、はだけた胸元、爽やかなソープの香り。その全てから、目を背けたくなるような色気が放たれていた。

「すごく、あの、すごいです」

「あは、翔。語彙力なくなっちゃってる」

蓮は肩を上下させながら、声を出して笑う。そのからりとした反応が意外だった。あの蓮もこんなに笑うのか、と妙に感心した。

「ほら。ここからなら君の育った街がよく見える」

「本当ですね」

「気に入ったのなら、いつでもまた連れてくるよ。なんなら、買い取ったって良い」

「いやっそれは……落ち着かないので、たまにでいいです」

「君は欲がないんだね」

そんなことはない。俺は完璧な人間でも修行僧でもない。

ただ、今はがむしゃらに父との約束を果たすためだけに生きているから、欲しいものがとっさに浮かばないだけだ。

それに、たまに、なんて言ったがこんな場所に彼らと来るのは、きっとこれが最後だ。そんな気がした。

「それに比べて、俺たちは欲まみれだ。男って、本当にバカだってつくづく思うよ」

蓮はそう言うと、肌がなるべく露出しないように硬く結んだ俺のバスローブの胸元に、すっと掌を入れてきた。

「こうして触れられる距離で翔を前にすると、自制がきかない」

「っん……あ」

指が胸の突起を掠《かす》め、声が漏れる。もう何度、こうして二人に性感帯を開発されたかわからない。自分の身体が乳首で反応することなど、二人に触れられなければ知る由もなかった。

「白く透き通って、綺麗だ」

いとも簡単にバスローブを解かれ、肌が暴かれる。露出した鎖骨や肩に、蓮は何度も焦らすようにキスを落とした。こそばゆいのに、触れた部分が熱くて気持ちいい。やがてその唇は身体をなぞるように移動して、胸の突起を咥《くわ》える。

「っひ、あ……」

舌で器用に転がされると、否応《いやおう》なしに腰が揺らめく。まだ触れられていない下腹部が熱を持ちはじめた。

いつもの性急に快楽を求める触れ方と違い、今日の彼はまるで身体の形を確かめるように丁寧に、じっくりと触れてくる。暗闇の中で訳も分からず身体中を弄《まさぐ》られるのではなく、今日はガラス張りの窓から街の灯りが差し込んでいる。

ギラギラと欲を蓄《たくわ》えた蓮の顔が視界に入る。きっと快感に歪《ゆが》んでいる俺の表情も、彼の視界に入っているのだろう。気恥ずかしくて、俺はできるだけ顔を逸らした。

やがておもむろに下腹部に伸びてきた彼の腕が、下着を取り払おうと掴む。それを、とっさに両手で制止した。

「翔、どうしたの。これじゃ、脱がせられない」

「恥ずかしい、です」

「大丈夫、外からは見えないよ」

「だって、蓮くんには全部、見られちゃうから」

これまで散々、全身余すことなく好きにされておいて、今更何を言っているのか。きっとそう思っただろう。俺自身でさえ、口に出したあとで呆気にとられた。

だけどこれ以上、ほんの少しでも彼らとの距離を縮めることも、新しい記憶を積み重ねることもしたくなかった。それが、今の俺に一番しっくりくる心情だと思う。

「――ッんぅ……！」

そんな俺の気も知らず、蓮は逸らした顔を掴まえて、噛みつくようにキスをした。口の中を掻き回す舌に翻弄《ほんろう》されて、頭がくらくら揺れる。自然と荒くなる息遣いに気をとられているうちに、あっけなく下着は取り払われてしまった。

「だめだよ、翔。そんな風に煽《あお》ると、約束、守れなくなっちゃう」

「やく、そく……っ？」

蓮はふいに俺の身体を軽々抱き上げると、ガラス張りの窓に身体を押し付け、背後から覆いかぶさった。目線の先には明るく輝くネオンと、虫くらいの大きさに見える街の人々。そしてガラスに反射して映る俺の肉体がある。

次第に、その顔が真っ赤に染まっていくのも、極めてはっきりと視認できた。

「や……っ」

身を捩《よじ》って逃げ出そうとした時、腿《もも》の間に熱く硬い物体が割り込んだ。ぬるりとしたそれが、俺のモノに擦れて、その刺激で思わずびくびくと震え仰《の》け反《ぞ》る。それがなんなのか、見なくたって理解できるほど、その熱も、大きさも、感触も、嫌という程、教え込まれた。

「よく見えるよ、翔の細くて白い身体も、感じてる表情も」

「あ、あ……っや……！」

蓮は緩やかにその腰を押し付けるように前後しながら、逃がさないと訴えるように俺の掌を窓に縫い付けた。動くたびに裏筋に擦れて、快楽に打ち震える。そんなだらしのない俺の身体と表情が、見たくもないのに視界に入って、羞恥《しゅうち》で視界が滲《にじ》む。

「あと、少しなのに……つくづく、俺は弱いなぁ」

耳元で、哀愁の混じった声が聞こえた。

あと少し、そう呟く彼の言葉に、そうだろうな、という納得とやるせなさが同時に襲った。どうしてか鼻の奥がじいんと痛みを帯びる。

その間にも、ぱちゅ、ぱちゅん、と腰は動き続ける。気持ちよくて、逃げ出したいのに、彼の体温から離れることが怖かった。

「っあ、も……ッだめ……」

「ん、一緒に、いこうか」

「～～ッ！　あ、あ……！　イ、く……ッ」

どろどろに溶けて混ざりそうな欲を、共に吐き出した。膝ががくがくと震え、崩れ落ちそうになった身体を、蓮が片腕でしっかりと抱きとめる。

「なぁ、終わった？」

その時、背後から聞こえた声は、不機嫌さを孕《はら》んでいた。

「ああ、蘭。上がったの」

「気づいてただろ、途中から」

「蘭こそ。すぐに混ざれば良かったのに」

「俺にそんな変態的な趣味はねぇよ」

蓮は果てたばかりで力の入らない俺の身体を、よいしょ、と軽々抱きかかえると、ベッドの上に優しく降ろしてくれた。

「はい、じゃあ蘭に譲る」

「元々お前のじゃないだろ」

「ああ、本当はまだ、誰のものでもなかったはずなのにね」

「……」

蘭は蓮の言葉に応えることなく、仰向けに横たわる俺の脚の間に身体を割り込ませた。だらりと力の抜けた両脚は左右に大きく開脚させられて、文字通り、包み隠さずに彼に全てを晒《さら》している。射精後の倦怠感で、それを恥じる心の余裕はあまりない。

しかしそんな状態でも、さすがにこの後にやってきた刺激には大きく反応せざるを得なかった。

蘭は、おもむろに指を自身の口に持っていくと、たらりと唾液を垂らしてみせた。湿らせた指はゆっくりと降りてきて、やがてひた、と俺の後ろにあてがわれる。

「ひぁ……っ!?」

つぷ、と彼の指がそのままゆっくりと内側に侵入する。

これまでの約半年間、互いの身体を擦り付け合う方法で快感を共有してきた。そんな場所に触れられたことなんてただの一度もなかったから、男同士の身体だと、そこを使うのだということを忘れていた。

「っい、た……っや、だ」

今までいくらでも機会はあったはずなのに、なんで今さら……

違和感とわずかな痛みに抗うように身体をひねると「逃げるな」と蘭に強く腰を掴まれた。ぎりぎり、と指が肉に食い込んで痛い。それがさらに奥に突き進むと、無意識に身体が震えた。

「やめろ、蘭」

恐怖と安堵で、一粒だけ涙がこぼれたのは、蓮が蘭の暴走を制止した時だった。蘭の腕を、強く掴んでいる。

「ここから先は、ダメだ」

「……ッ」

「もう、あと少しなんだ。我慢してよ……俺がこんなこと言えた義理じゃないけどさ」

「本当に、お前にだけは言われたくないな」

蘭は一つ大きなため息をついて、俺の身体を静かに抱きしめた。

「悪かった」

その手は微かに震えていて、それを誤魔化すように、蘭は唇を寄せて再度俺を組み敷いた。

「もう少しだ、蘭。あと、ほんの少し」

「わかってる、もう少し……」

噛みしめるように、それでいて自分に言い聞かせるようにして、二人は何度も呟いた。

わかっている。二人が俺に触れるのに、深い理由なんてないと。ただそこにいるから。都合が良いだけなのだ。

だけど時折、彼らが俺自身を見てくれたから、ばかな俺は、思い違いをしそうだった。

それに彼らの言葉を聞いた時、衣食住が約束されたこの生活がなくなってしまう、とか、母を悲しませるだろうか、という気持ちよりもまず先に「二人と顔を合わせることがなくなるのか」と思った。あまつさえ、胸がちくりと痛んだのだ。

「翔……」

「……んッ……んぅ」

キスで脳が痺《しび》れて、身体中に弱い電流が走る感覚があるなんてこと、初めて知った。

俺をまっすぐに見てくれる人の存在が、こんなに温かいなんて、初めて知った。

――できれば全部、知りたくなかった。

◆

「あら、パーティーだなんて、楽しそうね」

母はなんとも呑気な感想を口にした。俺たちのような平凡な人間が、国を代表する大企業の事業パーティーに参加するという事態に、動揺すら感じないようだ。

「楽しそうって……一応、新事業の発表イベントでもあるんだけど」

「なおさらいいじゃない。この時期に新しいことに挑戦するのって、すごく縁起がいいのよ」

「どうして？」

母はリラックスした様子で、暖かい茶を口に運ぶ。

「早花咲月《さはなさづき》って知ってる？」

「さはなさづき……？」

「花が咲き誇るにはまだ時間がかかるけど、早い花は芽吹いて、春の訪れを感じさせてくれるって意味なの。三月の別称ね」

「へぇ、詳しいね」

「寒い冬に耐えて、いまだ引きずりながらも春に向かって一歩ずつ前に進む。そんな月だから、きっと上手くいくわ」

「ずいぶん、楽観的だ」

「翔こそ。他人事じゃないんだから。ちゃんと、そばで二人を支えてあげなさいよ」

母は俺を鼓舞するように、肩を軽快に叩く。

今はまだ、そうかもしれない。だけどパーティーが終わったらきっと、正真正銘の他人に戻るだろう。後ろめたくて、母に全てを吐き出したくなった。

でもこれは俺が楽になりたいだけだ。

「……俺が支える必要なんてないよ。二人は自分たちでなんだってできるから」

「そんなことないわ。結婚って、一生苦楽を共にするのよ。そんなに単純なことじゃない」

そう、単純じゃない。もっと複雑で、がんじがらめになって、ちょっとやそっとのことじゃ離れられなくなる、それが結婚だと思う。

両親やその他の家庭を見ていても、良い意味でも悪い意味でも、そう思う。

でも俺たちの結婚は、意味が違うのだ。

そもそも複雑に心身が絡み合うスタートラインにすら立てておらず、お互いの利益だけを追い求めた単純で表面的なもの。

「でも、安心した。パーティーで皆に紹介したいって思ってもらえるほど、翔は愛されてるんだもの。翔が幸せなら、私はそれだけで嬉しいのよ」

母は心から安堵したように、ニコリと笑う。

――愛されるって、幸せって、どんな色で、どんな形をしていたんだっけ。

ここへ来てから、自分にも、一番大切な母親にも、嘘をついてばかりだ。

自分に似て中途半端だなんて思っていた三月も、実はすごいやつで、仲間なんかじゃなかった。一緒にしてごめんな、と心の中で呟く。

このパーティーを終えたら、俺はもっと前に進めるだろうか。まだ本当の意味での春は遠いかもしれないけど、それでも置いて行かれないように、必死に食らいつかなければならない。

ここを出たら、母さんを守れるのは、俺しかいないのだから。

◆

「翔様、よくお似合いですぅ！　可愛らしくて、綺麗で、最高です！」

綺麗な衣装に身を包み、髪にはヘアメイクを施され、顔もささやかなメイクで彩られた。パーティー会場の控え室では、着々と準備が進んでいった。

俺が神楽家の御曹司の正式なパートナーとして、今回のパーティーに参加すると決まってから瞬く間に時間が経過し、気がつくともう本番を迎えていた。

双子には不釣り合いな俺だが、二人に恥をかかせないために、できる限りのことはした。仕事の合間を縫って、安藤夫妻に言葉遣いや所作、政治経済に金融の動向、ビジネスの基本の話などを叩き込んでもらった。

昨日はエステや美容クリニックに行って、パーティーに出る前の身支度もバッチリ仕上げた。一週間の急造にしては、悪くないと思う。

「昨日のメンテナンスのおかげでお肌もツルツルですね」

「ありがとうございます。でも、ハルさん、全身脱毛する必要なんてありました?」

「翔様、もともと薄いほうだったし、ないほうが色々といいかなと思いまして」

「いろいろって?」

「やだぁ、翔様。わかってらっしゃるくせにぃ」

ハルは肘で「このこの」と俺の脇腹のあたりを小突いてくる。このノリには深く関わらないほうが賢明だろう。

「あの、もっと長いズボンないですか」

「翔様の衣装はハーフパンツしかありませんよぅ」

「ええ……」

「似合っていますよ、とっても」

青のジャケットに白のベスト、そしてかちっとした革靴。全体的にフォーマルな衣装だが、パンツだけが膝丈なのが気に食わない。もう二十歳の大人が、なぜこんな可愛らしい格好をしなければならないのか、と小さく息を吐いた。

「失礼いたします」

その時、控え室の扉の奥からやってきたのは、母と澪だった。母は、綺麗な着物を身にまとっていて、思わず目を瞠《みは》ってしまった。

「どうしたの、そんなに綺麗にしてもらって」

「あら、ありがとう。翔もすごく良いじゃない。お父さんにも見せたいわね」

着飾る母の姿を見るのは、いつ振りだろうか。父が亡くなってから、とてもじゃないが見た目に気を配る余裕などなかったはずだ。落ち着いた薄紫色の綺麗な和服が、世辞を抜きにしてとてもよく似合っていた。

「きっとお父様も、お二人の晴れ姿を見ていらっしゃいますよ」

「ええ。お二人とも、とーっても素敵ですから」

澪は柔らかく微笑むと、少し屈んで俺のネクタイをきゅ、と直す。

澪はいつも、俺たち親子を優しく見守って、そばにいるだけで穏やかな気持ちにさせてくれた。ハルは、突拍子もないことをよく口にするが、その底なしの明るさで気がつけばいつも笑顔にさせてくれた。

最初の出会いこそ衝撃的だったが、共に過ごすうちに繋がりが深くなってしまった。別れを想像すると、視界が揺らぐ程度には。

「あ、俺、ちょっとトイレに行ってきます」

動揺を悟られまいと、控え室を飛び出した。もう開始まで時間は残されていない。

静かに深呼吸をする。せめて、最後までしっかりと神楽への恩返しをしたい。それが俺自身への餞《はなむけ》でもあると思った。

ほんの少し息を整えたら控え室に戻ろう。そう思って、長い廊下をあてもなく歩き続ける。すると、前方から見慣れない二人が歩いてくるのに気がついた。

一人は上等なスーツを身にまとった中年の男性。もう一人は、俺と同年代であろう、黒髪ロングの似合う綺麗な女性だった。

——屋敷では会ったことないけど……誰だろう？

神楽の関係者しか控え室周辺には立ち入れないとあらかじめ聞いていたので、ひとまず会釈する。そのまま通り過ぎようとした時、男性のほうに声をかけられた。

「ちょっと、君、待ちたまえ」

「えっ？」

威圧的な低い声に驚いて、素っ頓狂な声が出てしまう。

「僕、ですか」

「君以外に誰がいると言うんだ」

振り返り対峙したが、やはりその顔に見覚えはない。

「君は、神楽の人間か？　見ない顔だが……権力者とその一族の顔は覚えたはずなのだがな」

男はまるで品定めをするかのように、全身くまなく目線を走らせる。その腰高な態度とあふれ出る只者ではないオーラに怯《ひる》み、言葉に詰まった。

——誰だか知らないけど、勝手に双子の結婚相手だって、言っていいのかな。

「僕たちのパートナーです。東雲《しののめ》様」

迷っていたのもつかの間、すぐ後ろから今日の主役の声が聞こえてきた。視線を送ると、双子が俺を間に挟んで立っていた。

「やぁ、神楽のお坊ちゃまたちじゃないか。久しいね」

「ご無沙汰しております」

蓮と蘭は、目の前の男に深々と頭を下げた。その様子を見るに、彼は重要な人物なのだろう。俺も慌てて、頭を下げた。

「それにしても……なるほど。いやあ、意外な趣味を知ってしまったようだな」

「どういう意味でしょう？」

「神楽家で教育を受けた君たちが、こんな貧相……いや、失敬。普通の少年を選ぶとは。やはり根っこは、君たちも変わらないようだな」

男の嫌味や蔑《さげす》みの情が、心臓の奥まで突き刺さるようだった。

とにかく、俺がコケにされていて、そのせいで二人まで侮辱されているのだと、痛いほど伝わってきた。

「いやね、神楽と東雲は共にこの国を牽引する家柄だろう？　心配なのだよ、君たちの行く末が。共に過ごす相手は慎重に選んだほうがいい」

男が尊大な口ぶりでつらつらと持論を並べる中、怒りが湧いてくるのを自覚した。

俺のことはいい。俺が神楽とは本来交わらないはずの普通の人間であることは、事実だからだ。

だが、来る日も来る日も、人知れず血の滲《にじ》むような努力をしてきた彼らが、粗探しにやっきになるような人物に侮辱されるのが耐え難く、聞いていられなかった。

「ただでさえ業績が下降気味だというのに、名門を支えるパートナーがこんな普通の……」

俺が無意識に拳を握りしめて口を挟もうとした瞬間、隣の女性が口を開いた。それも、ものすごい剣幕で。

「お父様、いい加減にしてください！　せっかくの晴れの舞台なのですよ、どうして水を差すようなことをするのですか！」

「うるさい、お前は黙っていろ」

「パーティーの前に神楽家へ祝福の挨拶をすると仰るので、同行したんです！　それなのにこんなことをするなんて、東雲の顔として恥ずべき行為です！」

男性の高圧的な制止にも怯《ひる》まず、彼女はなおも詰め寄る。男は気圧《けお》されたようだ。

「興が冷めた……私はもう会場へ戻る」

「ちょっと、お父様！」

男性はバツが悪そうな表情を浮かべ、彼女の言葉を聞き過ごすと、踵《きびす》を返してスタスタと去っていった。

その場に残された女性は、去っていく背中に「はあ」と大きくため息をついたのち、深々と頭を下げた。

「父が無礼を働き、大変失礼いたしました」

彼女は所在なさげな表情を浮かべたまま、再度会釈をした。

「申し遅れました。私、東雲コーポレーション代表取締役、東雲政宗《まさむね》の娘、東雲紬《つむぎ》と申します」

「俺……僕は、翔って言います。あの、二人の、パートナーです」

東雲コーポレーションと言えば神楽と同等、もしくはそれ以上に有名な大企業ではないか。そんな名家のお嬢さんに頭を下げさせているのかと思うと、緊張で言葉の歯切れが悪くなった。

「初めまして。お会いできるのを楽しみにしていたわ。二人がなかなか紹介してくれないんだもの」

「よ、よろしくお願いします」

「ああ、私にはそんなにかしこまらなくても大丈夫よ。同い年だと聞いてるわ」

紬は、可憐な花のような笑みを浮かべた。清楚で、綺麗で、いかにも育ちのいいお嬢様といった印象だ。まだまだ未熟な自分と違って、大人びて見える。

「相変わらずすごいな、お前の親父」

蘭は、ざっくばらんに彼女に話した。先ほどの、紬の父親に対する態度とはまるで違う。

「晴れ舞台の前に、嫌な思いをさせて悪かったわ、三人とも」

「紬が悪いわけじゃない。気にしないで」

二人と紬は、気の置けない仲なのだろうと、数回のやり取りでなんとなく伝わってくる。

「それでも、翔くん、あなたには本当に申し訳ないことをしてしまった。父が言っていたことは、どうか気にしないで」

紬は俺の両肩をしっかりと掴んで、まっすぐに目を見つめた。

「父はいわゆる古い人間なの。権力を持つ者同士が結婚して、平凡な人間を淘汰《とうた》していくべきだっていう凝り固まった思想に、ずっと囚われてる」

平凡な人間とは、まさに俺のことではないか。彼ほど極端ではないが、その気持ちはわからなくもなかった。だからこそ、双子のパートナーとして参加することに引け目を感じているのだから。

「それに、父はあわよくば、私と双子のどちらかを結婚させたかったみたいなの」

たった一人の庶民である俺の存在によって、権力者の思惑が散ったのかと思うと、申し訳ないとさえ思った。

双子に自由な恋愛をしてもらうための結婚なのだから、成功していることは間違いないのだが。今日のお披露目で多方面から恨みを買わないか心配だ。

「あっ、でも、勘違いしないでね！　私はそんなこと少しも望んでないの。政略結婚だなんて反吐《へど》がでるし、そもそも私――」

「女の子にしか興味がないから、でしょ？」

「ちょっと、人の台詞《せりふ》奪わないでよ、蓮」

「紬こそ、翔と距離が近いよ。そろそろ離してくれないかな」

「何よ、どうせいつも家ではベタベタしてるんでしょ。滅多に会えないんだから少しくらいいいじゃない。可愛いのよ、翔くん」

「その発言がもうダメだよ、はい、終わり」

蓮は彼女から引き剥がすように俺の肩を抱き寄せた。

「あー、返してよ」

「お前のじゃない」

蘭が呆れたように指摘すると、彼女は眉間に皺を寄せて、けち、と呟いた。

どんな家柄に生まれようが、お金持ちだろうが権力者だろうが、笑うし、悲しむし、怒りもする。まるで、放課後に教室で気の合う友人とふざけあうような、そんなたわいのなさに、微かに頬が緩んだ。しかし少しして、根底は同じ人間である彼らがしがらみに囚われ自由を制限されていることが、たまらなく悲しくなった。

俺が二人と結婚したことで、少しは彼らの枷《かせ》を軽くしてあげられたのだろうか。

「……翔、大丈夫？」

自分の様子に気づいてか、蓮は俺の顔を怪訝《けげん》そうに覗き込んだ。とっさに「大丈夫です」と笑顔を作る。

「他人が何を言おうと、関係ないよ。俺たちは、自分で選んだ相手とただ、幸せになるだけだ」

「蓮くん……」

「そうだよね、蘭？」

蘭はふっと鼻を鳴らすと「ああ」とだけ口にした。

「良いわね、三人が羨《うらや》ましい」

紬は笑っていた。それなのに、彼女の瞳にはわずかに物悲しさが漂っているように見えた。

「私は、見ての通りあの父親だから……今までもたくさん恋愛を邪魔されてきた。だから、あなたたちのこと本当に良かったって思ってるのよ」

「……紬さん」

「翔くん。あなたが家柄なんて関係なく愛し合える人と結ばれて良かったわ。改めて、心から祝福させて。結婚おめでとう」

こんなに澄んだ祝福をもらう権利など、俺にはないのに。それでも、彼女の言葉も思いもきっと本物だと肌で感じた。

彼女もまた、心から好きな人と結ばれることができずに、もどかしく辛い思いを抱えている。性別関係なく愛する人を決めていい世の中になったって、俺の知り得ない不条理は、まだまだきっとたくさんあるのかもしれない。

世の中を変える力なんてない俺には、せめて彼らの自由を祈ることしかできることはなかった。

「蓮様、蘭様」

そうこうしていると、ふいに澪の声が後方から聞こえた。振り向くと、焦った様子の彼がいた。

「お時間が迫っております。そろそろ舞台袖へご移動ください」

「もうそんな時間か。じゃあ、翔、紬、また後で」

いよいよ、パーティーが始まる。自分の役目の終わりが近いことを悟り、一足先に行く蓮に手を振った。

「翔」

ふいに蘭が立ち止まり、セットされた俺の髪に控えめに触れる。

どうしたのかと尋ねると、彼は何かを言いかけて、呑みこんだ。

「いや……いい。終わったら、話す」

「わかりました。いってらっしゃい、蘭くん」

蘭は踵《きびす》を返して、蓮に駆け寄った。俺は彼らの背中を眺めながら、蘭が触れた場所に自分の手で触れた。

触れられたところが、暖かくて、痛い。

この偽りの関係を手放したくなくなる前に、この場違いな感情が育つ前に、彼らの温もりと決別するのがきっと正しい選択だ。

俺は一度息を吐くと、母の待つ会場に入った。


「すごい人の数ね〜!」

会場内を何度も見渡して、母は目を丸くした。

「政界や数多くの企業のＶＩＰが集まっております」

「どうりで、皆すごいオーラなわけね」

安藤夫妻と共に、俺と母は二階席で様子を見守っていた。もう間も無く、パーティーの開始時刻だ。下の階の人混みの中には、東雲家の二人の姿もあった。

「緊張してきた……」

「翔様が登壇されるまではもう少し時間がございますので……とは言っても、リラックスして、というのは無理な話かもしれませんね」

こんな状況下でも、ハルは普段通り母に会話を振る。

「今日も一段と可愛らしい翔様を、早くお披露目したくてうずうずしちゃいます」

「ふふ、そうね。今日の翔はメイクまでして、ほんとお人形さんみたいだものね」

全く緊張感のない母とハルは、大物に違いない。そんな二人の姿に、プレッシャーで押しつぶされそうな心が少なからず救われていた。

何度も深呼吸を繰り返していると、突如会場の照明が落とされた。あたりが暗闇に包まれてほどなくして、舞台上がライトアップされた。テレビでよく見るアナウンサーが、マイクを握って舞台上に立っていた。

『皆様。本日は、神楽グループ新事業立ち上げのパーティーにお越しいただき、誠にありがとうございます』

さすがプロ、といったところか。司会者が自然な振る舞いで口上を述べ、参加者の視線が一斉に注がれた。

『それでは、ご紹介させていただきます。神楽蓮さん、神楽蘭さんのお二人です！』

盛大な拍手が送られる中、司会者の言葉とともにまばゆいスポットライトを浴びながら、二人が舞台上に登場した。二階席で俺たちも、二人に大きな拍手を送る。

会場内にひしめく大勢のＶＩＰに物怖じする様子も見せず、二人はパーティーを進行させていった。

彼らが神楽の人間として活躍する姿をこうして見るのは、初めてかもしれない。当然だが、二人が自分とは別次元の存在なのだと改めて痛感する。凛々しく、堂々としている彼らは、この会場で誰よりも輝いて見えた。

「それではさっそく、新規事業の発表をさせていただきたいと思います。と、その前に、一つ皆様にお伝えすることがございます」

蓮はマイクを手に、会場に向けて話し続ける。

「今回、神楽の新規事業と申し上げましたが、厳密に言うと少し違います。この度、私たち二人は、神楽財閥のグループ会社という形で、全く新たな会社を設立いたしました」

蓮の発言に、会場が一気にざわついた。かくいう俺も、二人が会社を作るなどという話は、まったく聞かされていない。

舞台上に設置された垂れ幕が勢いよく下りると、そこには【ＲＳグループ】という新たな社名が大々的に明記されていた。

「この度、各種サービス業をメインとした新たな会社を運営してまいります。神楽の事業は今後とも変わりなく継続し、その上で、我々兄弟で立ち上げました会社もぜひ贔屓《ひいき》にしていただきたく……」

規模の大きすぎる報告に惚《ほう》けながらも、俺は蘭と蓮が代わる代わるプレゼンする事業内容に見入っていた。

その姿は、一言では言い表せないが、とにかく、かっこよかった。それは見た目という意味ではなく、人として、男として、経営者として。

俺と年齢だってそう大きくは違わない青年が、学業にも手を抜かず、睡眠も休息も削り、毎日地道に努力し続けて『自分の力で何かを成し遂げた』のだ。

火が灯るように、胸が熱くなる。

「母さん、すごいね」

「ええ、本当に立派ね。自慢のパートナーじゃない」

尊敬する二人に比べると、自分との途方もない差に、目を背けたくなる。それでもたしかに、彼らの姿に勇気をもらった。交わることはないと、生きる世界が違うと思っていた彼らから、たくさんのことを教えてもらった。

誇らしさと、劣等感と、もう見て見ぬ振りはできない寂しさと。複雑な感情が絡み合って、それでもやっぱり色濃く滲《にじ》み出すのは、二人への純粋な祝福と感謝だった。

「母さん、ごめん」

「翔？」

「俺一人でも、母さんを生涯、守るから」

清々しさが胸を満たしていく。二人のために、神楽のために。俺にできることはこれが最後かもしれない。だからこそ、立派にその役目を果たそうと思った。

「……何を、言ってるの？」

母は困惑しているようだったが、パーティーが終わったら逃げずに向き合おう。この結婚の真相を、母に包み隠さず伝えるんだ。

とそう決心した時、一際大きく、司会者の口上が会場に響いた。

『皆様にサプライズがございます！　本日はなんと！　神楽蓮、蘭両名のパートナーをお披露目いたします』

困惑した表情を浮かべる母に、行ってくる、と告げる。澪に導かれ、舞台袖に向かった。

『神楽翔より、皆様へご挨拶させていただきます。皆様どうか温かい拍手でお迎えください』

会場内に響き渡る拍手が、やけにスローに聞こえる。舞台上に立つ二人は、袖に立つ俺を見つけると、まっすぐに俺を見た。もちろん、何も発してはいないけれど、その視線は俺に「大丈夫だ」と告げているように見えた。

大きく、深く、深呼吸をして、足を踏み出した。

練習した通り、頭のてっぺんから糸でピンと引っ張られているのを意識して、顎を引き、まっすぐに遠くを見据える。胸は少しだけ張って、歩幅は気持ち大きめに、ゆっくりと、そして堂々と。

会場の視線が一気に注がれるのを肌で感じた。だがそれは決して、全てが好奇の目、というわけではないようだ。少なからず感嘆の声が聞こえてきたからだ。

俺が普通でも、平凡でも、いまだ何も自分の力で成し遂げてない人間だとしても、蓮と蘭は違う。非凡な努力で、ここまでのし上がった。だから、二人の評価を落とすことは絶対にしたくない。

ただその一心で、俺は二人の立派なパートナーを演じる。

双子の間まで進んで、正面の来賓たちに向かって四十五度のお辞儀をする。背筋を伸ばし、足は踵をつけて約九十度に開く。ここまで所作に神経を集中させるなんて、最初で最後になるかもしれないな、と考えているとなぜか楽しくなってきた。

「お初にお目にかかります。神楽翔でございます。皆様、今後ともどうぞよろしくお願い申し上げます」

再度丁寧に一礼すると、場内から拍手が上がった。

良かった。きっちり自分の役目を果たせたのだと、安堵でわずかに口元が緩んだ。

見渡すと、二階席の母とハルを見つけた。それは嬉しそうに顔をほころばせて、一生懸命手を振っている。

——ばかだなあ。舞台上で手なんか振り返せないよ。

この後は、三人で舞台袖にはけて、終わり。

二人きりの生活に戻っても、無邪気に笑う母に、何度でも手料理を作ってあげるんだ。母が好きだと言ってくれた料理を。これでも、少しは仕事で成果も出したし、きっと上達してるはずなんだ。だからどうか、これまでの嘘を許してほしい。伝わるはずもないのに、心の中で母に向けて何度も繰り返す。

蓮は、再度握ったマイクを口元へ寄せた。

「皆様、どうか今後とも、私たちの愛するパートナーである翔共々、末長くよろしくお願い申し上げます」

蓮の役作りも完璧だ。愛する、なんて言葉、これからの人生でもらえることはそうないかもしれない。紛い物だとしても、その言葉の響きは、温かかった。

「そして……最後に皆様へご報告がございます」

聞いていた段取りとは違う展開に、内心では疑問に思いつつも、ただ笑顔を絶やさなかった。

すると、蓮は俺の掌をすくい上げるように取った。ぴたりと合わさる貝殻のように、彼は指を絡め、しっかりと俺の掌を握る。反対隣に立つ蘭は、優しく俺の肩を抱いた。

観衆に向けて、自分たち夫夫《ふうふ》は相思相愛で付け入る隙はないと、そう示したいという意図を感じる。俺も、仲睦まじい夫夫《ふうふ》を装うように二人に笑いかけた。

「翔、やっとだよ」

マイクを通さずに、蓮は小さく、けれどもたしかにそう言った。

ハッとして見つめた彼の頬は紅潮し、その笑みからは、抑えられない高揚があふれている。

対する蘭は、わずかに唇を噛み締め、舞い上がりそうな感情を必死に抑えている。俺の目にはそう、映った。

「この度、私たちは結婚式を挙げることとなりました。ぜひ、皆様にもご参列いただきたく思います」

蓮の言葉の後、瞬く間に会場は拍手と歓声に包まれた。

そして俺はその中でたった一人取り残されたように、静かだった。

――結婚式って、一体、誰が。

縋《すが》るように辺りに視線を走らせる。二階席でステージを見守り続ける母の姿を見つけた。母は、両手で口元を覆い、静かに涙を流していた。この時ようやく、他人事のように俯瞰《ふかん》していた魂が、現実に引き戻された。

　俺の結婚を気長に待つと言っていた母が、俺が幸せならそれでいいと笑った母が、そばで二人を支えろと鼓舞した母が、一人息子の節目に涙しているのだと、ようやく気がついた。

　気がついてもなお、実感など湧くはずもなくて、ただ呆然と立ち尽くした。


　舞台を降りた後も手足の感覚が薄れて、心臓の鼓動も遠くから聞こえるノイズみたいで、自分の身体がどこかに行ってしまったような不思議な感覚だった。

「翔様、お疲れ様でございました。ご気分は、落ち着きましたか」

　まだ挨拶回りを続ける双子を置いて、澪と二人で一足先に控え室に戻ると、ソファにどかっと座る。

「澪さん……俺って、二人と結婚するんですか？」

「はい？」

　澪は、きょとんと目を丸くしていた。それから屈むと、怪訝《けげん》そうに俺の顔を覗き込んだ。

「翔様はすでにお二人とご結婚なさっておりますよ」

「そう、なんですけど。結婚式って、俺が出るんですか」

「ええ、翔様とお二人の結婚式でございますので」

　澪は冗談を言うようなタイプではない。だからこそ、俺は頭を抱えた。結婚式をするなど、一言も聞いていない。

愛のない結婚が嫌だから、助けてほしいと彼らは言った。あともう少しで終わりだと、たしかにそう、口にしていたのに。

「翔様、ひとまず、お水をどうぞ」

俺を落ち着かせるためか、澪はテーブルにことりと、グラスを置いた。視線を落とすと、その端に見覚えのある写真立てが伏せてあるのが目に入った。たしかこれは、蓮と蘭の仕事部屋に置いてあったものではないだろうか。

一口水分を取り、写真立てを手に取る。裏返すと、六人の人間が写る写真が入っていた。この写真にはまったく見覚えがない。しかし写真にいる人物を、俺が見間違うはずがなかった。

「父さん……？」

生きている頃の父と母、そして幼少期の俺。

隣には、同じ顔をした少年二人と、知らない大人の男性が一人。どんなに時間が経っていても、面影が残っているからすぐにわかった。この双子は蓮と蘭で間違いないだろう。

驚くべきは、去年の夏、初対面で突然結婚を持ちかけてきた彼らが、十年以上前に撮影された、同じ一枚の現像紙の中に俺と写っていることだった。

こんこん、とノック音にハッとして、写真立てを元の場所へ戻す。扉を開け中に入ってきたメイドは、澪に何やら言伝《ことづて》をして出ていった。

「翔様、パーティーが終わるそうですので、屋敷に戻りましょう」

「でもまだ、二人が残ってるんじゃ……」

「初めてのことで疲れているだろうから、先に戻っていて、と蓮様より伝言を頂戴いたしました。さ、参りましょう」

何が起きているのかまだわからない頭を縦に振ると、俺は澪に促されるまま会場を後にする。

帰りの車内では、心地よい揺れと極度の緊張から解放されたことで、いつの間にか意識を手放していた。

◆

――やめなよ、だめだよ、そんなひどいことしちゃ。どこに生まれたって、君たちは君たちなんだから。

これは、なんの記憶なのだろう。懐かしくて、どこか温かい。

――大きさは関係なく、自分の力で何かを成し遂げることが大事なんだ。でもな、一番大事なのは……

直後、はっきりと浮かんだのは、父のいつもの言葉。

しかしいつも末尾が聞こえず、声は消えてしまう。

どうしても、その先が思い出せない。大切なはずなのに、忘れたくなかったはずなのに。

ふと目の前に、父がいた。父は俺に背を向けて、歩いていってしまう。

教えて父さん。何もかも中途半端な俺は、一体どうしたらいい。


「父さん……ッ！」

文字通り、飛び起きた。手を伸ばしても、夢で会えた父は、当然ながらそこにはいない。胸を上下させ呼吸を荒くしたまま、俺は項垂《うなだ》れた。

「大丈夫、大丈夫だよ」

汗ばんだ身体を、ふわりと温かいものが包んだ。俺を抱きしめているのは、蓮だった。ここは、寝室のベッドのようだった。

「……蓮くん」

「翔、今日はありがとう。きっと、疲れちゃったんだね。お父さんの代わりにはなれないけど、俺たちがずっと君のそばにいる」

「ずっと、そばに……」

役目を終えたら出ていく俺に、なぜ、彼は生涯を誓うのか。蓮は俺の背中と頭を何度も優しくさすりながら、続けた。

「ようやく、約束を果たせるよ。ずっと、この時を待ってた」

「約束……？」

彼の言葉の意味が、わからない。

何が起きているかさえまともに判断できないというのに、まだ彼らに触れられることにわずかに高揚を覚える俺は、なんて単純なのか。

「翔、起きたのか」

俺のために用意してくれたのであろうペットボトルの水を握りしめながら、蘭がわずかに早足で歩み寄ってきた。

「身体は、平気か」

「はい……ごめんなさい。いつの間にか、寝ちゃって」

「謝らなくていい。お前はよくやった」

いつになく優しく微笑んでくれるのに、いつもよりも息遣いが荒く、触れる吐息が熱い。もしかして、まだ夢を見ているんじゃないか。そう思わせるような異質さが寝室に漂う。

蘭がベッドに上がり、ぎし、とベッドが軋《きし》む。

蓮の掌が、俺の頰を包んだ。彼の慈しむような視線が俺に惜しみなく注がれる。蓮の初めて見る表情に思わずたじろいだのを、彼は見逃さなかった。

「翔、緊張してる？」

「え……？」

「優しくするよ、だから、安心して」

何を？　そう問いただす前に彼の顔が近づいてきて、やがて視界を埋め尽くした。彼の口づけは、いつもより深く絡みついて、離れてくれない。

「っん、ん……ッ!?」

「翔……」

再びベッドの上にやさしく押し倒され、蓮の掌が身体を這《は》っていく。身につけていたバスローブを脱がされて初めて、誰かが発表会の衣服を着替えさせてくれたのだと気がついた。

バスローブの下には何も着用していなかった、まるで、この後裸になることが決まっていたかのように。

露《あら》わになった肌に、蘭がちゅ、と何度も口づけを落とした。鎖骨、胸、脇腹、鼠蹊《そけい》部に何度も焦らすように唇を押し当てた。

「っあ、待って、なんで」

「翔、綺麗だ、可愛い」

「な、どうして、こんなことを」

初めて彼らに身体を求められた時も、同じことを聞いた。

契約結婚なのになぜ触れるのか、動揺とかすかな恐怖から出た言葉だった。

だけど、今は違う。

そこに決して気持ちがないとわかっていても、それでも、慌ただしい毎日の中で、その快感に身を任せ体温に溺れれば、その間は将来のことも、俺の立場も、これからの不安も、忘れることができた。いつの間にか、二人の温もりに寄りかかっていたのだ。

だがもう、俺の役目もこの関係も終わりだと覚悟していた。

だから、今日のパーティーだって真剣に臨んで、最後に、二人に恩返しができればと、散々肉欲に溺れてきたが、最後くらいは綺麗にお別れができたらと思っていた。

それなのに、どうしてまた、俺たちは触れ合っているのだろう。

「好きだ」

突如放たれたのは、その場の空気を真っ二つに切り裂くような実直な声だった。

うだうだと考えこんでいた頭が、一気に晴れたような気がした。

「あ、蘭に先越されちゃった」

蓮は、興奮を隠そうともせず、それでも肩を竦めてふざけるように笑った。楽しそうに、それでいて、息をするのも苦しそうに。

「翔、お前が好きだ。ずっとお前だけを見てた」

今まで、そばでいろんな蘭を見てきた。時に無表情で、虫の居所が悪そうで、態度や言葉に棘があった。それでも、俺を暴漢から守ってくれたり、身体を気遣ってくれたり、俺の努力や成果を見てくれたりした。

すべてかき集めても、今目の前にいるような、目を細めて優しく愛おしむように微笑む彼はいなかった。

どっ、と心臓が一瞬大きく鼓動して、身体中が熱くなった。明らかに浮つく心を素知らぬふりをするのは、難しかった。

「早く、本当の意味で翔を手に入れたくて、おかしくなりそうだった。でも、翔との約束があったから、必死に耐えたんだ。それももう、終わりだ」

なぜ、今になって突然胸のうちを吐き出したりするんだ。あの写真の真相も、彼らと交わした約束とやらも、なにもわからないのに。

「やっと、君に伝えられる。翔、君が好きだ、ずっと、そばにいてほしい」

なぜ二人して、俺を好きだなんて言うのか。

でも、どこかでこの言葉を待っていた気がした。

「もう、さよならなんじゃ……」

いまさら取《と》り繕《つくろ》ったって遅いだろう。

自然とこぼれた言葉が、二人の表情を一変させた。

「ここまできて、逃げられるなんて思わないほうがいい」

急き込むように、蘭が手首を掴んでベッドに縫い付けた。

「つい、た」

一気に平静さを失い、声を上ずらせた蘭は、怒っているようにも、怯えているようにも見えた。

「まさか、どうして？　翔を離すつもりなんてないよ。たとえ君に嫌われても、軽蔑されても」

綺麗に整った蓮の顔がずい、と近づいて、凄んだ。非情さを装っているのだと、そう思った。

舞台上ではあんなにかっこよくて、輝いていた。あの部分だけを切り取れば、完全無欠で、冷然として、隙がないと言われるだろう。

だけど半年間ともに過ごした二人は、欲には溺れるし、書類を間違うし、寝不足で濃い隈《くま》をこさえながらデスクを散らかすし、欲しいものを手に入れたいからと努力をする、誰よりも人間味のある人たちだったのだから。

「だから、これからすることを、逃げずに受け入れるしかないんだよ、途中でやめたりできないと思う、ごめんね」

蓮はそう言い衣服を脱ぎ捨てた。蘭も同様に衣服を脱いだが、窓からわずかに差し込む月明かりに照らされ、静かに、力強く呼吸する二人の身体は、美術品のように綺麗だった。

ベッドに縫い付けた手首を強く握りしめたまま、蘭は俺に口づける。

「……ん、ふ……っ」

「口、開けろ」

蘭の舌が、言葉が、自分だけに刺さる眼差しが、俺を捉える。俺は大した抵抗もせず、筋肉を緩めて受け入れた。そうしているうちに、下腹部が柔らかく暖かな感触に包まれた。

「っあ、あ」

「こんなに綺麗な肌も、可愛く鳴く声だって、もう、俺たち以外が見聞きすることはない」

蓮が俺のモノを上下に扱《しご》くたびに、ちゅく、ちゅくと、控えめに耳に水音が到達する。気持ちよくて、もどかしい。

「ねぇ、蘭、はやく」

「わかってる」

蓮のせっつくような声に反応した蘭の掌が、するりと降りていく。腹部をくすぐるように通過して、腿《もも》の間に差し込まれたそれは、再び、未開の後ろに触れた。

「――ッ！」

指が押し当てられている。ぐっと力が入って、身体をよじらせると、蘭は、くそ、と独《ひと》り言《ご》ちて、指を自身の唾液で湿らせる。そしてまた、少々前のめりになりながら、てらてらと滑らせたそれを、突き立てた。

「う、あ……っ」

つぷ、蘭の指が入ってくる。痛くて、少し割り入ってきただけで圧迫感が凄まじい。

「……痛い、か」

俺よりも苦痛に顔を歪《ゆが》めている蘭は、そう聞きながらも、さらに奥へ奥へと指を押し込んだ。その度に痛みが増して、掠《かす》れ声が漏れた。

それでも、彼の指の動きはゆっくりしていて、優しく触れているのだと思った。思い違い、もしくはただの願望かもしれないが。

蓮が丁寧に前を愛撫してくれるのが救いで、ほんのわずか痛みを忘れることができた。

「翔」

蓮はおもむろに、自身の下腹部を俺の口元に寄せる。間近で見るそれは、本来自分と同じ部品のはずなのに別物のように大きく、どくどくと拍動していた。彼はそれを頬に触れさせ、唇をなぞるように押し付ける。

この半年間、好き勝手に触られ続けていたが、彼らのモノを口にするように迫られたのは初めてのことだった。

「む、ぅ……っぐ……」

やがて半ば強引に腟内に潜り込んできて、口の中をいっぱいにする。ゆるゆると、前後に動き出すと、先端が奥に当たって苦しい。

「痛みに耐える君にすら興奮するって、つくづくだめだね」

「……んッん……ぅ」

「熱くて、きもちいい。これ、やばい」

蘭はぐちぐちと後ろをほぐしながら、何度も乳首を舐めては転がした。蓮は、自身の欲望で俺の口を犯しながらも、丁寧に愛撫を続けた。

もう、痛いとか、苦しいとか、そんな心地が薄れるほど、色濃く、烈《はげ》しく、二人の熱で全身が埋めつくされた。

「もう、挿れたい、いいかな。翔の口の中、気持ちよくてもう……できれば翔の中に、注ぎたい」

蓮の呼吸は乱れ、肌を通して伝わってくる呼吸のリズムが、脈のテンポが、じわりと速かった。

その緊張感で嘘ではないとわかった。

「ああ、でも、蘭が先かな。キスだって最初に俺が奪った」

「別に、かまわない」

蘭は俺の背後に回ると、蓮に向けて両脚を大きく広げて見せた。さっきまで蘭にかき回されていた後ろが熱くて、勝手に震えるのがたまらなく恥ずかしかった。

「先とか後とか、今更関係ないだろ。この先ずっと、俺のだし」

頬を擦り寄せた後、後ろから蘭に抱き込まれながら、またキスをした。後ろにふに、と触れる柔らかさが、硬くて熱い、矛盾を孕《はら》んでいるのを知っている。

そして、蓮のそれが身体の中に入ってきた。

「っひ、ぐ……ッ！」

あまりの圧迫感で呼吸がまばらになる。なんとかして酸素を吸おうと四苦八苦しているうちに、続々と奥へ挿入される。

「俺たちの、ね」

蓮はゆっくりと腰を動かしながら、余裕の感じられない笑みを浮かべた。

――この会話、前にも聞いたような気がする。そうか、あの頃から、もう。

ぶる、と蓮の体が、打ち震えるようにわずかに振動した。

「はい、った……翔のなかに、入ってる」

感嘆の声というのは、こういう声か、と妙に納得した。自分でしておいて、びっくりしている、そんな印象だった。

額の汗を手の甲で乱暴に拭うと、蓮はまっすぐに俺を見据え、キスをした。もう何十回と口づけを重ねてきたのに、今は一段と心臓がうるさい。

「翔、好きだ、初めて会ったあの頃からずっと、君だけを見てる」

彼の言う、初めて会ったあの頃、というのは、彼らが結婚を申し込んできたあの日とは違うのだろう。輪郭のない淡い記憶は、霧のように掴めない。

そろりと、蓮が動き始めた。異物を受け入れる気のなさそうな俺の後ろはきつく、彼が動くたびにその隙間を埋めようとぴたりと貼り付く。痛みの存在感が大きくなってきた頃に、後ろから伸びた蘭の指が優しく胸を弄ってきて、またわずかに中和される。

「どうして、おれ、二人と違って普通の人間なのに」

「そんなことはないよ。俺たちにとって翔は、特別だ」

ぱちゅん、蓮の腰が少々乱暴に打ち付けてくる。内側からぞくぞくと、筆舌に尽くし難い感覚が指の先まで通りぬけていく。

「ツう、ぁ……！」

「艶《つや》やかな黒髪も、抱きしめたくなる小柄な身体も……何事にもまっすぐ向き合おうとする誠実さも、優しい笑顔も、全部、全部好きだ」

蓮は何度も、腰を動かした。その度、顔をしかめた。

呪文のように、好きだと口にする蓮に、そんなことはないでしょ、とどこか他人事のように思った。夢か、と目を閉じてみる。だが、再び開けても、見える世界は変わらなかった。

利害関係が一致しただけの、自分の手で会社を興してしまう、俺とは到底釣り合わない二人が、まだそこにいた。

——なんでそっちが、泣きそうな顔をしてるの。

蓮は苦しそうに、目をそらさずに、俺を見ていた。

「翔……っ、受け止めて」

「っあ、あ……蓮、くん……！」

やがて、一際奥を突くように腰を深く押し付けるのと同時に、彼は自らの欲を俺の中に注いだ。中に入ってきた熱い液体の感覚にぞわぞわと震える。一滴も零すまいという気概を感じる言葉だったのに、全てを出し切ると蓮はさっと俺の中から去っていった。だから、あっけなく彼の欲がたらりとこぼれ落ちる。

終わったんだ、そう思った瞬間に、身体が宙に浮いた。たとえではなく、一瞬、空中に放り出されたようだった。実際は、蘭と向かい合わせになるように、蓮が身体を持ち上げて反転させていたのだ、とすぐに気がついた。

気がついた直後、ぐぷ、と再び後ろに入ってきた。いや、この体勢だと、自重で、蘭の昂《たかぶ》りをどんどん呑み込んでいく、というのが近いのかもしれない。

「——っひ、ぁ……!?」

蘭のそれが一気に奥まで入ってくる。奥をずちゅんと一突きしたそれに、だらしなく口を開けたまま大きくのけぞった。語弊があるかもしれないが、まるで内側から殴られたような衝撃だった。

それなのに、背中にそっと触れた掌はたおやかで、優しい。

「俺を見ろ」

身体の繋がった彼と、視線が重なった。

そういえば、初めて神楽に来たばかりの頃、蘭は目も合わせてくれなかった。

無愛想で、目つきも悪くて、ずっと嫌われているのだと思っていた。だから初めて名前を呼んでくれた時はわずかに心が軽くなった。

そんな彼が今、まっすぐに俺を見てる。それを認識して、胸がじんわりと熱くなった。

「もう、我慢はしない。縛り付けてでもそばにおく」

だけど本当はもっと前から、蘭の燃えるような目は、俺を見ていた。

「他の誰にも触らせない、誰にも渡さない」

何度も下から突き上げられて、腹の奥底を突かれる。もう体勢を保つほどの力も残っておらず、俺は蘭に寄りかかり、身体を預けた。

「——っあ……く、るし……っ」

「翔」

名前を呼ばれると、頭の中がふわふわする。

噛みつくようにキスをしてくる蘭の表情が一瞬だけ見える。嬉しいのと、悲しいのと、辛いのとがないまぜになっている、そんな顔だった。

「……っ！」

「あっ、うぁ……ッ」

蘭の呼吸が速くなり、動きが大きくなる。彼ももう限界なのだとわかった。

「好きだ、翔」

俺のどこに二人が好きになるようなところがあるのだろうか。でもそう言われると嬉しくて、体中が恍惚《こうこつ》とした。

やがて、蘭の身体がぶるぶると震え、二度目の欲が流れてくるのがわかった。

苦しかった。涙がにじむほど痛かった。正直、気持ちいいとは思えなかった。

だけど、辛くはなかった。

◆

記憶にある庭は、両親に連れていってもらった自然公園と見紛うくらい広かった。

両親は知らない男の人と楽しそうに話していたから、今は構ってもらえる時間じゃないのだと、子供ながらに察知した。探検してくる、と言うと、あまり遠くに行くなよ、と父は言った。

どうせなら、通う小学校よりも大きそうなこの建物を一周しようと、胸を躍らせながら、歩き続けた。

ちょうど半周くらいしたと思った頃、大人一人と、子供二人の人影が見えた。大人は地面にごろんと転がって、起き上がるとまた転んだ。二人の笑い声が聞こえたので、広いお庭で遊んでいるのだと思った。

父と寝転がって、高く持ち上げられて、崩れては笑って、そんな名前もない戯《たわむ》れを思い出した。混ぜてもらおう、そう思って駆け足で近付いた。

——おい、立てよ。まだ終わってないぞ。

顔が判別できるまでに近寄ると、大人は笑っていないことに気がついた。元は白く綺麗だったであろうワイシャツが、土草にまみれて薄汚く色を変えていた。

もう、おやめください。許してください。小難しくて聞きなれない言葉だったが、言葉の雰囲気から、その大人が嫌がっているということは伝わった。

——口答えするな。おれたちは、えらいんだ。親が大金持ちだから、何やってもいいんだ。

うずくまる大人を軽く蹴飛ばすのは、それを笑いながら見ているのは、自分よりも少しばかり上級生の、双子の男の子だった。

やめなよ、だめだよ。と、思わず出した声に、二人が反応を示した。

誰だ、と睨んでくる彼らの顔は怖かったけど、それでも退いてはいけないと思った。父に何度も教えられた大切なことを、裏切ることになると思ったから。

——君たちがお金持ちなのは、お家の人たちの力でしょう。えらくなんかない。そんなのかっこ悪いよ。

一息で、思い切り吐き出した。少しだけ足が震えていたのを今でも覚えている。なんだと、と詰め寄る彼らを、怒らせてしまったと思った。それでも続けた。

——一番かっこいいのは、自分の力で何かを成し遂げることなんだよ。どこに生まれたって、君たちは君たちなんだから。

取《と》り繕《つくろ》うつもりはこれっぽっちもなかった。そうだと、自分自身でも信じて疑わなかったから、まっすぐに目を見て言った。彼らの瞳からみるみるうちに怒りや苛立ちが色褪《いろあ》せて、代わりに、実に子供らしい、純真な、どこまでも吸い込まれそうな深い黒色に戻った気がした。

——何か、って、なに。

そう言われて、悩む。なんだろう。どうせなら、すごいことをしたほうがいいよな。

世の中の複雑さなんてまだ微塵も感じていなかった俺は、「一日遊んでも飽きない、おっきな家をつくるとか？」と答えた。しかし彼らは「なんだよ、それ。おっきな家ならもうあるし」と言い、くすりと笑った。

——じゃあ、大きな会社。それ作って、一番かっこよくなったら、ずっと一緒にいてくれる？

彼らの問いの意味するところを、深く考えなかった。打ち解けた気がして、嬉しくて、ただ頷いた。

大人にきちんと謝った後、ほんの少しだけ彼らと遊んだ。

やがて両親が迎えに来て、今日はもう帰るよ、と言った。またね、と手を振った俺を、彼らは追いかけてきて、しっかりと手を握った。

——約束だよ、結婚。忘れないで。

声を合わせて、そう言った。母がすかさず「あらまぁ、よかったわね、翔」と笑うので、俺も笑って「うん」と答えた。

父は二人の少年に目線を合わせると「翔と一緒に、幸せになってくれるか」と言う。すると二人は大きく、力強く頷いた。

「翔、やるなぁ」と頭を撫《な》でてくれた父の掌が大きくて、全身を包まれるような感覚に身体が熱くなって、ふわふわ浮いてるような気分だった。得意げに「まぁね」と返すと、生意気だと父は笑った。

◆

「翔、入るわよ」

深く布団に潜り込んだままでも、音は案外聞こえるものだ。コンコンとノックして、返事を待たずに扉を開ける感じは、神楽に来ても変わらないんだな、と呑気に思った。

「大丈夫？　食べられるなら少しでも、食べた方がいいわ」

母はずんずん入ってきて、ベッドのふちに腰掛ける。まるで自分の家のようだ。いや、たしかに自分の家になったのだが。

俺は自分がきちんと衣服を身につけているか不安になり、確認してから布団から顔を出した。窓から入る太陽の光が眩しくて、目を細める。

「翔が昼まで寝てるなんて、中学生以来よね。どれどれ」

そっと差し出した手の甲が額に触れて、ひんやりと気持ちが良かった。二人で暮らしている頃の、毎日の家事とパートでがさがさに手荒れして、ろくに手入れもせずお婆さんみたいだった手が、綺麗にふっくらとしていることに気がつく。

「熱はないみたいだけど……日頃の無理が祟ったのよ。昨日も、あんな大舞台に出て疲れたでしょう。連休をもらっててよかったわね。ゆっくり休んでなさい」

母さん、と自然に口が動いた。

「俺たち、ここから出て行かなくてもいいみたい。俺だけだったら、きっと母さんの手は一生しわしわでがさがさだったかもしれない」

母は呆気にとられたように、俺を見ていた。

一人になっても、生涯、大切な家族を、父に託された母を守るつもりだった。

ところが、二人は俺を離さないと言った。逃さないと言った。母のことを思えば、一生神楽で過ごせるのは願ってもないことだった。肌にハリも戻って、もっと綺麗になれるかもしれない。

それなのに、突然全身から気が抜けてしまったように身体の中心が寒くて、エネルギーの矛先を見失ったようで、どうしようもなく脱力感がまとわりついていた。

「何言ってるのよ、昨日から変よ。それにしわしわのがさがさって、失礼ね」

「でも、今はこんなに綺麗だよ」

「ありがと」

裏表のない表情で、母は俺の言葉を他意なく受け止めていた。ムッとして、心配して、笑う。

「父さんと母さんは、神楽の人と友達なの？」

ふと思い出した記憶のかけらを聞いてみる。ただの夢かもしれないのに。

「お父さんが、古い付き合いなのよ。それでも、結局一回しか遊びに来られなかったわね」

思いがけず命中した。やはり記憶の中にいた、両親と仲睦まじそうに笑っていた男性は、神楽の人間だった。

「あの方は仕事で海外に行ったきりだから、挨拶もできてないわね。あの時は、まさか翔のお義父《とう》さんになるだなんて、思いもしなかったけど」

生い立ちですら謎に包まれていた双子は、当たり前だけれど、ちゃんと人の子だった。

「俺が、二人と結婚するとは思わなかった？」

「三人の可愛い約束がちゃんと実ったら、ドラマみたいだなとは思ってたわ」

母も、幼くて無知な俺たちが交わした、もはや効力なんてないはずの約束を覚えていた。

「いつかパートナーを紹介するって言った、その次の日に二人を連れてくるんだもの。びっくりを通り越して、感動しちゃった。どこが気長になのよ、って。でも、すごく嬉しかった」

あの頃の俺は、きらきら光る宝石みたいな約束を忘れて、自分と家族の利益のためだけに結婚を受け入れた、汚い人間だった。本質は今も変わらないのかもしれない。

「生まれも育ちも違う他人が、結婚して家族になるって、簡単なことじゃないわ。それでも、すこしずつ自分たちだけの形ができていくのよ。不安になるのもわかるけど、ちゃんと向き合って。翔はこれから、ずっと二人のパートナーなのよ」

二人と向き合う――そう考えると、獣のような二人の姿を思い出して、背筋が縮み上がる。しかし、心なしか全身が熱を帯び始めた。

「翔と二人の頃も、幸せだった。だけど今は、私とお父さんが大切に育てた翔が愛されるのが、本当に幸せ。どう？　翔は素直で、優しくて、努力家ないい子でしょ、私の子なのよ、って」

「やめてよ、親バカ。俺もう大人だよ」

気恥ずかしくて、顔を伏せる。対照的に、母の声は上機嫌で、はつらつとしていた。

俺は、両親に誇ってもらえるような人間じゃない。あの約束がなければ、雲の上のような二人に求婚なんてされてない。

これから先、彼らは様々なものと出会って、『選ぶ相手を間違えた』と目が醒《さ》めるかもしれない。

そう思うと、喉の奥が詰まったように苦しくなって、唾を飲み込んだ。

「親なんて、皆そんなものよ」

母は明るく笑う。俺にとって、守るべきか弱い存在であった母は、もういないのだと、そう思った。

◆

「ずっと、そうしてたのか」

夕刻、ベッドに寝転んだままでいた俺のもとに、蘭が現れた。

窓から見える空は橙色《だいだい》。いつもだったら、彼らが帰るのはもっと空が青黒く染まってからだ。

「おかえりなさい」

「痛むか、身体」

「少し」

本当は少しなんかじゃない。歩くと痛みが腰から全身に響いて悶絶《もんぜつ》する。昨日裸で抱き合った、平常心の皮を被った獣が近付いてくる。内心おののきながらも、その場で身体を起こした。

「いい、寝てろ」

「いや、そろそろ起きようと思ってたから、いいんです」

「……そうか」

蘭がベッド脇のソファに腰掛けたので、俺も同じようにそろりと移動して、柔らかいソファに身体を預ける。昨日手酷く抱かれた相手に対して多少の恐怖はあったが、向き合えと言った母の言葉が、背中を押してくれた。

お互いに何を話すでもなく、視線が重なると、蘭は俺の身体をふわりと抱きしめた。

「つい……」

腰に微かにその腕が触れただけで、声が漏れる。自分が思っている以上に、ダメージは大きい。

蘭がびくんと身体を硬くした。

「悪い」

蘭はすっと離れると、しばらくして立ち上がった。

内心びくびくしているくせに、彼が歩き出すのを見て、『あ、もう行っちゃうんだ』と思ってしまったことが、我ながら滑稽だった。

「え、もう行っちゃうの」

奇《く》しくも、俺と同じことを思う人間がそこにいて、俺とは違ってそれを声に出していた。蓮だった。

「翔、身体はどう？　ごめんね、昨日、無理させて」

大丈夫ですと返したら嘘をつくことになるし、大丈夫じゃないと言うわけにもいかない。適当な言葉が浮かばず言い淀んだ。

「翔、大丈夫だよ。さすがに昨日の今日で、手を出したりしない。蘭もほら、座りなよ」

明日以降はどうなるんだと、わずかに気がかりだが、とりあえずはほっとした。

L字型のソファで、自分を挟むようにして蘭とは反対側に腰掛ける。

昨晩、この部屋で三人で乱れて、さらけ出して、絡み合った。本当は、昨日言うべきだったが、そんな余裕がなかった。それでも二人に伝えなければならない言葉があった。

「あの、おめでとうございます」

「うん？」

「会社の設立……二人が、毎日遅くまで頑張ってるのは知ってたけど、そのためだったんだってわからなくて。だから、今更ですけど……おめでとうございます」

蓮と蘭、交互に彼らの目を見て言った。真剣に伝えると、蓮は照れるのを隠すように笑った。

「あは、そんな神妙な顔をしなくても。でも、ありがとう、翔。君のおかげだよ」

「そんな、俺は何もしてないです」

「いや、君がいなかったら、俺たちは最後まで成し遂げられなかった」

さらさらと、その大きな手で俺の髪を撫《な》でた。指が耳を掠《かす》めると、声にはならない吐息が微かに漏れる。

「結局俺たちは我慢できなくて、まだ約束を完全に果たしてないのに、翔の優しさにつけ込んでたわけだし」

「お前が唆《そそのか》したんだろ、俺はちゃんと自制してた」

「コロッと落ちたくせに」

「蓮だけ触るのは気に食わねぇ」

「強がっちゃって」

こうして見ていると、普通の仲睦まじい兄弟だった。これが二人の家族の形なのだと、妙に納得した。

「まぁ……どちらにせよ、あんまり胸を張れることじゃないよね」

蓮は伏し目がちに言った。俺が母にしたのと同じ、後ろめたさを隠すような仕草だった。

――二人は違う。二人は自分と違って、純真な心で、実直に一歩ずつ進んでここにいるのだから。

「そんなことない、絶対」

思わず声が大きくなり、二人は目を丸くした。二人以上に、俺が一番びっくりしたけれど、二人が黙って俺を見るので、そのまま続けた。

「そんなことで、霞《かす》んだりしない。二人は、一番かっこいいし、えらいんです」

今なら、俺はえらいんだと言われたって、きっと、その通りだと返す。

「一番、か」

「はい」

昨日、あの場で誰よりも煌《きら》めいて、眩しいほどかっこよかったのは、蓮と蘭だ。それは、間違いない。だから、もっとちゃんと誇ってほしかった。俺のためなんかじゃなくて、自分たちのために。

そう返すと、蘭は満足そうに目を細めた。

「よかった……こんなに時間が経っちゃったけど、やっとだ、やっとここまでこられた。いつだって、何度だって翔に触れられる。もう我慢しなくていいんだ」

泣き出すのでは、と思うほど切羽詰まった表情で、噛みしめるように蓮は言った。身を乗り出して、目元や頬にキスを落とす。このまま押し倒されても違和感がない触れ方だった。内心はらはらしていると、後ろからぬっと伸びてきた腕が、やんわり蓮の肩を押しのけた。

「翔に体重かけんな、痛がるだろ」

「ああ、すでに蘭が実証済みってこと」

「だからお前と一緒にすんな」

「冗談。ごめん。今日はもうやめる」

ごめんね、と呟いて蓮が額にキスをするのも、はぁ、と蘭が吐き出した気だるげな溜息ですら、優しさだと汲み取ってしまう俺は、相当重症らしい。

そしてめちゃくちゃに貪《むさぼ》ったくせに、身体を気遣う彼らを自分がどう思っているのかわからなかった。向き合おうとすると、顔の見えない恐怖が背中に張り付くようだった。

それでも、二人が触れた部分が、切なく熱を持つのは、本当だ。

ずっと、利害一致の契約結婚だと思っていた。俺に興味などないと、二人に本命が現れるまでの身代わりだと、そう信じて疑わなかった。それが今、こうして好意を寄せられているだなんて、あの頃の俺にはきっと想像すらできないだろう。

——あれ、でも、そういえば。

突如として、一つの疑問が浮かぶ。疑問というよりは矛盾に近いかもしれない。

「どうして、去年だったんですか、俺たちが結婚したの」

二人は大学院を卒業して程なくして、会社を設立した。それならば、そのあとに、俺のところに来ればよかったんじゃないか。

君が本命だから、結婚してほしいなんて直球で伝えられたら、彼らの人となりを知らない自分は、逃げただろうが。

「ああ……そのころ、二人の生活が一番困窮していたでしょう？　お義母《かあ》さんの体調はもちろんだけど、翔が根を詰めすぎて倒れてしまうんじゃないかって、気が気じゃなかったんだ」

「そこまで、全部調べてたんですね」

「うん……けっして、早く翔に触れたかったからじゃないよ？　本当はちゃんと、会社を登記するまで我慢するつもりだったんだから」

蓮の言葉に、うそつけ、と蘭が茶々を入れ、蓮が口を尖《とが》らせてひどい、と返す。そのテンポの良さが小気味いい。

宣言通り、二人は俺に触れることはなかった。これくらいのやりとりと距離感が、きっと俺にはちょうど良い。

◆

パーティーが終わって一週間ほどが経過し、生活は落ち着きを取り戻した。

双子は、以前よりはマシだが、相変わらず多忙を極めているようだった。俺も全快して、いつも通り仕事に追われる毎日を過ごしていた。

いつ用無しになるかもしれないからと、がむしゃらに働いて稼いでいた頃とは違うかもしれないが、それでも料理が好きなことに変わりはなくて、少しだけ肩の力を抜いて、仕事に打ち込んでいた。

俺の中に情熱があって、安堵した。

良かった、と、レシピノートのページをめくりながら、独《ひと》り言《ご》ちる。

「翔、なにしてるの」

部屋の中に彼がいるのに、まったく気がつかなかった。「わぁ」と気の抜けた声を出すと、蓮がくすくすと笑った。

「び、びっくりした」

「ごめんごめん。驚かせるつもりはなかったんだ。そんなに集中してたのに、邪魔しちゃったね」

大丈夫です、と返事をして、ノートを閉じた。優しい目をして、蓮がよしよしと頭を撫《な》でてくる。

もはや、癖なのではないかと思うくらい、蓮は俺の頭をよく触る。嫌ではないのが、厄介なところだ。

「翔、もし時間があるなら、少しだけ散歩をしない？」

「さ、んぽ……ですか」

あの夜は、一体何だったのか、そう呟きたくなるほど、清らかなお誘いだった。

実はここ最近、発情期の獣のようだった彼らと同一人物なのかと疑うほど、清らかな関係が続いていた。もちろんそれは、俺にとっては好都合なのだが。

「そう。神楽に来てからゆっくり家で過ごしたこと、ほとんどないでしょう？　案内するよ」

「でも蓮くん、忙しいんじゃ」

「大丈夫だよ、今は時間があるんだ」

蓮はにっこり笑って、「さ、おいで」と手を差し出した。

今まで何度もそう感じてきたが、改めて、顔が良いと思った。笑った顔も、真剣な顔も、ベッドの上でも、全部が綺麗だ。つくづく、全てが俺とは不釣り合いなのに。なぜ俺を、と何度目かわからない疑問を思い浮かべつつその手を取った。


「広すぎる……」

歩いても歩いても終わらない。幼少期の俺はよくこんなところを走り回っていたものだ。昔のような無邪気さをどこかに置いてきてしまったんだなと、少しだけ胸の奥が切ない。

丁寧に整備された芝生の上を歩きながら、蓮はしっかりと、それでいてふんわり優しく俺の手を握っていた。自分の手汗や密接な距離が気になるのだが、離してくれる様子はない。

「翔、昔はよく野球とかサッカーとかして遊んでたでしょう。奥に運動場もあるんだ。自由に使って良いんだよ」

「あ、ありがとうございます」

——野球、サッカーって……小学生の頃の話だよ。

昔は近所の子供たちや父と頻繁に公園で遊んでいた。しかし父が亡くなってからは、趣味や娯楽とは離れていた。

「ここは、翔の家だよ。一日遊んでも飽きない、おっきな家。これは、俺たちの功績じゃないけどね」

そう言ってはにかむ彼を、可愛いと思った。そうして、頬に熱を感じた。年上の男性に適切な表現ではないかもしれないが、口に出していないのでセーフだろう。

「あ、ねぇ、あの温室の中を見たことある?」

蓮がおもむろに指差した先には、大きなガラス張りの建物があった。温室というよりは、ガラスの家と表現した方が近い、立派な建物だ。

「いえ、初めて見ました」

「綺麗な花がいっぱいだよ、ほら」

手を引かれながら、ともに足を踏み入れる。色とりどりの綺麗な花々が見事に咲き誇り、甘い香りと澄んだ空気が体内を巡り、満たすようだった。

「これ、全部お義母《かあ》さんが手入れしてるんだよ」

「えっ、母さんが？」

「花が好きみたいだったから、蘭とプレゼントしたんだ」

こんな立派なプレゼントをいつのまに、とか、母に良くしてくれてありがたいだとか、生まれた思考は様々だけれど、真っ先に浮かんだのは、母はそんなに花が好きだっただろうかという疑問だった。

記憶を辿《たど》り浮かんでくるのは、父を亡くして悲しみに暮れる母。それでも息子を育てるために昼夜働き詰めだった母。身体を壊し、俺にごめんねと謝ってばかりの母。

けれども、俺が一番好きなのは楽しそうに笑う母だった。

母が笑っていたのは、父が生きている頃だ。

「あ……」

ふいに、思い出して声が漏れた。

大好きな父と切り盛りしていた食堂の窓辺にはいつも、綺麗な花が飾ってあった。毎日嬉しそうに水をやる母は、たしかにそこにいた。それを忘れていたことに驚く。

俺にとっても、あんなに大切な日々だったのに。

「ありがとうございます。母さん、ここに来てから毎日すごく楽しそうで……二人のお陰です」

「翔も、お義母《かあ》さんも幸せにするって約束したからね」

何の混じり気もない笑顔で、そう言い切るものだから、心臓がどきりと跳ねた。

彼の言葉には、重みがあった。もし彼が政治家や総理大臣になると宣言しても、そうだろうな、と思うのだろう。彼らの、願いを意地でも形にする強さを知っているから。

「翔も遠慮しないでね。危険なこと以外だったら、何でもやっていいよ。俺も蘭も、サポートするからさ」

少しだけ赤らんだ顔を隠すこともできない距離で、蓮は大切なものを愛でるように俺の頭を撫《な》でる。気恥ずかしくて目を伏せてありがとうと告げると、頬に一度だけ口付けられた。

「さ、そろそろ戻ろうか。あんまり歩くと、身体に響くからね」

「え？　蓮くん、どこか悪いんですか」

思わず問うと、蓮は少し目を丸くした後、首を傾げた。

「翔のこと、だよ」

「俺、具合悪いとか言いましたっけ？　元気、ですけど……」

「……本当？」

ためらいもなく背後に回った掌が、腰と臀部の境目を優しくさすった。その瞬間に、彼の言葉の意図を察して、かっと顔が熱くなった。

「一週間しか経ってないけど、もう落ち着いたの？」

「い、一応、普通に働けてますし」

「そっか、なら、良かった」

わずかに、彼の瞳孔が開く。明確なことは何も口にしてはいないけれど、期待と劣情を内包しているようだった。ああ、墓穴を掘ってしまった、と後悔した。

「俺はもう、仕事に戻るよ。翔はどうする？」

「あ、もう少し、ここを見てます。先に戻ってもらって大丈夫ですよ」

「そう、わかった」

離れがたい、と言わんばかりに、蓮が俺の身体を抱きしめた。もう戻るよ、と言っておきながら、おそらく一分以上はそのままだった。一度繋がった身体同士、拍動のリズムも、身体の温度も、溶け合っているみたいに、よく似ていた。

「仕事が片付いたら、夜、会いに行くよ」

知っている。その言葉が、今夜抱く、と同義であることを。

嫌だと言ったらどんな反応を示すだろうか。試してみようか、と彼の表情を盗み見て、結局何も言えなかった。愛しくて仕方ないものを愛でる満たされた表情だった。俺を腕に抱いて浮かべたそれを、壊したくないととっさに思ってしまったのだ。

ベッドの上で、痛みと羞恥心《しゅうちしん》に耐えながら、あの時拒絶すれば良かったと省みる未来が想像できるのに、それでも言い淀んだ。何も言わない俺の頭に優しく頬を擦り付けると、蓮は「あとでね」と告げて出ていった。

一人分の体温に戻って心なしかひんやりとした身体を、抱えるようにうずくまる。

「何がしたいんだ」

口に出して、まさにその通りだとしっくりきた。

目先の大きな目標を失って、突然囁《ささや》かれた愛に戸惑って、それでも永遠なんてものは存在しないと高を括《くく》って、二人の好意を素直に受け取っていいのかもわからない。セックスは痛くて、苦しくて、けれども拒否できない。

——俺のやりたいことって、幸せって、なに。

彼は俺を幸せにすると言った。好きなことをやればいいと言った。

蓮に言われるまで、公園でスポーツに夢中になっていた幼少期すら忘れていたのに。

好きなものを好きだと言うことも、大事なものを大事にすることも長い間忘れてしまっていた。

だけど母は、神楽に来て取り戻した。

取り残されたような寂しさを抱え、俺は母が大切に育てた花をじっと見つめた。

紅色の小さな花が生い茂る木を見つけて、最後に自分が心から夢中になっていたことなら思い出せるのに、とため息をつく。

そうして「私の名前とおんなじ色だから好きなの」と笑った彼女のことを思い出していた。

◆

昨晩、突然スマートフォンの通知が鳴った。

企業のメールマガジンや広告以外のメッセージが入ったのは、久しぶりのことだった。寝ぼけた目を擦りながら確認すると、それは店長からの連絡だった。時刻は十時。夜分遅くにごめんねから始まる、人柄がにじみ出る実に丁寧な文章だった。内容を要約すると、こうだ。

『実は母体の会社が吸収合併されることになったので、明日急遽社員だけ集めてミーティングをしたい。早めに出社することは可能か』とのこと。

随分と急な話だなとは思いつつ、素早く了承の意を返信して、再度ベッドに寝転んだ。

だが何も珍しい話ではない。吸収合併により従業員が不利益を被ることは基本的にはないとも聞く。まあ、焦ることではないだろう、そう思っていた。


「もう一回、言ってもらっていいですか」

聞き間違いではないのか。そう思い、神経を尖《とが》らせ、店長の口の動きをしっかりと目で追った。

「うん？　今日からこの店舗は『ＲＳグループ』っていう会社の傘下に入ることになったんだ」

「ＲＳグループ……」

「そう。もしかして翔くん聞いたことある？　設立は最近みたいなんだけど、結構大きい会社でさ」

聞いたことはある。なんならあのお披露目の会場で、その名を聞いた。

ネットで社名を検索し、出てきた彼らの会社のホームページを店長に見せると「そうそう、ここだよ」と頷いたので、同名の別会社というわずかな可能性すら潰えた。

その後、今後の条件面等を手際よく説明していく上司の言葉は、もはや耳に入ってこなかった。

心の中は、ぐちゃぐちゃだった。

彼らは一度、この店舗にお忍びで来店していた。俺が働いていることを知らないはずがない。ハルには一度、労働なんてしなくてもいい、と言われた。たとえ神楽の人間になっても、俺は好きでこの仕事をしているのだ。代表がパートナーである蓮と蘭になったことで、いつでも俺を退職させることができるのではないか。

最悪の事態を想像すると、背筋が凍るようだった。

「……翔くん……翔くん？」

「あっは、はい」

「それで、悪いんだけど、今日これから本社に行ってきてほしいんだよね」

「へ……な、なんで、ですか？」

突然下された指令に、思わず間抜けな声が漏れる。ここまでの話をまったく聞いていなかった後ろめたさも相まって、動揺した。

「それが、社長直々のオファーで、君と面談したいとのことなんだ。俺もよく聞かされてないんだけど……とりあえず、今日は本社から人員の補充があるみたいだから、行ってきてもらっていいかな？」

最悪な予想が、より鮮明になる。わざわざ俺を指名する理由が、他には考えられなかった。

半ば呆然としながら、荷物を手に職場の外へ出る。すると裏口通路の目の前に、朝俺を送り届けて帰っていったはずのリムジンが停めてあった。

「翔様」

「澪さん……」

何故ここに、と聞くのは野暮かもしれない。彼の役目は、二人に指示されたことを遂行するだけ。こんな時まで気を遣うなんて、つくづく俺はどうしようもなくお人好しだなと思った。


澪が車をつけたのはビルではなく、パーティーの前に二人と訪れた超高層のシティホテルだった。もちろん、会社ホームページに記載されている住所とは異なっている。

エスコートされるがまま、ホテル内へ足を踏み込むと、人二人以上の高さもある吹き抜けの高い天井と煌《きら》びやかなシャンデリアが存在感を放っていた。澪はフロントでカードキーを受け取ると、中央のエレベーターに乗り込んだ。すかさず後を追う。

ガラス張りのエレベーターが上昇するとともに、地上がどんどん遠くなっていく。もう戻れないのではないかと、ふと、心に影が差した。そんなはずはないのに。

「翔様、お二人はこちらの部屋の中です。ごゆっくりどうぞ」

黙って、澪が指し示した重厚な扉を開けた。光が眩しくて、目を細める。街を一望できるガラス張りの大きな窓のそばに、スーツ姿の二人が立っていた。

「突然呼び立てて、すまない。どうぞ、座って」

「……はい」

にこやかに笑うのは、いつもの蓮だった。けれども二人は、俺の勤め先の社長になったのだ。パートナーとして、社員として、どちらの顔で対応すれば良いのか迷いながら、歩を進める。

「翔がここに来るのは、二回目だね」

蓮が腰掛けたソファ越しに、キングサイズのベッドが目に入る。以前、あのベッドの上で、三人で乱れた。あの大きな窓に手をついて、快楽に溺れた。ふと思い出しては湧き上がる羞恥心《しゅうちしん》に目を伏せた。

「仕事中に、翔が考えてるようなことはしないから安心しろ」

「あ……ご、ごめんなさい」

蘭に心の中を読まれたみたいで、恥ずかしい。そして彼らは、仕事で俺を呼んだのだ、と理解した。

「翔、びっくりしたよね。でもパートナーとはいえ、解禁前の情報を話すわけにはいかなかった」

「どうして、俺の勤め先を」

会社の経営のことなどこれっぽっちもわからない俺が、こんな質問をするのは失礼だと思った。けれども内心気が気じゃなくて、前のめりになって聞いた。すると二人は、俺がこう言うのがわかっていたかのように頷いて、穏やかな表情で答える。

「もちろん、大事な翔が働いている会社だからっていう理由で調べてはいたよ。だけど、ちゃんと企業として伸び代があると判断してのことだ。公私混同で会社を買ったりしないよ」

「なら、前にお店に来たのも、ですか？」

「そう。一通りグループの店舗は回ったんだ。翔の勤める店舗だけじゃない」

「じゃあ、今後も働き続けていいんですか」

「もちろん。翔の働きぶりはよく知ってる。君がいなくなったら、俺たちの会社にとって大きな損失だ。これからも頑張ってくれるとすごくありがたいよ」

良かった、と思わず声がこぼれた。二人が真剣に会社経営に向き合っていることは感じていたはずなのに、邪推したことに気が咎めた。

「でもこれからは、アルバイトと安易にシフト交換したりしたらダメだよ。俺たちが社長になったからには、無理な働き方は絶対にさせないからね」

「あ、はい……それ、店長から聞いたんですか？」

「……うん？」

「最近は店長が厳しくシフト管理してくれてるから、あんまりそういうのはなくなったんですけど……店長、俺について何か言ってましたか？」

「あー……そう、だね」

「改善しなきゃいけない点があるなら、ちゃんと取り組みたいので、教えてもらえませんか？」

途端に、蓮の言葉の歯切れが悪くなったと思ったら、俯《うつむ》いて、言葉に詰まってしまった。いつでも完璧な彼の苦々しい表情は、初めて見るかもしれない。

——あれ、そういえば、さっき俺の働きぶりをよく知ってるとか言ってたけど、一回しか見たことないんじゃ……。

意味を成さない、唸り声にも似た言葉を漏らす蓮に、蘭がため息をついた。

「もう、無理だろ。言うぞ」

「あ、待って、俺、嫌われたら立ち直れない」

「ここではぐらかしたほうが、嫌われるかもな」

二人の会話の意味が理解できないのは今に始まったことではない。だが、いつも泰然としている蘭でさえも慌てたような顔をしていた。

「翔、お前のことを、ずっと前から見てた」

「結婚の前に、身辺を調べてたって言ってたことですか」

「そのもっと前から、ずっとだ」

彼の言わんとしていることが、よくわからなかった。

「初恋の相手は、小学五年生の二学期、隣の席だった橘詩織《たちばなしおり》」

「……！」

「初めて告白されたのは中二の時、相手は同じ小学校出身の男。手嶋潤也《てじまじゅんや》、だったか」

「うそ、なんで……」

俺しか知らないはずの、少し苦くて切ない記憶。両親にだって伝えたことはない。

「父親が亡くなってすぐ、家計のために部活も辞めて、ほぼ毎日放課後にバイトしてたことも、知ってる」

蘭が口にした「ずっと」の意味を、到底信じられないが、理解するしかなかった。

「お前と初めて会って惚れたその日から毎日、澪と春樹を常にすぐそばに置いてた」

彼が嘘をつくような人間ではないことは、これまで共に過ごしてきて、知っているつもりだ。そういえば蓮が俺の幼少期のことを話していたのも、母が花を好きという情報を知っているのも、その時は疑問に感じなかったが、よくよく考えると辻褄《つじつま》が合わない。

私生活が全て二人に筒抜けだったと考えると、途端に顔が赤くなった。

「悪かった。気持ち悪いよな」

「翔、ずっと黙っていて、ごめんね。プライベートを盗み見るようなことをして本当に申し訳ない」

途端に二人はしおらしく、本当に申し訳なさそうに頭を下げた。

普通は、嫌悪感や軽蔑が真っ先に浮かぶのだろう。しかし、非常に驚いてはいるが、そういった感情は不思議と生まれなかった。

「初めはほんの出来心だった。時間が経つにつれて、罪悪感が大きくなっていって、一度はやめようとした。だけど、お父さんが亡くなったあとの君を見たら、心配で目を離せなくなったんだ。だからって、許されることじゃないのはわかってる。本当に、ごめん」

再度深々と頭を下げる彼らに、「顔を上げてください」と慌てて促した。

「びっくりしました、すごく。だけど、いいんです」

驚いたのはまぎれもない事実だ。けれど、胸の奥でわずかに感情が昂《たかぶ》っていることもまた、否定できなかった。

父が亡くなって、母と二人きりの小さな小さな世界に俺はいた。誰も俺を気に止めたりしないと思っていた。誰かに評価されたいわけでも、不遇さを慰めてほしいわけでもなかった。

だけど時々、どうしようもなく虚しさを感じることがあった。彼らは、この小さく孤独な世界で佐藤翔という人間を見つけてくれていた。

「見守ってくれて、ありがとうございます」

仮にも生活を盗み見られていた人間が犯人に対して告げる言葉ではない。でもそれでもいい。人間なんて皆一様ではない。

同性を好きになる人間がいても、双子と結婚をする人間がいてもいい世界なんだ。馬鹿正直に子供の頃の口約束を信じ続ける人間がいても、監視されて感謝する人間がいても、いいはずだ。今はそう、思いたかった。

「でも……さすがにもう、恥ずかしいのでやめてくださいね」

「もちろんだよ。社員を私的に監視したりできないからね」

「プライベートでもダメですって」

冗談めかして言うので、つられて頬が緩んだ。直後、仕事中だった、とハッとした。

「俺、会社の力になれるよう、もっと頑張ります。だから、これからよろしくお願いします」

パートナーの他に、経営者と従業員というちょっぴり奇妙な繋がりが増えたことに、多少の怖れはある。けれども、純粋に二人の力になれたら、と思うのもまた本心だった。

「こちらこそ。君と働けて本当に嬉しいよ。これからも、よろしく」

「あんまり、無理はするなよ」

二人こそ、と返すと、蘭は少しだけバツが悪そうに目を逸らし、蓮は笑ってごまかした。

「じゃあ、さっそく翔にお願いしようかな」

「何をです？」

「実はね、このホテルを買ったんだ」

「……えっ⁉」

一度この部屋にプライベートで訪れた際、蓮が俺に「気に入ったのなら買い取ってもいい」と発言したことを思い出して、顔が引きつる。

「ああ、違うよ。翔とまた来たいとは思っていたけど、ちゃんとビジネスとして展開するために買ったんだ。安心して」

この一部屋だけでもスケールが大きいのに、巨大な土地と建物丸ごと、となると、もう俺の知っている規模の話ではなかった。俺のために巨額の資金を動かしたわけではないと知って、ほっとする。

「それで、翔。君へのお願いなんだけどね、部屋の使い心地を一緒に検証してほしいんだ」

「それって、仕事ですか……？」

「仕事だよ。立派な仕事」

「それこそ公私混同じゃないですか」

「痛いとこつくね、翔」

悪びれもせず笑う蓮は、ソファからおもむろに立ち上がると、俺の腕を掴んで引き寄せた。

「でも翔だって。今月で消滅するのに申請してない有給、あるでしょ」

「う……なんで、それを」

「そりゃあ俺たちは君の社長だから。今日はもう働かせないよ。午後から半休ね」

「やっぱり仕事じゃないんですね」

腕を引く蓮に抵抗を示すと、横からやってきた蘭が身体をひょい、と抱える。

「蘭くんっ、どこに連れてくんですか」

「ベッド」

「い、嫌ですよ、こんな昼間から」

腕の中で身を捩《よじ》らせても動じることなく、蘭は柔らかなベッドの上に俺を下ろした。

「ん……っ」

彼の綺麗な茶色の髪がさらりと頬を掠《かす》め、唇が重なった。二度ほど、形を確かめるように優しくついばんだ後、その唇はこんなことを言った。

「公私混同は今日で最後にする。だから、だめか」

それは、打算や駆け引きなどない、まっすぐな感情が乗った眼差しだった。

「……っなんですか、それ……」

俺が嫌だと言ったらやめるのか、ダメだと言ったら諦めるのか。そもそも俺が断ることはないと、わかっているのか。後者だとしたら、ひどいし、ずるい。

「服、しわになっちゃうから。脱がすよ」

「あ、待っ……」

遅れてベッドに上がった蓮は、もっともらしいことを言ってズボンを脱がし、上着をたくし上げていく。彼は露《あら》わになった肌をまじまじと見つめ、腹部や胸に口付けた。

「綺麗だ、可愛いね」

「つあ、やだ……見ないで」

「そんな可愛い反応、余計に興奮する」

湧き上がる羞恥《しゅうち》で熱くなった顔を両腕で隠すが、すぐに蘭によって取り払われた。高く昇った太陽の光をこぼすことなく取り込むガラス張りの窓のせいで、全部を知られてしまう。そして、全部を知ってしまう。思わず身震いして、視界がわずかに歪《ゆが》む。

「隠さなくていい。俺たちも一緒だ」

そう言って蘭がワイシャツを脱ぎ捨てる。

「翔、俺たちに見せて、全部」

二人の美しい肉体が陽の光に照らされている。蓮が俺の腕をとって自身の胸にあてると、心臓がどくどく脈を打っている。

「力、抜け、翔。痛くはしない」

「っん」

蘭がおもむろに腰を掴む。下腹部を直接触られたわけでもないのにお腹の奥がむずっとする。素肌が触れると、反射的に奥を暴かれた時の感覚が蘇ってしまう。まるで、期待しているみたいじゃないか。

蘭は転がすように俺の身体をうつ伏せに反転させると、ぐっと高く腰を持ち上げた。

「腰、上げておけよ」

四《よ》つん這《ば》いのまま、腰、臀部、腿《もも》をなぞるように熱くて湿った何かが這《は》う。その正体を知って、全身が毛羽立つような羞恥心《しゅうちしん》がこみ上げてきた頃にはもう、それは秘部を覆っていた。

「っあ……っやだ……！」

ぬるりと湿った舌が、蕾《つぼみ》を割って中に入ってくる。身体を支える腕が、蘭に掴まれた腰が、ぶるぶるとわななく。身体を捩《よじ》って抜け出したいのに、丁寧にほぐす蘭の熱に浮かされ力が抜けていく。

「蘭くん……だめです……っ」

「俺がしたいから、やってる」

「っやだ」

「悪くはないんだろ」

おもむろに伸びてきた腕が、兆《きざ》している下腹部に触れた。

「っひ、あ」

「ちゃんと反応してる」

蘭に触れられるまで、自身が欲に支配されていることに気がつかなかった。丁寧に扱《しご》かれて、さらに熱を溜め込んでいくのがわかる。

「っあ、ん……っ」

「ねぇ翔、寂しいな、俺も見て」

ひたりと頬に触れる蓮の掌がじんじんと熱い。せつなげに眉をひそめ、熱っぽい呼吸を繰り返す彼もまた、欲を成長させていた。

眼前に差し出された蓮のモノに舌を這《は》わせると、ぴくりと身体が振動する。不思議と、抵抗なく行為に及んでいた。強要されるでもなく、そうしたほうがきっと、彼が喜んでくれて、一緒に気持ちよくなれると思ったのだ。

「ん、上手だね」

「っ気持ち、いいですか……」

「うん、とっても」

「……良か、った」

蓮の湿った声がやけに魅力的だった。期待と充足感を含んだ声を聞けて安堵していることと、彼らと一緒に気持ちよくなりたいのだとはっきりと意識していることに気がついて、気持ちが揺らぐ。

「あんなに遠かった翔がここにいるし、触れられる。触れてくれている。こんな幸せはないよ」

「蓮、くん……っ」

ゆっくりと髪を梳《す》く指が首を通り鎖骨をなぞって胸に触れる。後ろをしつこいくらいに舐められて、前は限界を見極めるようにゆっくりと撫《な》でられる。蓮の指が胸の突起を軽く掠《かす》めただけで、腰が反って声が上ずった。

「っあ、あ……っ」

「もっと聞かせて。俺たちしか知らない君を」

これまではずっと、俺はどうしたいのか、どうなりたいのか、嫌なのか、などを考える余裕もなく、彼らが与える快感と衝動、嫌いになれない息苦しさと苦痛に全身が満たされているだけだった。知らない自分が少しずつ自我を持つ。それが少しだけ、怖い。

「――っひ、ぐ……!」

懸命に蓮の昂《たかぶ》りを労わっている最中、奥から突き上げるような衝撃があり喉をそらす。心臓とお腹が膨張したみたいに苦しくて熱い。

「辛くないか」

視界の端に、後ろから顔色を覗き込んでくる蘭が映る。繋がっている。もう、入ってしまったんだと、急激な焦りが身体を襲う。

「っや、蘭く……」

「……動くぞ」

「ま、待って」

知っている。こんなことを言っても、彼が止まったりしないことを。

「っん、あ……」

ばちんと音がするのと同時に、だらしなく声が漏れる。蓮を口に咥《くわ》え愛撫することもできなくなった。

奥まで届いた熱が、やたらとゆっくり抜かれていく。繋がりが解けてしまう限界まで離れた欲望が、もう一度身体の奥までやってくる。

「――っ！」

二回目の波が押し寄せた途端、絶頂した。衝撃に耐えるように唇をつよく引き結んでいる間に、声も出さずにあっけなく果てた。目の前にいる蓮の足元まで及ぶ自身の欲の欠片《かけら》を見て、呆気にとられる。

「蘭、ずいぶん焦ってるね」

「十分に解《ほぐ》した。痛みはないはずだ」

「そういう問題？」

そう、痛くはない。少しの窮屈感と三人分の熱にうなされて、あっという間だった。その瞬間もう俺の身体は、とっくに二人に書き換えられているのだと気がついてしまった。

全身から力が抜けてぺたんと折り畳まった身体を引き上げられて、蘭の膝の上に座る。もちろん、深く繋がったままだ。

「っあ、蘭く……力、入んない……」

「蓮に掴まれ」

「っあ、あ、はげし……もっと、ゆっくり……っ」

言われた通り、正面の蓮の身体に縋《すが》るようにもたれて、脱力した腕で必死に抱きしめる。蘭の動きはどんどん速くなる。何度も奥をとんとんと叩いては、脳みそが痺《しび》れるような感覚に身体を震わせた。

ゆっくり、やさしく……。そう口にはするけれど、本当はもっと激しくしてほしいと別の自我が囁《ささや》く。それを本当に口に出してしまわないか不安になって、俺の身体を支えてくれる蓮の唇に噛みついた。

「つん、んぅ……」

「翔……っどうしたの、そんなことされたら、止まれなくなっちゃうよ」

「っ蓮、く……」

苦しくても、呼吸の仕方を忘れたみたいに何度も蓮の舌を追いかけた。

「翔、お前が、これまで誰を好きだったとしても」

隙間なく押し付けるように蘭が後ろから俺の身体を強く抱きしめる。

「つら、んくん……っ?」

「お前に触れていいのは、俺たちだけだ……っ」

「――っあ、あ」

一際大きく腰を打ち付けると、ぶるぶると振動が肌を伝う。お腹の中が暖かくて、粘膜が震える感覚にはもう慣れた。蘭の欲が注がれている。そしてゆっくりと俺の中から出ていくわずかなもの寂しさのリピートまで完璧に行われる。

離れていくのが惜しい。自分以外の体温があることに、いつのまにか依存していたらしい。何度この行為をしたって、本当に一つになんてなれやしない。それでもまた、触れたいと、繋がりたいと彼らが思うことに、安堵した。

蘭が身体を解放すると、すぐに蓮が入ってきて、また空白を埋めた。向かい合って蓮の膝の上に乗ったまま、後ろが蓮の昂《たかぶ》りを呑み込んで、あっという間に奥に到達した。

「蘭、わかるよ。見てるだけの日々は辛かった。だけど今は、俺たちの腕の中にいる」

ぎゅう、と強く身体を抱きしめられるたびに、境目なんてなくなるんじゃないかと思う。

「離さないよ、ずっと」

翔の気持ちがどうであれ、そう囁《ささや》く言葉はなんて悲しい調べなのかと、他人事のように鼻頭が熱くなった。せめて今だけでも、言えばいいのに。二人の心を満たす言葉を。それがなんなのか、よくわかっているはずなのに。

「好きだ、翔。愛してる」

「……蓮、くん……」

背後から伸びた腕も同様に、急き立てるように俺の身体を包んだ。

「翔、お前が好きだ」

二人にその言葉を告げられると細胞がざわざわとさざめいて、体の内側からいっそう熱くなる。でも俺はいつだって何も返せない。二人もきっと、欲しい言葉が返って来ないことを知っている。いつまでも臆病で答えを出すことから逃げるパートナーに、それでも気持ちを告げる。

「翔、ごめん、無理させるかも。多分……いや、一回じゃ、終わらない」

「っんン……あっ」

絶えず腰をゆする蓮にしがみつく。

背後からは蘭に掠《かす》めとるようなキスをされて、熱い呼吸を何度も吸い込んだ。

「翔……足りない」

「つら、ん、くん……！」

二人は何度も、俺の身体を貪《むさぼ》った。

気が遠くなるような長い時間にも感じたし、泡沫《うたかた》のように短くも感じた。それでも俺たちは三人で身体を重ね続けた。

きっとこれで最後だと、そう悟ったこのベッドの上でまた彼らに肌を見せることになるなんて、あの時は思いもしなかった。

蘭が俺を抱きしめ、俺は手持ち無沙汰な腕を背に回す。何度もキスを落とす蓮の髪がくすぐったいから、綺麗な黒髪をかきあげる。

知るつもりはなかったし、知りたくなかった。彼らの根っこは普通の人間に近くて、手を伸ばせば触れられることなど。

◆

「そろそろ、でございますねぇ」

温かな湯気の立つカップを手に、ハルは言った。

「そうですね」

「緊張してますか」

レシピノートが乱雑に散らばる机の上にハーブティーが置かれた。ありがとうと告げてから、頷いた。

「私たちも、すごく楽しみにしてます。幼少期から見守ってきた翔様の晴れ姿を想像すると、今から舞い上がるような気持ちです」

式まであと一週間を切っていた。時間の流れは本当にあっという間だ。

「ハルさん。良かったら、少し話し相手になってもらえませんか。落ち着かなくて」

「ええ、もちろんですよぅ」

快諾してくれたハルと向かい合わせにソファに腰掛ける。

式が近づくにつれ、地に足が着かないような感覚が強くなっていた。仕事だって、気持ちを新たに頑張らなければいけないのに。双子の姿がふと脳裏をよぎるたび、心臓をぎゅっと握られるみたいだった。

「俺のことなんか見てても、楽しくなかったですよね」

「そんなことはありませんよぅ。毎日翔様の成長を見守ることができて、幸せでした」

文字通り八歳から二十歳までの成長を見守っていたわけだもんな、と思うと気恥ずかしい。

「八歳の頃から神楽に勤めてたってことは、澪さんとハルさんはおいくつなんですか」

「え？　三十です」

「あの、褒めてるつもりなんですけど、あれですね、化け物ですね、二人とも」

「翔様、それ本当に褒めてますぅ？」

見た目と実年齢がこんなに乖離《かいり》している人間に初めて出会ったかもしれない。落ち着いている澪はともかく、ハルの見た目は完全に十代のそれだ。

「もしかして、というか絶対そうだと思うんですけど……俺がお店で酔ったお客さんに殴られそうになったり、学生のころカツアゲされそうになった時とか、ちょっと目を離した隙に相手が床に倒れてたり、姿が見えなくなったりしてたんですけど」

「翔様に危害を加えるような輩《やから》は敵とみなします」

「やっぱり」

蓮と蘭から、澪とハルの身体能力の高さと尾行のスキルを買って、俺の護衛役を任せていたと聞いた。力強く拳を握りしめる様子が可愛らしいメイド服とも顔立ちとも調和せず、思わず吹き出した。

「だめですよ、暴力は」

「翔様だって、大切な人が危険な目にあったら手が出ません？」

「大切な人、ですか」

その言葉がずしんと重たく感じて、思わず視線を伏せた。

ハルはずっと俺を見ていたのだから、わかるだろう。そんな度胸などない人間だということが。それに自ら、大切な存在を手放したのだから。

「翔様。さんざんプライベートを盗み見てきた私がこんなこと言える立場じゃないって、わかってます。だけどやっぱり、気がかりなんです。茜《あかね》様のことだけが」

「……！」

久方ぶりに耳にしたその名前に、一瞬呼吸を忘れた。ハルは、悩ましい表情を浮かべている。

「そうですよね、もちろん知ってますよね」

精一杯笑ってみせる。しかし意図せず、声が震えた。

蓮と蘭と結婚する前に、お付き合いしていた最初で最後の恋人。

大好きだった。大切だった。けど、だからこそ、父が亡くなって程なくして、別れた。

母を守れるのは自分だけ。俺といても茜に何もしてやれない。そう思った俺のエゴだった。

「茜様のことは、お二人に報告していないんです」

「どうして……」

「翔様が、本気で彼女を愛していると思ったからです」

愛している、がぴったりはまる。そうか、十代の青い自分でも、人を愛していたんだと、ハルの言葉に無性に納得してしまった。

「茜様のことだけは、黙っておくべきだと思いました。でも、多分お二人は気づいていると思います。翔様の表情や雰囲気が柔らかくなった、って言っていたお二人の顔は、泣きそうなのに笑ってましたから」

ハルの視線は柔らかかった。思えば初めて会ったあの時からずっと、双子も、ハルも、澪も、優しい目で俺を見ていた。本当は初めてではなかったのだ。

ずっと俺の成長を見守って、時にお節介を焼いて、時に俺の本質を突く。今だってそうだ。身体の真ん中を鋭く突き刺されたみたいだった。

「ごめんなさい、突然こんなこと。だけど、律子様だけではなく、翔様にも幸せになってほしいのです。私たちは本当に翔様に感謝しています。だからこそ、また人を愛し、愛されてほしい」

神楽のメイド長としては、ふさわしくない発言だと思った。飾りけのない言葉が、じんわりと古傷の場所を示す。だけど同時に、優しく背中を押してくれた。

「……それ、絶対蓮くんと蘭くんの前で言っちゃだめですよ」

「クビになっちゃいますかねぇ」

「そうなったら、俺が困っちゃいます」

俺のことを何もかも知っている人間と仲違いするのは怖い。というのは方便で、二人がいなくなってしまったら純粋に寂しいのだ。

全部知ってしまったのなら、最後まで道連れにしたい。ハルと澪もまた、小さな世界の自分を見つけてくれた人間だから。

「彼女に、また、会いたいと思いますか」

「会いたいって言ったらどうするんですか」

「セッティングしますよぉ」

「またそういうことを。ダメですってば。危ない橋渡っちゃ」

会いたいとも、会いたくないとも、答えなかった。

いや、答えられなかった。

◆

「ねぇ、これ、こないだのパーティーにいた人よね」

仕事から帰ってきてリビングに顔を出すと、母が大きなテレビの画面に見入っていた。そして、とって付けたようにおかえりと告げた。よっぽど集中しているようだった。

「ただいま。誰のこと？」

「あ、多分もうそろそろ……ほらほら、この人」

パッと画角が変わり、画面にでかでかと映し出されたのは、もう顔も見たくないと願っていた人物だった。

『本日はコメンテーターに東雲コーポレーション代表取締役社長、東雲政宗さんをお迎えしてお送りいたします』

響き渡る拍手の音源とは裏腹に、俺は息が詰まる。

「すごいわよね、テレビに出ちゃうような人が、翔の知り合いなんだもの」

「俺の、じゃないよ。多分この人俺には興味ないから」

「どうして？」

「どうしてって……そりゃ、俺はもともと一般家庭の生まれだし」

「それが何か関係あるの？　それなら」

母が怪訝《けげん》そうに何かを言いかけた。その時、液晶画面の中の彼が話し始めた。

『やはり、身を置く環境、ともに過ごす人間の質が鍵になるでしょう』

自分の主張は正しい、と心から思っているのがわかるハキハキとした声だった。画面の端に目をやると、テーマは国の経済の発展について。いかにも彼が好みそうなものだと思った。

『雇用、物価、景気、どれを取っても、我々が暮らすこの国は長年衰退の一途を辿《たど》っている。国を代表する企業として、やはりこの事態は見過ごせないのです』

『東雲さんの考える原因とは、なんでしょうか』

『ううむ……そうですね。誤解を恐れずに言うと、やはり、この国の性別に関する考え方が変わった頃から、衰退の傾向が始まったと考えています。より自由に自分を表現できるようになったことも、性別にこだわらず最愛のパートナーと結ばれるようになったことも、大変素晴らしい。ですが実際、真っ当な血筋を残しづらくなり、世の中のレベルが衰退していることもまた事実』

彼の言葉を聞いていると、ぐわんぐわんと頭が揺れるようだ。

実際の経済との因果関係なんて俺にはわからないが、彼の一人娘である紬の悲痛な表情が浮かんだ。本当に好きになった相手と恋愛ができないと、俺たちが羨《うらや》ましいと、物悲しい色を湛《たた》えた瞳で一生懸命に彼女は笑っていた。

彼は、紬のそんな姿を見ていないのか、見ているけどそんなことが言えるのか。どちらにせよ、聞いていられなかった。

『だからせめて、身を置く環境と時間を共有する人間のレベルを……』

とそこで、ぶつん、と画面が真っ暗になった。視線を移すと、母がリモコンの電源スイッチを押していた。

「つまんないわね」

「は……？」

「あんな大きなところの社長さんなんだから、もっと良いことを言うのかと思ったのに、つまらなかったわ。あくびが出そう」

母は大きく伸びをして、本当にあくびをした。

彼の話を『つまらない』の一言で片付けられる母は強いと思う。気がつくと、息苦しさも頭が揺れるような感覚も治っていた。

「そんな難しいことばっか考えて相手なんて選んでたら、この国全体がお通夜みたいになっちゃうわよ」

「なに、それ」

「あら、良いたとえだと思ったんだけど」

明るく笑う母の姿が、ほんの少し俺の気持ちを前向きにしてくれた。

俺たちの結婚は、まるでドラマみたいな意外性と衝撃があるのかもしれない。でも、俺が二人にふさわしいかどうかは、また別の話だと、心の端で思った。


シャワーを浴びてリビングに戻ると、蘭がソファに腰かけていた。

「おかえりなさい。今帰ってきたんですか」

「ああ」

「あれ、蓮くんは」

「もう寝てる」

そばへ近寄ると、彼は俺の髪を乱雑に撫《な》でまわす。やがてしっかりと髪が乾いていることに満足してか、そっと手を離した。

「あいつ、変にはりきってんだよ。最近はろくに休んでないしな」

「蘭くんだって、最近また帰りが遅いですよね」

「俺は蓮ほど背負い込んでない……あいつは昔から、自分で自分を追い詰めるんだよ」

蘭が小さくため息を吐く。その横顔も疲弊していた。

「俺たちは双子で、大した差なんてない。少し早く生まれたってだけで、勝手にいろんなものを背負い込んでる」

悪口のような言葉にも、蘭の優しさが詰まっていた。

「心強いですね、蓮くんは」

「なんで」

「いつもそばでサポートしてくれる蘭くんがいるから」

「さぁな。蓮が倒れたら、俺の仕事が増えて困るからやってるだけだ」

こうやって、彼がふい、と視線を外す時は、本心を隠そうとする時なのだと最近知った。根っこが優しくて人思いな彼の言動と態度に棘があるのは、蓮や自分自身を守るためなのかもしれない。

二人は生まれた頃から、俺には想像もつかない世界で生きてきた。立場による重圧も相当あっただろう。

彼らはどうしたら、本当の意味で解放されるのだろう。どれだけの人が、蓮と蘭の本当の幸せを願ってくれているのだろう。頭の中では、先ほどテレビで全国に垂れ流された権力者の言葉が繰り返し流れていた。

「二人に、幸せになってほしい」

蘭が切れ長の目を丸くした。彼の表情を見て、口に出していたのかと気がついた。

「なんだよそれ」

「あ、急に、ごめんなさい」

「翔、俺たちが不幸だとでも思ってんのか」

襲いかかってきそうな獰猛な目つきだった。けれども実際には、じんわりと追い詰められて、身動きが取れなくなっていた。

「んん……っ」

ソファに背を預け、上から蘭が覆いかぶさる。彼の汗と柔軟剤が混ざったようなこの匂いが好きだった。ベッドの上で何度も何度も感じたからだろうか。

「どこにも、行くなよ」

「あっ、……っらん、くん」

まるで何かに怯えるように、蘭は飽きることなく口付けた。俺の記憶の中にいる、純真で綺麗な目をして。誰もいない深夜のリビングで、俺はただ声を殺し続けた。

◆

柔らかい光沢が目に優しい、美しい黒のタキシードに身を包む彼らは、いつも以上に華があった。

「翔、似合ってる」

対して俺は、パーティーの時同様、衣装に着られている印象が抜けない。

「今日の主役は翔だ。いつも素敵だけど、今日は一段と綺麗だよ」

「蓮くん……」

俺がいくらヘアセットやメイクをして、高級な衣装を着ても、二人の前では霞《かす》んでしまう。すらっと伸びた長い足に端整な顔立ち、しっかりセットされた髪型。あと一時間もすれば、彼らの隣に並ぶのかと思うと、頭痛がした。

「あら、もう準備ばっちりね」

隣の控え室から、母とハルが顔を出す。母はパーティーの際とはまた違った綺麗な着物を着こなし、髪も綺麗にまとまっていた。自分の母親ながら、どこぞの女優さんかと見紛うほどには、気品にあふれていた。

「すごく似合ってるじゃん」

「ふふ、いいでしょう。これ、蓮ちゃんと蘭ちゃんがプレゼントしてくれたのよ」

「えっ、本当？」

二人とも、柔らかい笑顔で母さんを見つめていた。「お似合いです。お義母《かあ》さん」と蓮が、「気に入ってもらえて良かった」と蘭が微笑む。俺は何度も二人に頭を下げた。

「本当に嬉しいわ。二人ともありがとう。でもね、主役の三人がいちばん素敵よ」

ずるずると、今日という日を迎えてしまった。この後、俺が二人のパートナーとして結婚式に臨むこと、本当は踏ん切りがついていなかった。

逃げ出したい気持ちだってある。けれども、母の笑顔が、不思議と向き合わなければという気持ちにさせた。

「本日は絶対素敵な式にいたしましょ～！　続々と参列者の方々が到着なさっておりますよ」

「そっか。ならそろそろ俺たちも準備しないとだね」

蓮はいつも通り余裕の笑顔を浮かべ、蘭もまったく緊張など感じさせないそぶりで、大きく伸びをした。これから人生に一度の大舞台に立つというのに、さすが大企業の社長だ。

俺がトイレに行っておこうと立ち上がったその時、コンコン、と正面の扉が鳴った。少し遅れて中に入ってきたのは、なにやら表情を曇らせている澪だった。

「澪、どうした」

「蘭様……東雲様が、直々に祝福の言葉を伝えたいと仰ってますが、いかがいたしましょうか」

東雲の名で、その場の空気が凍りついたのがわかった。

前回のパーティーのひどい言いようと、テレビでの発言が一瞬にして蘇り、身体がこわばった。きっと今日も来ると思っていた。二人の立場的に、呼ばないわけにはいかないだろう。わかっていたのに、こんなに怖い。

「……さすがに、断れないね。東雲様はどこにいる？　俺が行くよ」

蓮が乗り気ではない様子で、重い腰を上げた。

「いえ、それが……申し訳ありません。お止めしたのですが、もう近くまでいらしております」

「そっか、仕方ない。じゃあお通ししてくれるかな」

蓮がハルに静かにアイコンタクトをした。

「律子様。まだお時間があるようですから、私たちは隣室でもう少し休憩いたしましょ」

ハルは母を誘導し、出ていった。この重たい空気を感じ取ってか、去り際、母はわずかに心配そうな表情を浮かべた。

二人が去ったのを確認して、澪がゆっくりと正面の扉を開ける。

招き入れずとも、ずかずかと部屋の中心に入り込むのは、先月対面した時となんら変わらない、そこにいるだけで強い圧力を感じるような人だった。

「やぁ、蓮君、蘭君、すまないね、式の前に押しかけたりして」

「東雲様、本日はわざわざ僕たちの式に参列していただき、ありがとうございます」

二人とも全く動じることなく、完璧な笑顔を貼り付けていた。

「いやあ、こちらこそご招待どうも。そして……おめでとう」

いやに含みのある言い方をする。心から祝福などしていないと、こうまで態度でわかってしまうのもある意味特異だ。

「いやぁ、めでたいね。実におめでたいよ、愛する人と結ばれるのは素晴らしいことだ」

つかつかと歩き、東雲はまるで自分の所有物かのように、ソファにどかっと座り込んだ。

「だが、君たちも一応はこの国を牽引していく人材だろう。相手はもっと慎重に選んだほうがいいんじゃないかね」

初めて、彼の視線が俺を捉えた。先ほどまでは視界にすら入っていなかったのだが。

「神楽の家柄が、一般人に汚されるのを、黙って見ていられないのだよ。実に、気の毒だ」

東雲社長は明らかに俺を見据え、ふん、と鼻を鳴らしあざ笑うかのように言った。

この人が言っていることはめちゃくちゃだ。母のようにつまらないと一蹴できたらどれだけ気が楽か。だけどそうできないのは、俺の中に、本当に二人を幸せにできるのか、という疑問がこびりついているから。

「なぁ、君、本当に二人のことが好きなのか？　お金目当てならそう言うといい。望む額を出してやろう」

「なっ……」

東雲は俺のつま先からてっぺんまで品定めをするかのように観察すると、不躾《ぶしつけ》に言い放つ。

「なんだ、図星か？」

言葉に詰まる俺を好奇の目で見やると、東雲は立ち上がり、ずい、と詰め寄る。同時に、蓮と蘭が俺を守るように間に入った。

「ずいぶんと手懐けているじゃないか。まさか紬が、君みたいな平凡な男に出し抜かれるとはな」

ハハハ、と高笑いをするその声が、耳を裂くようだった。

相手の隙や弱みを見逃さないと言わんばかりの威圧的な視線が刺さり、プレッシャーで心臓が痛む。ここで黙っていては、二人がもっと侮辱される。そう思うのに、震えて声が出ない。

「こう見えて、私は君たちのことを高く評価しているつもりだ、生まれがどうであれね。どうだ二人とも、いまならまだ引き返せる。これからでも紬と結婚させてやってもいいんだ。なぁに、大々的に式さえ上げなければ大した問題にはならんだろう。何かそれらしい理由をつけて、中止にしてしまえばいい」

紬の気持ちさえ踏みにじるような発言だ、そう思うのに、妙に納得してしまった。

初めは、二人の本当の気持ちに気づこうともしないで、ただ母と父の店を守ればいいと、そのためだけに結婚を受け入れた。

こんな俺が、このままそばにいてもいいのか。

心のどこかでずっと思ってた。蓮と蘭を幸せにしてくれる人は他にいるんじゃないかって。でもそれを、言葉にすることも、直視することもできなかった。

——ああ、そうか。彼の言葉がこんなに怖いのは、不都合な真実をまっすぐに突きつけるからなのか。

二人が初めて俺に触れた時、びっくりしたし、怖かった。いつしか俺の中に二人の体温が溶けて混ざって、それが心地よくって。これ以上交わるのが怖かった。だけどもうとっくに、後戻りできなくなっていたんだ。

——俺、二人と離れるのが怖いんだ。

反論も肯定もできず、ただ俯《うつむ》く。そんな俺の肩が、突然強く抱き寄せられた。

「いえ。せっかくですが、俺たちは翔だけを愛してるので」

声の主は、蘭だった。低くて、抑揚がないのに、まっすぐに通る強い声。

「正気か……？　正統な生まれではないお前たちを、この東雲が拾ってやると言っているんだぞ！」

東雲は声を荒らげ憤《いきどお》る。このような返答がくるとは夢にも思わなかった、という様子だ。先ほどまでと違って、威圧的な態度も、不思議ともう、怯《ひる》まなかった。

それよりも、怒りに任せて東雲が口にした言葉が引っかかる。二人が正統な生まれではないとは、一体どういうことなのか。

「なんだ、まさか知らなかったのか？　ハッ、それはお気の毒になぁ」

困惑する俺の様子に目ざとく気がついた彼は、ここぞとばかりに吐き捨てて、見下すように笑い始めた。

「この二人は養子だ！」

東雲が口にした言葉に、二人の身体がぴくりと反応するのが伝わった。視線をやると、二人とも顔を青くしてこわばらせている。こんな二人の表情は、初めて見た。

「養子……？」

「東雲との業績の差を見れば良くわかるだろう。所詮まがいものは、正統な血筋に敵わないのだ！」

血筋？　業績？　この男は一体何を言っているのだろうか。

「まがいものと庶民、お似合いじゃないか。ハッ、あとで東雲を選ばなかったこと、後悔するといい」

東雲がどんなに自分の優位を主張しようと、そんなことはもう耳に入らなかった。今まで俺や母を支えてくれたのは、神楽家の正統な血筋の子、なんて仰々しい肩書きじゃなかった。

ずっとそばにいたのに。俺は何にもわかっちゃいなかった。

二人は家柄に恵まれて、俺にはないものを持っている。どれだけ近づいたって、差が縮まることなんてないと、羨《うらや》ましいと、そう思っていた。

「もう、失礼させてもらう」

「待ってください！」

黙り込む二人に目もくれず、東雲は扉に向かって歩き出した。その背中に大声を投げつけた。自分でも、こんな声が出るだなんて思わなかった。

彼はその場でぴたりと足を止める。

「蓮くんと蘭くんを祝うために来てくれたんじゃないんですか？」

二人ともひどく驚いた様子で、「翔、良いんだ」と蓮が耳打ちする。

良くない、全然、良くなんかない。二人をちゃんと見てほしい。

「二人は、仕事も学業も両立させて、大きな会社だって作りました。俺には教養もないし、紬さんみたいにきれいでもない。二人のそばにいるのが、俺でいいのかって、何度も迷いました」

「何が言いたい。君が身を引くと言うのか?」

ため息交じりに、彼が振り向いた。その表情には、邪魔者が消えてくれればいいのにという望みが見え隠れする。だが生憎《あいにく》、俺も自分の傲慢さに驚いているところだ。

「俺は、神楽の跡取りと結婚したかったんじゃない」

血筋なんて、権力なんて、知らない。どんな状況でも、ひたすらに前を向く二人の隣にいたいのだ。

「蓮くんと、蘭くんと、ただ一緒にいたい」

悔しかった。優しくて強い二人の痛みを、辛さを、何もわかっていなかったから。二人はこの世界でずっと、こんな痛みに耐えながら生きてきたのか。

「そんな理由で結婚したら、ダメですか」

東雲は、苦虫を噛み潰したような表情をしていた。重い呼吸とともに「どいつもこいつも」と呟いた。

「その手の話は、娘の戯言《たわごと》で聞き飽きた」

そこに先程までの威勢はなく、心底億劫だと表情が語っていた。東雲はゆっくりと背を向けて部屋から出て行ってしまった。彼の殺伐《さつばつ》とした雰囲気に呑まれ、何も言えなかった。

彼の背中が見えなくなった途端に、身体から力が抜けた。

「翔!」

がくんと膝が落ち、その場にへたり込んだ身体を、二人が抱きしめた。

「ごめんなさい……」

なんでか、そんな言葉が出た。遅れて、涙がこぼれた。

「なんで、翔が謝るんだよ」

二人の傷に気づいてあげられなくて、ごめんなさい。

自分の気持ちに気がついてしまって、ごめんなさい。

ずっと二人に渡せなかった。怖かった。遅くなってごめんなさい。

蘭が指で拭っても、止まることなく涙は流れ続けた。


涙が涸れるって、本当はありえないものだと思っていた。父が亡くなった時、母を支えるべき俺が泣いてはいけないと思って涙は出なかった。

けど、今は声を出して目を腫らして、何度も泣いた。二人の腕の中で、きっと父の分も全部吐き出した。

「ごめんね、隠すつもりはなかったんだ」

蓮の目が、遠慮がちに伏せられる。

「俺たち双子を産む時に、生みの親は死んだって聞かされた。会ったことがないから、本当かどうかもわからない……俺たちは本当の親の顔も知らないまま、孤児院で育ったんだ」

裕福な生まれ、恵まれた家庭。そう信じて疑わなかった相手から聞く言葉は重く、頭が鈍く痛んだ。

「ちょうど六歳になる頃、俺たちは神楽に引き取られることが決まった。幼い自分たちにもそれがどんなに特別なことかわかったよ。だから、あっという間に勘違いをした。自分たちは選ばれた人間で、他人よりも優れてるって」

遠くを見るような彼に、つられて俺も、二人に初めて会った日の記憶を懐古する。

「もちろん現実はそうじゃなかった。俺たちの養父もまた、幼い双子と妻を亡くしていたんだ。養父《とう》さんは境遇が似ている俺たちをたまたま選んだだけで特別なんかじゃないって、すぐに現実を思い知らされたよ。使用人や親族が、ラッキーで神楽の息子になれただけの孤児だと揶揄《やゆ》していたから」

「そんな……」

「悔しくて、やるせなくて、周りにあたり散らす日々だった。たとえ紛い物だとしても、神楽の後継だという事実に変わりはなかったから、誰も文句は言わなかった。そんな時、翔に出会ったんだ」

——どこに生まれたって、君たちは君たちなんだから。

二人の生い立ちも、苦悩も、何も知らない幼い俺が彼らに贈った言葉は、なんて無知で残酷なのか。だけど幼かった彼らは、それを真正面から受け止めた。

「血の繋がらない孤児。たまたま養子に選ばれただけの生意気な子供。俺たちはそんなレッテルばかり貼られて生きてきた。だけど翔、お前だけが、俺たち自身を見て、叱ってくれたんだ」

蘭の視線が、まっすぐに俺を捉えていた。

「翔、お前が、俺たちを神楽蓮と神楽蘭にしてくれた」

ありがとう、と微笑む二人の目はわずかに潤んでいる。

そっと頬に触れる二人の掌は冷たかった。重ねるようにその手に触れると、彼らは安堵したように目を細める。

「あー……翔には、弱いところを見せたくなかったのにな」

「弱くなんか、ないです」

「本当？　嫌いにならない？」

冗談めいた口調なのに、蓮の顔は心の底から憂えていた。そんな顔をさせた自分が、情けなかった。

「そんなことで、嫌うわけがない。二人を嫌いになんかなれない」

何事にもまっすぐ向き合おうとする誠実さが好きだと、言ってくれた。だけどそれは大きな間違いだ。俺は二人に本当の意味で向き合えていなかった。

住む世界が違うと一歩引いて、心を通わせないように必死だった。認めたら後戻りできない気がしていた。それでも今度こそ、二人と向き合いたいと思ったんだ。

「隠したりしないでください。二人は、紛いものなんかじゃないから」

弱いとか強いとか。優秀だとか平凡だとか。そんなもの、他人が決めるべきではないと思う。

それでも俺は、苦しんで、抗って、たくさんの痛みを知った人が強い人だと思う。

涸れたと思った涙が、またじわりと滲《にじ》んだ。こんな顔じゃ式に出られない。そう思うのに、二人がまた優しく抱きしめるから、再びあふれてきた。

「本当に、翔には敵わないなぁ……」

「蓮くん」

「あの日からずっと、翔のそういうところに、惚れてる」

「うん、蘭くん、俺も」

弱さも、強さも、そのどちらもが二人を作った。全部まとめて支えたい。そばにいたい。

「二人のことが、好きです」

誓いのキスにはまだ早いけれど、神様に内緒で、大切な人に誓った。


教会内には美しい旋律の賛美歌が流れていた。

「お父さん、見てくれてるかしら」

「どうだろう。こんな豪華な式をあげたと知ったら、天国で腰抜かすかもね」

木製の重厚な扉がゆっくりと開く。たった一人の肉親である母の手を取って、鮮やかな赤のバージンロードに一歩踏み出した。参列者の拍手は暖かく、大勢の視線が注がれていても、不思議と緊張しなかった。

母の瞳が少しだけ揺れるが、決して涙をこぼさない。

そして嬉しそうに笑って、俺にだけ聞こえるようにポツリ、と呟いた。

「お父さん、きっと喜んでるわ。翔が幸せになることが、あの人の願いだったから」

「母さん……」

蓮と蘭の姿が、少しずつ近く、鮮明になっていく。心は穏やかなのに、無意識に手が震えだした。そんな俺の手を、母は強く、優しく握った。

参列者の中には、大きく手を叩き祝福を送ってくれる紬と、ただこちらを見つめる東雲社長の姿もあった。

――良かった、ちゃんと、参列してくれている。

「大丈夫。自分のしたいように生きなさい、翔」

二人のもとに辿《たど》り着くと、母は俺を蓮と蘭の二人に託し、親族の席へ戻っていった。もう震えは止まっている。

二人が片方ずつ手を取り、三人で壇上へ上がる。そして牧師が誓いの言葉を厳《おごそ》かに読み上げ始めた。

「蓮、ならびに蘭。あなた方は翔をパートナーとし、神の導きによって夫夫《ふうふ》になろうとしています。汝健やかなる時も、病める時も……」

まっすぐに正面を見据え、透き通る心地よい声で、二人は愛を誓った。

「翔。あなたは、蓮と蘭をパートナーとし……汝健やかなる時も、病める時も、喜びの時も、悲しみの時も、富める時も、貧しい時も……」

一年前までは、母とたった二人きりの人生だった。

こんなに多くの人に見守られ、祝福され、誰かと人生を共にするなんて、考えもしなかった。

父が亡くなって、きっと、もう誰も好きになったりしないと思っていた。

「これを愛し、敬い、慰めつかえ、共に助け合い、その命ある限り真心を尽くすことを誓いますか？」

そんな俺が、誰かに愛を誓うなんて大それたこと、やっぱり少し怖いけれど。

それでも、二人への気持ちに嘘はない。

「誓います」

震えることも、躊躇《ちゅうちょ》することもなく、自然と口にした。誇らしくて、爽やかな気分だった。

「では……」

牧師がアイコンタクトをすると、二人は俺の正面に向き直る。蘭が俺の左手を優しく取った。指にひんやりとした感覚。薬指に優しく嵌めたのは蓮だった。

「似合ってるよ、とても」

驚いて顔を上げる。二人の向ける眼差しが優しかった。

「今日じゃないと、翔は受け取らないだろ」

小さなダイヤがちりばめられ、まるで水面で輝く光のようだ。動かすたびに、指輪が煌《きら》めいた。

「翔、俺たちにもお願いできるかな」

リングケースには残された二つの指輪。同じように二人の左手を取って、蓮と蘭の薬指にゆっくりと嵌める。二人がくれた証がこの手の中にある。それは二人の薬指に宿る光と同じで、目頭が熱くなった。

二人と視線を合わせて、ありがとうと目を細める。彼らが一歩近づいたから、俺よりも背の高い二人のために少し上を向いて、目を閉じた。


「本日はありがとうございました」

挙式から披露宴まで、始まってしまえばあっという間だった。長い長い一日が終わろうとしている。

双子と母と一緒に、ほとんどの参列者を送り出したところで、東雲社長と紬が現れた。ブーケトスの戦利品を手に、彼女は俺たちのもとへ駆け寄ってきた。

「翔くん、おめでとう。とっても良い式だったわ」

「ありがとう、紬さん」

笑顔の彼女の少し後方で、東雲社長はずいぶんと難しい表情をしていた。

「東雲さん、式に参列して頂き、本当にありがとうございます」

機嫌を損ねて帰っていても、おかしくなかった。彼の姿を見るだけで、あんなに怯えていた俺が、教会に佇《たたず》む彼を見つけて安堵するなんて。

「金目当てにしては、やけに、堂々としていたな」

「ちょっと、お父様！」

不躾《ぶしつけ》な台詞《せりふ》に、紬は表情を険しくした。

「こんな大掛かりな式を挙げたからにはもう、後戻りはできないぞ。後悔しても遅い」

「後悔はしません」

「二人のことを、好きでもないのにか？」

他の参列者や式場スタッフなどが、ざわつき始める。

「好きです。蓮くんと蘭くんのこと」

「そんなこと、口ではいくらでも言えるだろう。ああ、君は目的のためなら身体も許せるんだったかな。立派だったじゃないか、誓いのキスも」

侮蔑《ぶべつ》混じりに笑うと、紬が顔を真っ赤にして、いいかげんにして、と詰め寄る。

蓮と蘭が再び俺を東雲から遠ざけるように割って入ったが、大丈夫、と二人に告げる。あんなに怖かった彼の視線も、言葉も、今はもう怖くない。今の俺に、嘘はないから。

「不幸じゃないですよ」

「はぁ、何のことだ」

「たとえ、二人が神楽を追放されて、自分と同じ一般人になったとしても、不幸じゃない。蓮くんと蘭くんがいて、母がいて……大切な人たちが残っていれば、それだけで幸せなんです」

彼がなぜ、地位や家柄にこだわるのかが、わかった気がした。

きっと、不安なんだ。平凡な一般人の俺が、蓮と蘭と共に幸せになってしまったら、彼が今まで信じてきたものが全て崩れてしまうから。

「地位も名誉も、何もなくていい。だけど、自分で選んだ人とじゃなきゃ、きっと後悔する」

そしてきっと、これほど執着する理由は、大事な一人娘のことがあるからだろう。

幸せの描き方は違えど、紬に幸せになってほしいんだ。自分が思う最良の幸せを手に入れてほしいのだろう。

「東雲さん。僕はあなたのおかげで、二人とのこれからを誓うことができたんです。本当にありがとうございました」

嫌味でも取《と》り繕《つくろ》うためでもなく、心からの感謝を伝えた。気がつくと、ざわついていた空間が静まり返っていた。俺の声が広いホールにこだまして、やがて無音になる。

そんな中、突如からりとした感嘆の笑いが響き渡る。

「翔、変わったわね」

一人楽しそうに笑う母の姿に、その場にいた誰もが視線を奪われた。

「あ、ごめんなさいね、お話の途中で。息子の成長が嬉しくて、つい」

呆気に取られる東雲に軽く会釈をすると、母は蓮と蘭の手を取る。

「二人のおかげね、本当にありがとう。これからも、翔をよろしくね」

「お義母《かあ》さん……」

母の明るさと純真さが、先ほどまでの不穏さを一変させた。俺たちの周りの空気が、軽くなった。

東雲社長も、その雰囲気に呑まれたようだった。

「呆れた。君はつくづく単純だな」

東雲はそれだけ呟くと、ふ、と息を吐いて背を向ける。

「献身的なのは結構だが、結局は自分が何をするかだ。大切な人とやらを、本当に幸せにしたいのならな」

「それって……」

俺の問いに答えることなく、彼は「帰るぞ」と告げ歩き出す。紬は諦めにも似た表情を浮かべ、とぼとぼと彼の背を追う。しかしほどなくして、「ああ、それと」と東雲が言い出した。

「言っておくが、うちの紬は、資質では君たち双子にだって引けを取らない」

「お父、様？」

「蓮君、蘭君。やはり君たちに紬はもったいないようだ。翔君と、末長く連れ添うがいい。賢い生き方を選べない君たち三人は……きっと、お似合いだろう」

背を向けたままだった。ぽつりと、でもたしかに、東雲は「結婚おめでとう」と言った。

蓮も、蘭も、感情を必死に抑えるような表情をして、ぐっと唇を噛み締める。

「「ありがとうございます……！」」

二人はわずかに声を震わせて、東雲の後ろ姿に頭を下げ続けた。

紬は心底驚いたような表情を浮かべ、みるみるうちに目に涙を溜めて、ありがとう、と告げると、父の背中を追いかけていった。

俺の目に映る二人は、娘を溺愛する父親と、父親を慕う娘でしかない。

「ね、親なんて皆こんなものでしょ」

母もまた、澄み切った表情をして、東雲親子の後ろ姿をじっと見届けていた。

母、そして親という存在は強くて、大きくて、温かい。

蓮と蘭を命がけで産んでくれた、名前も顔も知らない、でも必ずこの世に存在していた人物に、伝わることはなくても、心の中で繰り返した。

二人をこの世に産んでくれて、ありがとう。出会わせてくれて、ありがとう。

あなたが愛した証を、幸せにしたい。俺に何ができるかはまだわからないけれど。それでも、いつかきっと、自分の力で。

◆

「明日、迎えに参ります。どうぞ、ごゆっくり」

「いつもありがとう、澪。明日また連絡する」

部屋の扉がパタンと閉まると、数時間ぶりに三人だけの空間になった。母やメイドたちと別れ、とあるホテルの一室にいた。

「翔、お疲れ様。疲れたでしょう」

キングサイズのベッドに腰掛けて、蓮はネクタイを緩める。蘭も同様にジャケットを脱ぎ、髪をかきあげた。

怒涛《どとう》の一日の中で、思いを打ち明けて、感情も露《あら》わにわんわん泣いて、愛を誓った。

最中はアドレナリンが出ていて、ただ必死だった。だが冷静になって振り返るとやはり気恥ずかしく、さらに密室で三人きりというこの状況に、異常に緊張した。

「そんな端にいないで、こっちに来い」

広い部屋の隅に佇《たたず》んでいる俺に、蘭がひらひらと手招きをする。おずおずと近寄ると、腕を搦《から》め捕《と》られ、腰を抱かれて、気がつけばベッドの上にいた。

「そんなに緊張されると、手を出しづらいだろ」

彼に組み敷かれたまま、え、あ、と言葉にならない声を漏らす。

好きだと自覚した相手が、こんなに近くで、俺を見て欲している。身体中に響くほど大きく、筋肉を突き破りそうなほど速く、鼓動していた。

「翔、顔真っ赤。可愛い」

蘭の肩越しに覗き込むように、蓮が笑った。自分でも、火傷《やけど》しそうなくらい顔が熱を持っていることがわかった。

「本当は、翔が落ち着くまで待ってあげたいんだけど……」

「俺たちが我慢できない男だって、お前もよくわかってるだろ」

情欲を訴えてくる瞳で、二人は困ったように笑う。

紳士的な言葉を操って、平常心の毛皮を被って、二人は何度も俺を貪《むさぼ》ってきた。知ってるよ、と返す代わりに、何度も静かに頷いた。

蘭が後ろから身体を抱きしめて、蓮が正面から衣服を脱がしていく。蓮は丁寧に一つずつボタンを外して、素肌に触れる。蘭は露《あら》わになった胸の突起を指で弄りながら、耳を甘噛みした。

「っあ」

「気持ちいいか」

「きもちい、です」

敏感になったな、と耳元で囁《ささや》かれると、首から腰にかけて弱い電流が走るみたいにゾクゾクした。

「俺たちのせいだね」

蓮は嬉しそうに呟いて、唇を寄せた。薄く唇を開けると、やはり舌が入ってきた。迎え入れるように絡める。

「っん、ン……ッ」

「キスも……こんなに上手になった」

何度も身体を許して、何度も一つになるうちに、恐怖も迷いもなくなって、残ったのは快楽と大切な人への感情だけだった。

蘭にしなだれるように体重を預ける。二人の体温が熱くて、気持ちがいい。

「う、ぁ……っ」

キスをしながら、蓮が俺の後孔をゆっくりと指でなぞる。こそばゆくてもどかしい感覚に、腰がびくびくと揺れた。

焦らすように何度も円を描いて、ひくひくと震えるそこにじわりと指が押し付けられる。つぷ、と蕾《つぼみ》を割って、奥へ入ってきた。

「ここだってもう、指の形を覚えてる」

「あ、蓮、く……」

中を拡げるように、彼の指がゆっくりとかきまわす。蓮の言う通りだ。こうして後ろを指でほぐされても、違和感や痛みはほとんどなくなっていた。二人が何度も、時間をかけて、俺の身体を愛してくれたからだろう。

蓮は丁寧に後ろを解《ほぐ》していく。やがてもどかしい感覚に身体を震わせた。俺が、二人を欲しいと思うなんて、期待して腰を揺らすことがあるだなんて、はじめは想像もしなかった。

「蓮、もういい」

「挿れたい？」

「あんまり焦らすと、翔が可哀想だろ」

きゅっと突起を強くつままれると、掠《かす》れた声が漏れる。

「っあ、あ」

「ほんとだ、辛そう。じゃあ、蘭にしてもらおうか」

後ろから蓮の指がゆっくりと抜かれるだけなのに、また喉が震えて声にならない悲鳴が漏れる。ままならず反応を示す身体を隠す余裕はない。

「いいよ、蘭」

蓮によって、柔らかな枕の上にゆっくりと頭を預けて、ベッドに寝転がる姿勢になる。

すると蘭が両腿《りょうもも》を開き、身体をすり寄せてきた。彼の昂《たかぶ》りが軽くそこに触れるだけで、腹の底が疼《うず》く。幾度となく繋がった。初めは怖くて、痛くて、それでも不思議と満たされる感覚に、いつしか身体が反応を示すようになった。

「翔、力、抜けよ」

「ん……ッん、ぅ」

蘭のそれが奥まで入ってくる。痛くはないけれど、やっぱり少し苦しくて、それでもこれが繋がっている証だ。やはり俺は、二人のことを好きなのだと思う。

「痛い、か」

「つだい、じょうぶ……」

ゆるやかに、優しく進んでいくそれが、最奥に到達するのに時間はかからなかった。あんなに侵入を拒んできつく閉ざしていた身体が、二人だけを受け入れる。

「——っあ」

とん、と蘭が奥に触れた。びくりと身体が揺れて、身体が仰《の》け反《ぞ》った。甘いのに烈《はげ》しい刺激に、一際高い声が漏れる。

「悪い、もう、動く」

そろそろと、蘭が腰を前後させはじめる。

「つん、あ……っらん、く、ん……！」

優しく最深に触れられる度に、反応を抑えられなかった。

「あ、あ……っや」

「つどうした、翔、苦しい、か」

「っち、が……っあ、あ、っ気持ちい、きもち、い……ッ」

「……ッ！」

こんな自分は知らない。恥じらいや理性が消えてしまったように、快感に溺れた。次第に、俺の腰を抱く蘭の腕にも、力が入っていくのがわかった。

「翔は、だめだね、俺たちを唆《そそのか》す天才だ。大人しく待ってられそうにない」

「ひ、っあ、だめ、奥……っ」

「翔、次はこれが君の奥に入るよ」

俺の左手が、そそり立つ蓮の欲望に触れる。どくどくと脈を打って、痛いくらいに昂《たかぶ》ったそれを、たどたどしい手つきでゆっくりなぞった。

「おい、邪魔すんな」

「こんなになった好きな子を黙って見てろって、結構酷じゃない？」

「……っ手、だけだからな」

「わかったよ」

蘭は両手でしっかりと俺の身体を抱いて、腰の動きを速めていく。何度も彼の腰があたって、奥に触れて、熱い身体同士が擦れて、腹の底から何かがせり上がってくる。その感覚が怖いのに、頭の中は快楽に染まっていた。

「翔、好きだ」

「っ好き……すき、です……っ蘭、くん」

彼に手を伸ばすと、唇を食《は》んで、やがて舌を絡ませるキスをくれた。大きく聞こえる心臓の鼓動は、俺のものだけではなくて、頭を働かせる余裕なんてないのに、なんだ、一緒だ、と安堵した。

「――ッあ……も、っだめ」

「翔……っ」

ぶるぶると身体が震えて、あっけなく果てる。蘭の熱が体の内側に流れてくる感覚に浸っていると、じれる気持ちを抑えることもなく、蓮が蘭の肩を押しのけた。

「ごめん、翔、ちょっと優しくできないかも」

深く息を整えながら、蘭が退いていく。後ろから白濁が流れ落ちるよりも早く、蓮が入ってきた。

「っあ……ッ!?」

緩やかに深く繋がった先ほどとは対照的に、硬くて大きな昂《たかぶ》りが性急に奥を突いた。

「っあは、すごい、蘭ので、ぐちゃぐちゃだ」

「ッあ、あ……！　れ、んくん……ッ」

「翔、翔……可愛いよ、好きだ。俺にも、もっと君を見せて」

「っあ、きもち、い……っ」

ぱん、ぱん、と蓮の腰が強く打ち付けられるたび、脳の奥が、身体の芯がぞくぞくとわななく。

こんなに獰猛なのに、彼から伝わる感情が泣けるほど愛にあふれている。

「ねぇ、妬《や》いちゃった。翔、俺にも聞かせて」

「っん、ん……！」

蓮と唇を合わせて、熱い舌を絡ませて、焦らすように上顎をなぞる。

身体中から余計な力が抜けて、大切な人を感じることだけに五感が集中する。

何度同じ行為を重ねても決して飽きることがない理由は、簡単だ。

「っす、き……」

「名前を呼んで、誰のことが、好き?」

「蓮、くん……っ蘭、くん……っどっちも、好き」

「俺も……っ好きだ、翔、君が思ってるより何倍も、ずっと、ずっと」

二人と肌を重ねるうちに、いつしか、これが特別な好きという感情なのだと知った。

怖くて、震えて、痛くて、涙が出ても、最初から嫌じゃなかった。二人の熱が頑なだった俺の空白に注がれて、積もっていった。

蓮がしっかりと腰を掴んで、身体を起こし引き寄せる。蓮と深く繋がったまま、ぐるんと身体の向きを反転させた。蓮に背を預けると、目の前には呼吸を乱し顔を上気させた蘭がいる。またしても、大きな欲望を募《つの》らせていた。

「ね、蘭。黙って見てるの、辛いでしょ」

「……っ何が、言いたい」

「二人で愛そう、翔を。ほら、翔もまだ足りないって」

先ほど欲を吐き出したばかりなのに、ゆるやかに反応を示す自身のそれに気がついても、恥じらいは思ったよりも襲ってこない。こんなに深く結びついて、奥まで暴かれて、もう、隠すところなんてない。今はただ、二人に触れたい。

「蘭、くん、来て」

「……!」

本能のままに、欲望に素直に。彼に両手を伸ばす。

蘭は何も言わず俺の身体を抱きしめて、俺のものと昂《たかぶ》りを重ねて扱《しご》き始めた。

「ずっと夢だった。君と結婚式を挙げるのが。今日、翔のおかげで叶った。だから、ありがとう」

耳元で荒い呼吸のまま言葉を絞り出す蓮が、飽きることなく俺の身体を貪《むさぼ》り続ける蘭が、愛しいと思った。

蕩《とろ》けていく頭の中で、お礼を言うのは俺のほうだ、と思う。

結婚してくれて。家族にしてくれて、好きだと言ってくれて、ずっと待っていてくれて、ありがとう、と。

「ああ、どうしよう、すごく幸せだ、翔、好きだよ」

そう囁《ささや》かれ、呼応するように俺も頷いて、好きだと言葉にする。あんなに、二人への気持ちを認めるのが怖かったのに、今なら何度でも伝えられる気がした。

生まれも育ちも違う他人が、少しずつ自分たちだけの家族の形を作っていく。母が諭すようにくれた言葉を思い出した。

全てをわかり合うことなんてきっとできないけれど、それでも向き合いたい。

「翔……ずっと離さないからな」

蘭の頬を両手で包んで、口付ける。切なげにひそめられた眉が脱力し、まっすぐに彼は俺の視線を捉えた。

――蘭くん、蓮くん。俺も幸せだよ。どこにもいかないよ。

こんなに深く繋がって、いいのだろうか。

満たされているのに、涙が出た。大切だと自覚すると途端に失うことを恐れてしまう。それほど二人を想っていることを改めて認識し、俺は再び精を放った。

◆

季節はいつの間にか梅雨に入っていた。ぱらぱらと雨が降り、身体にまとわりつくような湿気が空気を重くする。それでも俺は、この優しい音が嫌いじゃなかった。

挙式後は、あの怒涛《どとう》の日々が霞《かす》むくらい、穏やかに時間が過ぎていった。

今日も母と朝食を摂り、他愛もない会話をして、それから仕事に向かう。

「母さんは今日、何するの？」

「そうね、雨でお庭いじりもなかなかできないし、最近は断捨離してるのよ。でも結局、懐かしいアルバムとか見てるうちに夕方になっちゃうのよね」

「アルバム、ちゃんと取っておいてるんだ」

「当たり前じゃない。お父さんの思い出がいっぱい詰まってるもの」

相変わらずマイペースに生きる母を見ると、気持ちが和らぐ。こんな日がずっと続けばいいのにと思う。いつか神楽との繋がりを失うことを恐れていた日々が懐かしい。

「そういえば、そろそろ父さんの命日が近くなってきたね。お墓参り、今年はゆっくり行けそうだよ」

「そんなこと言って、相変わらず仕事ばっかりじゃない。ちゃんと休息とってるの？」

「え……そう？　自分ではそんなつもりなかったんだけど」

なんだかまた痩せたわよ、そう指摘されて腰に手を当ててみる。自分じゃ変化はわからない。

「昇進したし、仕事が楽しいのはわかるけど。結婚して家庭がある身なんだから、張り切り過ぎて体壊しちゃだめよ」

「わかったって、休みもちゃんと取るよ。ああ、そうだ、次の休暇にでも、一緒に食堂を見にいかない？」

「え、どうして」

「どうしてって……いつかまた再開させるんだし、たまには掃除とかしたほうが良いかなって」

ずっと維持し続けてきたテナントは、誰の目にも触れないままぽつんと存在していた。神楽に来てからも、俺の給料から維持費を払い続けてきた。母にとって失くしたくない大切な場所。俺にとって父との思い出が詰まった場所だ。

神楽で一生過ごすのだと実感し、母を俺一人の手で守るという目標を失って、一度は立ち止まった。だけどもう一つだけ、俺にはまだやるべきことが残されている。

――大きさは関係なく、自分の力で。

大切なパートナーであり憧れでもある双子のように、俺も何かを成し遂げなきゃいけない。

「翔、前から言おうと思ってたんだけど……」

喜んでくれると思っていた母は、浮かない表情で言葉を詰まらせた。

「無理、しなくていいのよ」

「え？　無理なんて……」

していないよ、そう口に出そうとした時、がちゃりとリビングのドアが開いた。

「翔様、そろそろご出発のお時間ではないですかぁ？」

「あ、ごめんハルさん、今行きます！　母さん、ごめん、また今度聞くね」

慌てて立ち上がり、足早に部屋を出た。去り際に聞こえた母の「いってらっしゃい」は、消え入りそうなほど小さかった。

◆

「あれ、翔も迎えにきてくれたの」

「はい。ちょうどさっき終わって」

笑顔でリムジンに乗り込む蓮が、ぽすんと隣に腰掛ける。その後ろから、蘭が無言で乗車し向かいに座った。

「お疲れ様です、二人とも」

「うん、翔もね」

「蘭くんは、何、見てるんですか？」

蘭の手には雑誌が握られている。決して行儀がいいとは言えないが、こちらへ向かってくる時からずっと、彼の視線はその誌面に注がれていた。

「ああ、蘭、まだ読んでたのか。翔にも見せてあげてよ」

蘭はゆっくり視線を上昇させ、じっと俺の目を見つめた。まるで探るような目つきだった。少しして、翔が興味あるかはわからないけどな、と呟いて雑誌を手渡した。

先ほどちらりと見えた表紙から察するに、ビジネス誌であろう中身を見ると、でかでかと掲載された東雲社長の顔が視界に入る。見出しには『働きたい企業ランキング堂々一位。東雲コーポレーション代表に迫る』とあった。

「すごいよね。少し近づいたと思っても、そのさらに先に行ってる。あの人の経営者としての腕は本物だよ」

前のめりに雑誌を覗き込む蓮の声には、賞賛や尊敬だけでなく羨望に近い感情があるように思う。

大切な人材が安心して働ける環境作りを徹底。福利厚生の充実で離職率の低減、優秀な人材の確保に伴い業績も好調。特集ページには前向きな言葉がずらりと並ぶ。

こうして文字にするのは簡単かもしれないが、そのどれもが容易に成し遂げられる内容ではない。

つい先日、俺たちの式に参列してもらって、たしかに対面して言葉を交わしたばかりの彼が、こうして見ると遠い存在のように感じる。いや、実際遠い存在なのだろう。

『社員も、その先の大切な人をも幸せにする企業づくりを』

そんな一文が目に入る。清い善人のような台詞《せりふ》が東雲社長の口から出てくるのを、失礼だが想像できない。けれど、頭の中で繰り返されるのは、彼に告げられた戒《いまし》めにも似た言葉だ。

――結局は自分が何をするかだ。大切な人とやらを、本当に幸せにしたいのならな。

自分が何をするか。自分には今何ができるのか。

「あの人の極端な言葉にいらつくこともあるが、正しいことも多い。大企業の社長には変わりないからな」

「そうだね。俺たちも、もっと頑張らないと」

蘭はおもむろに俺の手から雑誌を取り上げると、ぱたんと閉じてカバンにしまった。蓮はほんのわずかに険しい表情をして唇をぎゅっと引き結んでいた。

「でも俺は、二人の下で働きたいです」

「本当？」

「ほんとです。蓮くんと蘭くんはどんどん前に進んでる。俺はもっと二人の力になりたいって思ってます」

「翔にそう言ってもらえると嬉しいな、なんでも頑張れる気がするよ」

そっと握る蓮の掌が温かい。単純だな、と蘭が笑う。

「俺も、もっと頑張ります」

父が言っていたように、自分の力で何かを成し遂げられるようになりたい。まだまだ遠くてその背中すら捉えられない二人に、もっと近づきたい。

「ありがとう、でも、無理だけはしないで」

「無理なんて、してませんよ」

「そっか。それでも俺たちは、翔のことが一番大切だから、ときどき心配させてよ」

蓮の言葉に、母の顔がぼんやりと浮かぶ。

成長して、父の店を復活させれば、きっと母は喜ぶだろう、そう信じて疑わなかった。

だが母が見せた表情は、決して明るいものではなかった。

そんなに俺は頼りなくて、無力でちっぽけで、危なっかしい存在なのだろうか、と悩む。

何をしたら、蓮を、蘭を、母を、大切な人を、幸せにできるだろう。満たされて、愛を注がれた俺は、何を返せるだろう。

頼りなげに座席に投げ出した自分の右手を、いまだなにも掴んでないその手を、ただぼんやりと眺めた。

「そうだ、せっかく三人で明るい時間に合流できたんだ。今日はどこかでディナーをしようか。ね、蘭」

「翔、お前はいいのか」

「はい、ぜひ」

「決まりだね。デートだ」

蓮の嬉々とした声が車内に弾む。蘭はスーツの内ポケットから取り出したスマートフォンを耳に当てた。

「ああ、今から三名。それと部屋も一部屋。空いているところ、どこでもいい。ああ、頼む」

電話を切ると、蓮がからかうように「あーっ」と笑って、蘭を見た。

「なんだよ」

「部屋まで取って。乗り気だね」

「デートなんだろ」

「あは、蘭のそういうところ、好き」

「好きとか言うな」

蓮が腰に腕を回す。拍動が伝わって安心する。

向かいに座っていた蘭が立ち上がり、蓮の反対隣に腰掛けると、俺の額と目元にキスを落とした。何度身体を重ねようと、肌が触れるといまだ気恥ずかしくて、身体が熱くなる。

「緊張するの、まだ早いぞ」

「いつまで経っても、慣れないよね。そんな初心《うぶ》な反応が可愛いんだけど」

茶化すように指で頬をつつく蓮の手を、くすぐるように耳を親指で撫《な》でさする蘭の手を、笑いながらやめてなんて言って捕まえる。

俺の手は大それたものはまだ掴めていない。けれど手を伸ばせば触れられる距離に、大切な人がいる。今はきっとそれでいいのだろう、と俺は幸せに浸った。

◆

「あ、翔くん、ちょっといいかな」

いつも通り出勤して、いつも通りスタッフや店長に挨拶をした。通常なら「おはよう、今日もよろしくね」そんな言葉が返ってくるところだが、今日は違うらしい。

「本社からの通達で、急なんだけど来週から――」

突然、周りが無音になった。心臓のふちからじわじわと影が伸びて、全身を包む。誰もいない世界に放り込まれたような感覚だった。

「え……」

それからのことは、あまり覚えていない。問題なく仕事ができていたかもわからない。定時に仕事を退勤するのは、久々だった。

退勤した俺はすぐに、澪に電話をかけた。


「失礼します……佐藤です」

微かに震える手で、艶《つや》やかな木製の二枚扉を叩く。ワーキングネームである旧姓を名乗ると、入れ、と声がした。

ゆっくりと扉を開けると、奥の二つ並んだ大きなデスクに彼らはいた。まずは突然押しかけたことを詫びよう。そう思っていたのに、彼らの顔を見たら言葉が口をついて出てしまった。

「どうして、俺が本社勤務なんですか」

大好きな調理を任されて、昇進だっててした。父のお店を再開させるために、もっと現場での経験を積みたいと思っていたのに、どうして。

蓮も蘭も、作業の手は止めない。入り口に立ち竦む俺を一瞥《いちべつ》すると、蘭は冷静に答えた。

「それが会社として正しい判断だと思ったからだ」

「そんな……でも俺、接客とか調理しか経験ないんです。開発や管理の業務なんて」

「初めは誰だってそうだろ」

蘭は淡々と質問に答える。愛を囁《ささや》いて、触れ合って、劣情に身を委《ゆだ》ねるパートナーの姿はそこにはない。

「そうですけど、でも、どうしても納得できないんです。社長の推薦だって聞きました。他にもっとふさわしい人がいるんじゃないですか」

俺に向き合わない二人に、不安に駆られる。衝動を抑えられず、彼らに詰め寄った。だけどすぐに、後悔することになった。

「今、どの立場で、誰に物を言ってる」

内臓に響いてびりびりと揺れるような低い声。鋭い目つきで俺をまっすぐに捉える蘭に怯《ひる》んで、びくんと身体を揺らす。これまで見たことのない姿だった。

「現場を知らない人間だけだと回らない。現場にいた人材の中で、お前が適任だと判断した。それだけの話だ」

社長の言葉はいとも簡単に反論の余地を奪った。途端に自分の身勝手さに呆れた。二人はまだ職務中だというのに、半ば強引に押しかけたのだから。

二人は俺を雇っている社長なのだ。距離を履き違えたあるまじき行為だった。

「蘭の言う通りだけどさ。ただ、少し急だったのは認めるよ。驚かせてごめんね」

作業が一段落ついた様子の蓮が頭を下げるのを、慌てて制止した。

「いえ、俺……自分が、どうかしてました。業務の邪魔をして申し訳ありません」

「いいよ、そこまでかしこまらなくたって。それに、翔が心配してるような理由で、本社に抜擢したんじゃないから、安心してよ」

蓮はまるで、俺の心中をお見通しだ、と言いたげに目で訴える。奥の奥まで見透かしそうなその深い色の瞳から、俺は無意識に目を逸らしてしまった。

「翔のことが大切だからって、贔屓《ひいき》もしないし、公私混同もしない。自分自身の努力が大事だと教えてくれた君に、そんな失礼な真似はできないよ」

「きっかけはお前の言葉だったとしても、既に俺たちは何千何万って人間を雇っている。雇った人間には養う家族だっている。私情を挟む暇なんてないから、安心しろ。今よりもさらに会社の力になってもらうつもりだ」

俺は、二度も同じ過ちを繰り返した。せっかくパートナーになったのに。二人を支えたいと願ったのに。結局は心から二人を信用していないことに気がついて、心底呆れた。

一瞬でも、二人が私利私欲のために俺の環境を変えたと疑ったことが、許せなかった。

「翔が今の店舗で本当にいきいきと働いているのは知ってる。それでも君には本社で活躍してほしいんだ。好きなことだけできるのが仕事じゃない。会社の発展のためには、全員の意向を叶えるのは難しいんだよ。わかってくれるかな」

二人は経営者で、俺は社員。私情を挟んでいるのは、俺のほうだ。浅ましく、恥ずかしい。

「もちろんです。精一杯やります。やらせてください」

雑念を振り払うように、頭を下げる。俺を選んでくれた二人のためにも、どんな環境であろうと努力をしよう。そう、自分に言い聞かせた。焦りと不安が影を落としているが、必死に見えないふりをした。

蓮はありがとう、と言うと静かに立ち上がった。

「俺たちも、今日は終わるところだからさ、一緒に帰ろう。少し、待っててもらえるかな」

「はい、ぜひ」

こちらに歩み寄る彼の視線が、ふいに下がる。俺の手をじっと見つめていた。俺も同じ目線を辿《たど》り、気がついた。彼らの左手にある輝きが、俺の薬指にはないことに。

「あ、あの、急いで職場を出てきたから、つけてなくて」

結婚式で彼らにもらった結婚指輪は、自分にとって特別で大切なものだ。普段は肌身離さず、左手の薬指にはめている。

だが、会社には結婚をしていることは伝えていない。出勤前に指輪を外し、終業後にまたはめる。

いつの間にかそんなルーティーンができていた。

「いいよ、わかってる」

蓮は温和に微笑むが、わずかに目尻を下げている。その姿は、気を落としているように映った。

「言いたいと思ったら、その時に言えばいい。焦る必要はないよ」

「はい……ありがとうございます」

結婚したと言ったら、確実に相手は誰かという話になる。今の俺は、社長であり神楽の跡取りである双子のパートナーである、と堂々とは言えない。

それでも、誤魔化したり、別の名を出したりはしたくなかった。そんなことをしたら本当に、二人との関係が切れてしまいそうだから。

そんなはずはないのに、俺は漠然とした恐怖に囚われ続けていた。

◆

新しい環境に移る時は、少なからず二の足を踏むものだ。だが渦中《かちゅう》に身を投じてしまえば、慌ただしい毎日が過ぎていく。ただ、必死に食らいつくだけだ。

「翔、翔……朝だよ、起きられる？」

身体を揺すられる感覚に、重たい目蓋を押し開ける。明るい陽が眩しくて、また目を閉じた。

「蓮くん……今、起きます……」

目をこすりながら、なかなか言うことを聞かない身体を起こそうと身を捩《よじ》る。すると身体ごと抱きかかえられて、強制的に上体を起こされた。

「隈《くま》できてんぞ」

再度薄く目を開けると、眉間にしわを寄せて顔を覗き込む蘭がいる。俺を抱く彼の体温を、覚えている。たしか、昨夜久々にベッドに入る時間が揃ったから、はからずもそういう雰囲気になった。服を脱いで、抱き合った。それでも途中までしか、思い出せない。

「蘭くん、俺、途中で寝ちゃいましたか」

「ああ」

「ごめんなさい……」

「別に、謝ることじゃない」

そうは言いつつも、蘭は少しだけ拗《す》ねたように視線を外した。

「環境が変わって一週間しか経ってないんだから、仕方がないよ」

本社での勤務が始まって今日でようやく一週間なのだと、蓮に言われて初めて気がついた。それほど毎日仕事に没頭していた。

メニューの開発や各店舗の数字の管理など、今までに経験したことのない業務ばかりで、正直頭がパンクしそうなのだ。こういう時、やっぱり俺は凡人なのだと痛いほど思い知る。

それでも、伊達に二十年生きてきたわけではない。凡人なりの戦い方ならよく知っている。誰よりも時間をかけて、努力をすることだ。

「あんまり、無理すんな」

「はい」

ごめんなさい、と心の中で告げる。無理をしないときっと二人には追いつけないから、彼に嘘をつくことになる。少しでも早く仕事に慣れて、会社から必要とされる人間になりたいと、毎日頭の中はそんなことばかりなのだ。

身支度をして、三人でリビングへ向かう。すでに母が朝食をとっていた。

「おはよう。今日は三人とも少し遅いのね」

「翔、新しい環境で頑張ってくれてるんで、少し疲れてるみたいです」

蘭が俺の肩を軽く叩きながら言う。

「でも、翔はものすごくよく働いてくれるので、俺たちも助かってます」

蓮も続けて母へ返した。俺の不甲斐なさを二人にフォローさせているみたいで、心苦しい。

「なら良かったわ。二人とも、翔のことお願いね、この子すぐ無茶ばっかするんだから」

「それは俺たちもよく知ってます」

笑い混じりに蓮が返すと、母も笑う。朝から和やかな雰囲気だ。俺だけ、まだぼーっとしている。

談笑をするエネルギーが今は湧いてこない。

「お義母《かあ》さん、そろそろですよね」

「うん、そうね」

蘭が母に語ったそろそろ、に母は大きく頷き賛同する。

「俺たちもその日は予定を空けてきますね」

「あら、忙しいのに、いいの？　ありがとね」

蓮まで話題に参加して、何も理解していない俺だけが取り残されてしまった。そろそろ、何が始まるというのか。テーブルに用意された牛乳を呑気に一口飲んだ。

「翔も、空けてくれるのよね？」

「えっ、ごめん、何？」

「もしかして忘れちゃったの？　来月、父さんの命日よ。お墓参りに行こうって言ってたじゃない」

母は小さくため息をついて、やや大げさに肩を落として見せた。仕事のしすぎよ、とも言った。声も出なかった。俺にとって数少ない大切な事柄が頭から抜け落ちていた。ショックだった。

「ああ、大丈夫ですよ。その日は、翔も休暇にしておきました」

「本当？　良かったわ〜、ありがとう」

すかさず蓮がフォローを入れる。反射的に「ごめんなさい」と「ありがとう」が口をつく。言ってから、実の息子なのに何をしているのか、と悲しい気持ちになった。

二人のほうがよっぽど、俺の両親を大切に、幸せにできているのではないか、とやりきれなくなった。

◆

「佐藤さん、キリのいいところでお昼に行ってきてね」

「はい、ありがとうございます」

慣れないパソコンでの作業に悪戦苦闘しながらも、納期間近の企画書作成に取り組む。キリのいいところと言われても上手に線引きができずに、結局黙々と作業を続けた。わからないことだらけでも、没頭していれば、その間だけは悶々《もんもん》とする気持ちを追い払うことができる気がしたからだ。

その時、ぴこん、と画面右下にメッセージが現れた。メールだ。差出人は、神楽蓮。なぜ社内アドレスに。会社の社長なのだから、知っていて当たり前なのだろうが。

他の社員が近くにいないことを確認してメールを開くと、「今から社長室に来られるかな」と一言だけあった。呼び出されるようなことをしただろうか、と内心怯えながら、パソコンを閉じてエレベーターへ向かう。

最上階は社長室しかない。そのボタンを押すところを誰かに見られるわけにいかない。かといって誰も乗っていないタイミングを待ち続けていたら待たせてしまう。とはいえさすがに階段で約三十階分登るのは非効率だし疲れてしまう。

うーん、と頭を悩ませていると早速エレベーターがやってきた。中には、女性が二人だけ。無人ではないけれど、ラッキーだ、これに乗ってしまおう、と踏み出した。

「何階ですか？」

ボタンの前に立つ女性が話しかけてくる。思わず「五十二階です」と本当のことを答えると、女性は怪訝《けげん》そうな表情をした。

「そこ、多分入れないですよ。社長室だから」

「あっ……一応、仕事で呼ばれてまして」

「社長に？」

「はい」

嘘をつくべきか……否、変に誤魔化そうとするほうが怪しい。そもそも、誰が何を怪しむのか。何も悪いことはしていないのに、拍動が乱れた。

「もし入れなかったら、一つ下の五十一階に来てください、そこが秘書課なので。社長とお約束がある人は普通秘書課を通すんですけど」

「そうなんですね。すみません、ありがとうございます」

双子と歳が近そうな綺麗な女性二人は、本当に五十一階で降りて行った。扉が閉まるまで、俺を珍しいものを見るかのように窺《うかが》っていた。

扉が閉まり、深くため息をつく。そうしているうちに、五十二階に到着した。

一体なんのための面積なのかと言いたくなるほど広い廊下に降り立って、一番奥の二枚扉へ向かう。こんこん、と二回ノックして、重厚な見た目に反して案外軽い扉を開けた。

「失礼します」

「あ～！　翔くん！　本当にいたぁ！」

まず飛び込んできたのは、一際高い声。驚いて視線を上げると、中央のソファに腰掛けて忙《せわ》しなく手を振る女性の姿があった。

「紬さん⁉」

「会いたかったわ〜！　元気にしてた？」

彼女は立ち上がり、俺の手を少し強引に引いた。導かれるまま、彼女の隣に座る。

「翔、ごめんね。仕事中に。どうしても会いたいってきかなくてさ」

奥のデスクにはいつも通り社長の二人がいる。一瞬彼女の存在感に圧倒されて忘れてしまったが、ここは社長室なのだと思い出す。

「急にごめんね、こないだのお礼が言いたくて」

「お礼？」

「そう。それにあまりゆっくり話せなかったから、近況報告も兼ねて、ね」

紬と会うのは結婚式以来だった。とは言っても、結婚式からまだ二ヶ月しか経過していない。式が終わって、人事異動があって、新たな環境になって。二人とろくにスキンシップをとる体力さえ残らない日々が続いていた。体感では、もっと長い時間が経っているつもりなのだが。

「この間は、ありがとう。お父様と向き合ってくれて」

「そんな、向き合うだなんて大層なことはしてないよ」

「あれから、お父様だいぶ丸くなってね。真剣に交際する相手がいるなら連れてきなさい、なんて言い出したのよ。あのお父様がよ？」

紬はやおら俺の手をとると、両手で強く握りしめた。

「あなたのおかげ。本当に、ありがとう」

彼女はそう言いながら優しく笑った。

その笑顔は、良家のお嬢さんのそれではなく、俺と同い年の女性のものだった。俺の行いなど取るに足らないが、彼女が自分らしく人生を歩み、東雲社長の肩の荷が少しでも降りたのなら、それは素直に喜ばしいと思う。

「紬さんが幸せなら、良かった」

「ブーケトスをキャッチできたおかげか、最近恋も上手くいってるの」

「そうなんだ、おめでとう」

「相手の子はね、翔くんみたいに小柄で、笑うと小さなお花を咲かせたみたいに可愛い子なのよ」

「へ、へぇ。いいね」

紬はさらに距離を詰め、固く握った俺の手をなかなか離そうとしない。いい子だけれど、やっぱりどこか変わっている。

「おい、あんまりベタベタ触んなよ、紬」

この様子を見ていた蘭が、しびれを切らして詰め寄った。

「なによ、嫉妬?」

「そんなんじゃない」

「あんまり束縛すると嫌われるわよ」

「……束縛なんかしてねーよ」

「何よ、今の間は」

とにかく離せ、と蘭は半ば強引に紬の掌を剥がして、俺の隣に座った。紬と蘭、二人に挟まれて動けなくなった。

「翔くんだって、たまには友達と遊んだり、一人でゆっくり過ごしたりしたい時だってあるわよね」

紬は、茶化すように俺の肩をぎゅ、と抱き、またしても蘭が奪い返すようにして身体を引き剥がした。なんとも大人気ない。

そう言えば、父が亡くなってからは職場と神楽の人間以外とは誰とも会っていない。地元の友人は、皆元気にやっているだろうか。連絡すらまともに取っていないから、それすらわからない。

「でも、今の生活で十分だよ。仕事だって、いろんな経験をさせてもらえて。今はゆっくりするよりも、早く仕事に慣れたいんだ」

「偉い。健気だわ。いいパートナーを捕まえたわね」

彼女が俺の頭を撫《な》でると、蓮まで様子を窺《うかが》うように歩み寄ってきた。

「でしょう。紬にはあげないよ」

「取られないようにせいぜい良いパートナーやりなさいよ」

「嫌な想像させないでくれる」

「ほんと、ベタ惚れね、あんたたち」

肩を竦めて、紬が笑う。蓮と蘭も気が抜けたように口角を上げた。

紬といると、二人はいつも自然体だ。お互いの立場も、辛さも分かち合える。二人が対等で、同じラインに立っているからだ。それが少し、俺には羨《うらや》ましかった。

「はいはい、惚気《のろけ》はもう終わり。翔くんにも会えたし、仕事に戻らないと」

「紬も役職ついたんだろ」

「うん、おかげさまで。お父様は私に男の婚約者をあてがうつもりでいたから、今まで実務には関わらせてもらえなかった……だけどまだまだ、これからよ。いつかはお父様を越えてみせるわ」

さらりと言い放ったが、彼女の言っている事が簡単ではないことは明らかだった。

俺と同い年の女の子が、国を代表する大企業の最前線で活躍しているのだ。

「あの式のあと、お父様は変わった。自由な恋愛は許されたけど、その代わり学業も、仕事も手を抜くことは許さないって、三倍はスパルタになったわ。それでも、今の生活のほうが充実してる」

「楽しそうだね。ずっと、会社経営したいって言ってたし」

「もちろん、やるからには、誰にも負けたくない。だって、自分の好きな人は、自分で守りたいの。そのために今まで死ぬほど努力を積んできたんだもの」

彼女は、今、最高に輝いていた。

紬は紛れもなく、『自分の力で何かを成し遂げることができる人』なのだ。

そんな彼女を見守りたいと思うのと同時に、じくじくと心が痛んで切なかった。

――きっと自分だけが、何者でもない。

◆

本社勤務になって一ヶ月が経過した。

ようやく業務の全体像が見えてきて、それでもまだ一人前には遠い。俺だけ一日三十時間あれば良いのに。そんな仕方のないことを考える毎日が続いていた。

「佐藤くん、来週の展示会の資料、もうできた？」

「はい、今日中に終わらせます」

「ちゃんと進捗《しんちょく》は逐一《ちくいち》報告するようにしてね。難しい場合は、皆でリカバリするから」

幸いなことに、社内には自分が社長のパートナーだと知っている人間はいない。変に気を使われることもなく、先輩や上司は時に厳しく、ダメなものはダメと叱ってくれる。それが嬉しくもあった。

神楽の人間としてではなく、佐藤翔という普通の男として扱ってもらえるからだ。

気をつけます、と先輩に頭を下げると、頭上から明るい声が降ってきた。

「佐藤くんがすごく頑張ってるのはわかるよ。だけど、全部を一人で抱え込むのは良い仕事の仕方とは言えない。周りにうまく頼る力も大事」

「はい、ありがとうございます」

「こちらこそ、ありがとうだよ。君がこの部署に来てくれて本当に助かってるもん。でも、無理はダメだからね。ほら、そろそろお昼行ってきて。ちゃんと栄養のあるものを食べてよ。佐藤くん華《きゃ》奢《しゃ》なんだからさ」

軽妙な口ぶりで笑い飛ばす先輩に行ってきます、と告げオフィスを出た。この職場は良い環境と良い人たちでいっぱいだ、と思う。

ふいに、俺の実力不足のせいで、気を遣わせているのではないか、とおぼろげな不安が襲ってきた。

結局行き着くのは、もっと努力して、早く一人前になろう。これぱかりだった。

社内食堂を訪れて、一番安いかけうどんの食券を買う。適当な席に座って、モニターに俺の番号が表示されるのを眺めて、ただぼーっと待ちぼうけする。

そんな時、テレビの前に大勢の社員が集まっているのが目についた。そこだけやけに賑わっている。人だかりに近づいて、皆の視線の先を追う。

『……さぁ、始まりました！　現代の政治経済にクローズアップするこの番組「未来の扉！」。今回のゲストは今をときめく青年実業家の皆様にお越しいただいています』

きゃあ、と社員たちが声を発した。釣られて俺も声が出そうになった。画面に映ったその人物が身内だったからだ。

『二十歳という若さで、みなさんご存知、東雲コーポレーションの専務取締役を務めていらっしゃる東雲紬さん。そして神楽財閥の運営だけでなく、自身で立ち上げた新しい事業も大成功させているRSグループ代表取締役、神楽蓮さん、神楽蘭さん！　本日は豪華な三名をゲストに迎えてお送りします』

いつもそばにいる人間が、大きな液晶の画面の中にいる。

そこにいた社員はみな色めき立ち、言葉にならない歓声を上げる者もいた。

「社長、やっぱりかっこいい！」

「あの二人と結婚できたら、ラッキーだよね、何にもしなくても一生安泰じゃん」

「結婚相手、ほんと勝ち組よね。羨《うらや》ましすぎるわ」

口々に意見を述べる彼らは、その相手がすぐそばにいることを知らない。

やはりそう思うよな。俺だって、彼らの立場ならそう思う。

テレビの中の三人は、いかにも成功者といった感じで、小難しい政治経済金融などについて意見を述べていた。こうして見ると、三人は俺と全く関係ない他人なのではないかと思えてくる。

三人が並々ならぬ努力を重ねて、ここまで来た、ということを知っている。

だから俺もがむしゃらに努力を続ける。

だけどいつまで経っても埋まらない大きな差に打ちのめされて、歩みを止めそうになる。やっぱり、そもそも住む世界が違うのではないかと。その度彼らが夜な夜な死力を尽くしていた姿を思い出して、自己嫌悪にいたる。その繰り返しだ。

「七十二番の方ー、できてますよー！」

配膳口から年配の女性の声が響き渡る。テレビに夢中になっていた社員が一瞥《いちべつ》した。俺の番号だ、と慌てて取りに向かう。皆の視線がちくちくと刺さるようで、少し恥ずかしい。

テレビから離れた席に座り、自身のスマートフォンで観ることにした。

「あ、ねえ、知ってる？　あの人、この間社長室に呼ばれてたみたいよ」

俺は耳がいいほうなのだ。厳密には、居酒屋のようながやがやした空間でお客様やスタッフの声を聞き分けることに慣れているから、特定の声や話題をキャッチすることに長《た》けているといったほうが近い。

「ほんと？　何、役職とかついてるの？」

「そんなわけないでしょ、あんな若い子。まだ高校生って言われても信じるよ、私だったら」

「じゃあ、なんで？」

「わからないけど……でも、あの人、前は現場にいたんだって」

「現場から本社って大抜擢じゃん」

「そう。しかも異動の時期でもないのに、一人で。なんかおかしくない？」

彼らは俺に聞こえていないと思っている。声を絞って話しているからだ。胸がざわつく。早く食べて、ここから出ていきたい。

「……なんかさ、案外、大人しそうな顔して、枕とかやってんじゃないの。社長のお気に入りだったりして」

ガタン、と立ち上がった。だけどタイミングが悪かった。

彼らは一度口をつぐんだが、なんでもないふりをしてお盆を返却口へ戻す俺を確認して、ほっとした様子だった。そうしてまた、口を開く。今度は、聞こえなかった。聞こえないように、すぐに食堂を出た。テレビも、途中で見るのをやめた。

俺のせいだ。俺のせいで、二人が誰かも知らぬ人に汚されてしまった。

俺が社長室に呼ばれても、二人のそばにいても恥ずかしくないくらいに成長したら、この靄《もや》は晴れるのだろうか。あらぬ噂が立てられることはないのだろうか。わからないけれど、今はとにかく仕事に打ち込みたい気分だった。

◆

柔らかなベッドに深く沈んで、目を閉じる。もう少しで意識を手放しそうなこの感覚が、心地よい。眠っている間だけは、何も考えなくていいから。

ゆったりと鼻で呼吸して、真っ暗な世界へ落ちていく直前、現実世界に引き戻される。ベッドが、ぎし、と軋《きし》んだ。

「悪い、起こしたか」

薄く目を開けると、蘭がいる。掠《かす》れた声で、おかえりなさい、と告げる。しかし睡魔に抗えず、もう一度目を閉じた。唇に柔らかい体温が触れる。

唇を割って、舌が入ってくる。ぼーっとする頭が、驚きで少しだけ覚醒した。蘭は、優しいし気遣いができる人だ。寝込みを襲うなんてしたことがない。もう一度ゆっくり目を開ける。

薄暗い部屋で、劣情をたくわえた蘭の赤い目がいっぱいに映った。

「ん、ん……っ」

「翔……」

縋《すが》るような彼の声に、応えたくなった。眠いけれど、疲れているけれど。そういえば異動してからろくに彼らと触れ合っていない。このあいだだって途中で眠ってしまった。寂しい思いをさせているのではないか。

寝間着の上から、胸の突起をこすられて、声を漏らす。今度は性急に後ろへ掌が伸びて、ズボンも降ろさずに下着の中へ侵入した手が、指を押し当てた。

――案外、大人しそうな顔して、枕とかやってんじゃないの。

悪意のある憶測が、頭の中で反響した。途端に身体がこわばる。

俺の大切な人を、そんな浅ましい目で見ないでほしかった。俺のせいで、俺が何もできない人間で、そんな俺が二人のそばにいるから、そう言われてしまうのか。

「翔、どうした」

異変に気づいた蘭が、様子を窺《うかが》う。

「ごめんなさい……」

「気分じゃないか」

「違うんです、そうじゃなくて」

俺だって、蘭に触れたい。久しぶりの体温に甘えて、全てを預けてしまいたい。だけど本当に、俺なんかが、誰からも慕われ敬われる二人と深く繋がることを、望んでいいのか。

「いや、いい。疲れてるんだろ」

蘭はベッドに横たわり、正面から俺を優しく抱いた。気持ちが安らぐのに、心が痛い。本来同居しないはずの相反する感情がぐるぐると渦巻《うずま》いた。何もかもが違う、何もかもが遠い。

好奇の目に晒《さら》され、腫れ物扱いされて、何をしても家柄や生まれを引き合いに出される。

二人はそんな状況下で腐らずに歩み続け、誰からも文句など言わせない立場を自分たちで築き上げた。

対して俺は、自分のことで手一杯で、大切な人に我慢をさせて。何もできずに焦るだけ。

彼らはこんなに近くにいるのに、とても遠く感じた。

◆

突然、先輩に「挨拶も兼ねて社長室に行ってみてごらん」と言われた。

「こちら、開発部の定例報告と新商品の企画書です。ご確認をお願いいたします」

いつもは社内システムで共有する報告書を、新人が直接社長室に持っていくというのは恒例行事らしい。

実は仕事で社長室に入るのは初めてだった。もちろん、先輩には社長室にすでに入ったことがあるというのは言わなかった。

「うん、ありがとう。誰も見てないから、そんなに固くならないでいいよ」

「あ、すみません……仕事中なので一応、と思って」

「あは、翔は真面目だね。本当に」

蘭は俺の渡した資料を無言でめくっていく。蓮はソファに身体を預け、大きく伸びをしていた。

「翔がここに来てくれるとどうしても嬉しくなっちゃうね」

「おい、仕事中だろ」

「それはわかってるけど、仕方ないでしょ。大好きなんだから」

蓮の答えに応じず、蘭は自席から静かに立ち上がった。

「翔」

「はい」

「これ、お前が作成したのか」

「はい。先輩方にも手伝って頂いたんですが、大枠は自分が」

「そうか、良くできている」

蘭はふ、と目を細めると、承認の印を押した資料を手渡した。

「あ、ありがとうございますっ」

思わず声が上ずった。本社に異動してから社長に仕事を認められるのは、初めてだった。舞い上がりそうな気持ちを必死に抑えて、頭を下げる。

「仕事、すっかり慣れたんじゃない」

「先輩方のおかげで、なんとかやれてます。でも、まだまだ未熟だから。もっと、頑張ります」

「翔はえらいね。でも、あんまり無理しちゃダメだよ」

座ったまま、蓮はひょいと手を伸ばして俺の頭を撫《な》でた。触れられるのは嬉しいけれど、今は仕事中で相手は社長なのに、どうも調子が狂う。

「あ、そうだ、ねぇ、取引先から美味しいケーキもらったんだけど、休憩がてら食べていかない？」

蓮は会話もそこそこに、思い出したように手を叩いた。

「ありがとうございます……でも、まだ仕事がたくさん残ってるので、今回は遠慮しておきます。すみません」

「そう？　じゃあ、また今度」

せっかくの誘いを断るのは気が引けたが、休憩をしている暇があればもっともっと仕事がしたい。成長したい。隣は無理でも、せめてもっと二人に近づきたい。今俺を突き動かす思いは、それだけだった。

「じゃあ、戻ります。失礼しました」

二人に頭を下げ、社長室を出ようと俺は足を踏み出す。

だがその瞬間、全身からぐにゃりと力が抜けて、身体が頽《くずお》れるのがわかった。

一仕事終えた安堵からか、はたまた仕事のしすぎか。

どちらにせよ、ピンと張っていた緊張の糸がプツンと切れるような感覚だった。すとん、と膝をついて、床に倒れそうなところで、蓮が抱きとめてくれた。

「翔……！　大丈夫？」

今、何が起きているんだ。社長に膝をつかせて、貴重な時間を奪っている。休んでいる暇なんてないのに、立ち止まっている。早く行かないと。

「翔、無理するなって言っただろ」

蘭が作業の手を止めて、慌ててこちらに駆け寄った。邪魔がしたいわけではないのに。ごめんなさい、と言葉があふれた。立ち上がろうとしたら、蓮に肩を掴まれて止められた。

「ちょっと、頑張りすぎだよ」

「大丈夫です」

「顔色が悪い。身体だって前より細くなってるよ。お昼とか、ちゃんと食べてる？」

「ごめんなさい。本当に大丈夫だから……」

嫌な雰囲気だった。一刻も早くこの場を離れなければいけない気がしてならない。

「早く一人前にならなきゃ。二人の力にだってなれない。だからこれくらい、なんともないんです」

やや早口になっているのは自分でも感じた。

焦っていた。早く解放してほしい。早く戻って、頑張って、仕事しないと……

心臓の鼓動が嫌な感じに速まっていくのを自覚しながら、何度も大丈夫と呟いた。

「翔、無理させて、ごめんね」

すると、身体を解放するどころか、蓮はさらに強く抱きしめた。大切で愛おしいはずの温もりを、ひどく冷たく感じた。

「どう、いう……意味ですか……？」

じとりとした汗が吹き出す感覚に戦慄《せんりつ》し、身体が、声が、震えた。

「君は俺たちの大切なパートナーなんだ。側にいてくれるだけで、十分嬉しいんだよ」

そんな優しい声で、諭したりしないでほしかった。まだ、俺は頑張れるのだから。

「あのね、前から言おうと思ってたんだけど」

努力が足りないなら、もっと、もっと頑張るから。

しかし、無情にも蓮はその言葉を続けた。

「翔は、そんなに頑張らなくていいんだよ」

死角から鈍器で頭を強く殴られたような衝撃に襲われた。悪意のない言葉で殴打された途端に、頭の中は真っ白になった。

少しして、これまでの努力も、苦悩も、父の教えも、全て俺の中から消えていくような気がして、苛烈な焦りが突き上げてきた。

「ほら、結婚してから俺たち皆働き詰めで、ゆっくり遠出もできなかったよね。だからリフレッシュも兼ねて新婚旅行にでも……」

「――――っ！」

どんっ。人を突き飛ばすとこんな鈍い音がするのかと、目を見開く蓮よりも、俺のほうが驚いていた。

「……翔？」

何が起きたのか理解できない、そんな表情の彼を見ていると、次第に罪悪感が心臓を締め付ける。

「あ、俺……」

声がうまく出せない。自分は今、社長に、恩人に、大切な人に何をしたのだろうか。

「おい、翔」

固まる俺に、蘭が歩み寄る。

びくりと雷に打たれたように身体が揺れて、気がついたら走り出していた。

後ろから、何度も俺の名を呼ぶ蘭の声が聞こえたが、構わずに走り続けた。階段を急いで下って、踊り場で足がもつれて転ぶ。カラカラになった肺が呼吸のたびに痛んで、自分がろくに息を吸っていなかったことを理解した。

一つ涙がこぼれたら、もう止まらない。視界が歪《ゆが》んで、自分の身体さえ見えなくなる。

『本当なら、翔様はお仕事をする必要はないのですよ？』

『二人とも、翔のことお願いね、この子すぐ無茶ばっかするんだから』

『あの二人と結婚できたら、ラッキーだよね、何にもしなくても一生安泰じゃん』

『結婚相手、ほんと勝ち組よね。羨《うらや》ましすぎるわ』

『翔は、そんなに頑張らなくていいんだよ』

誰も最初から、俺に期待なんてしちゃいないのだ。俺がどれだけ努力しようが、しまいが、関係ない。

ラッキーで、勝ち組で、それ以外は何にもない。

頭の中で交錯する数々の言葉が、身体中を黒く蝕《むしば》む。どうしようもなくて、ひたすら涙を流した。

いつまでも俺には訪れない春を、ただ嘆いた。

散々泣き腫らしてから、痕跡をできるだけ取り除いて、自席に戻った。だけれど先輩にはすぐにバレて、半ば強制的に休憩を指示されてしまった。

社員が帰った後の静かな社員食堂で、ただぼぅっと惚《ほう》ける。自動販売機の小さなモーター音だけが、空っぽの頭の中に微かに届いた。

二人に謝らなければいけないが、合わせる顔がない。二つの思いが拮抗《きっこう》して、いまだ足は動かない。

我ながらひどい八つ当たりだと思う。

蓮も、蘭も、ただ心配してくれただけなのに。自分勝手なやつだと、嫌われただろうか。そう思うと血の気が引いて、逃げるようにまた思考を閉ざす。

ここでこうしていても、仕方がないと頭ではわかっている。だが、今の俺が何をしたって裏目に出るんじゃないかという気がして、身体が動かなかった。

テーブルに突っ伏していると、ただ時間だけが過ぎていく。社長室を出てからどれだけの時間が流れたのかも、もうわからない。

突如、遠くから聞こえてくる足音に、慌てて顔を上げる。休憩中なのだから、だらけていたっていいはずなのに、気が咎めた。

その足音はさらに近づいて、食堂に一人のスーツ姿の男性がやってきた。知らない誰かと二人だけになると思うとなんとなく気詰まりなので、俺は食堂から出るために立ち上がる。

この勢いで一度オフィスに戻ろう。足早にすれ違いながら、お疲れ様です、と会釈した。

「翔……？　翔、だよな。佐藤翔」

俺の名を呼ぶ声が、はっきりと聞こえた。

立ち止まり、男性に視線を送る。成長した彼の姿にも、あどけない学生時代の面影がたしかに残っていた。

「手嶋……？」

「そうだよ！　よかった、覚えててくれて」

スーツ姿の男性――手嶋は俺の肩を叩き、無邪気な声をあげた。

中学を卒業してから会っていないから、五年ぶりになる。学生時代の一番長い時間を共に過ごした大切な友人が、なぜか俺の勤める会社にいる。

驚きもそこそこに、自然と頬が緩んだ。

「もしかして、翔も、ここに入社してたのか？」

「え、てことは、手嶋も？」

「なんだよ！　ならなんで入社式の時いなかったんだよ～！」

よく通る大きな声が食堂内に響き渡る。そういえば、俺と同い年の人間なら、短大や専門学校を卒業しているはずだ。よく考えれば、こうして社会人になる同級生がいてもおかしくはない。

「俺は、十八から働いてた居酒屋がこの会社に吸収されて、いろいろあって本社勤務に」

「十八って……そっか、そうだよな。茜から聞いてた。進学クラスだったけど、翔はそこで一人だけ就職したって」

手嶋は所在なさげに、目線を泳がせる。

「残念、だったたな……いや、今更こんなこと言ってもって感じだけどさ。翔に会いたいって思ってたけど忙しいかもって思って連絡できないでいたら、こんなに時間が経っちゃって」

歯切れ悪く、それでも必死に言葉を紡ぐ手嶋は、俺の知っている、実直で裏表のない彼だった。

「俺も、会いたかったよ。よかった、また会えて」

「翔……」

「茜に、会ったんだね」

「ああ、って言っても、高三の冬に一回だけな。そのあとは、一度も」

綺麗な紅色の花を好きだと教えてくれた茜。別れた今でも、夕暮れの切なくて焦がれるような空を見ると、彼女のことを思い出す。

手嶋と茜とは中学が一緒で、その頃はよく三人で遊んでいた。

「翔は？」

「俺は、別れてからは一度もないよ」

「そっか……そう、だよな。ていっても俺らもたまたま駅でばったり会って。じゃあ翔にフラれたもん同士で飯でも行くかーってノリになってさ」

久々の再会でキレの悪い会話を盛り上げようとしてか、手嶋は笑い飛ばす。俺はというと、彼の発言への反応の正解をとっさに見出せず、乾いた笑いをこぼした。

「あっ、ごめ……デリカシーなかったよな、今の発言」

「あ、いや、全然っそんなことない」

一番の友人だと思っていた手嶋に告白されたのは、中学二年生の時だった。

俺を好きになってくれたことは、純粋に嬉しかった。だけど、親友としての関係が壊れてしまうのが怖くて、その気持ちに応えることはできなかった。それでも、手嶋はその後も友人として変わらずに接してくれて、当時の俺は救われた。

「ほんと、俺も茜も、もう何も気にしてねーからさ。変な意味で言ったんじゃないから、今の。ごめんな」

「わかってるよ、大丈夫だって」

笑いながら答えると、手嶋は少し安堵したように、良かった、と笑った。

手嶋は、俺の記憶の中よりも少し大人になっていた。背も伸びて、スーツがよく似合っている。見た目が成長しても、その笑顔は変わらない。

それから、座って彼と雑談をした。

新入社員の研修で今日まで本社に来ているといった仕事の話から、成人式ではあの同級生がヤンキーになってた、あの地味だった子が超絶可愛くなってた、といったくだらない地元の話まで。

たった数分だったが、まるで昔に戻ったように、話に花が咲いた。

「そっか、やっぱすげーな翔は。現場から本社に抜擢なんて」

「いや、俺の力じゃないよ。それにまだまだ分からないことばっかで……」

「なんでそんなこと言うんだよ。自信持てって！　本社勤務って言ったら、全社員の憧れだって、研修してくれた先輩も言ってたぞ」

手嶋は曇り一つない笑顔で、俺を褒めてくれる。それが逆に、今の俺には少し辛かった。

蓮と蘭は、贔屓《ひいき》でも公私混同でもないと言った。だが身内に対して、少しの私情も挟まずに仕事をするなんてできるのだろうか。少なくとも、俺はできる自信がない。

もし手嶋に、社長と結婚してることを明かしたら、同じことを、同じように目を輝かせて言ってくれるだろうか。

——なんだ、自分の力じゃ何もできないんだな。

「……っ！」

嘲笑《ちょうしょう》するように、手嶋が、茜が、母が、そして父が、吐き捨てる姿が脳裏をよぎる。

わかってる。こんなのはただの妄想で、実際に言われたわけではない。だというのに、心臓が早鐘を打つように鼓動して、徐々に呼吸が乱れていく。

「翔、大丈夫か？」

「……大丈夫」

「でも顔色、悪いぞ」

顔を覗き込む彼と、視線が重なった。手嶋、と名前を呼んで彼に寄りかかると、彼は息を呑んで頬をわずかに赤らめた。

痛いほど脈打つ心臓を押さえながら、かつて俺に恋をしてくれた彼の顔を見つめた。

「なんで、俺のこと好きになってくれたの」

自分に自信がなかった。昔から父は、翔ならできる、と耳にタコができるくらい何度も言い聞かせてくれた、そのおかげで、俺には何かを変える力があると信じて疑わなかった。

だけど本当は、何の力もなかった。父の店を守る力も、母を幸せにしてやる力も、大好きだった茜を最後まで大切にする力も、蓮と蘭の隣に立って、パートナーとして支える力も。

なんにも持ってないのに。何で、俺なんだ。

「な、んで……って」

手嶋は、俯《うつむ》いて言葉を詰まらせた。かと思うと、ごくりと喉を上下させ、まっすぐに俺の目を見た。

「あのさ、翔。もし――」

彼の手が伸びてくる。指先まで熱い掌が、無造作にソファの上に投げ出していた俺の手の甲を覆った。瞳孔が開いた彼の瞳に、何かに縋《すが》るような悲痛な表情をした自分が映っていた。

手嶋がくれる答えが、救ってくれるかもしれない。俺は、蓮と蘭、二人のそばにいても許される人間なのか、ただ、それだけを知りたかった。

「俺がまだ、お前のこと好きなままだって言ったら、どうする？」

手嶋の手は、わずかに震えていた。火傷《やけど》しそうな熱が伝播《でんぱ》する。それ以上近寄るでも、言葉を続けるでもなく、手嶋は俺の答えを待っていた。

大切な人がいる。嬉しいけれど君の気持ちに応えることはできない。そんな模範解答が頭の中には浮かぶのに、喉がひゅっと閉まって、口が形を変えるだけで言葉にならない。

そんな時間が、長かったのか、短かったのかもわからない。ふいに、熱が離れていく。その掌で、彼は自身の頭を掻いた。

「わるい、おふざけが過ぎたな」

「えっ？」

「いや、だって翔まで真剣な顔しちゃってさ、全然突っ込んでくれねーんだもん」

びっくりさせてごめん、と照れ臭そうに手嶋は苦笑する。

――本当に、おふざけだった？

あの視線も、何かに焦がれるような表情も、何一つ、冗談とは思えなかった。

「そういうとこだよ、翔の、なんでも真剣に向き合ってくれるとこっていうか……そこに落ちたわけよ」

「え……それだけ？」

「それだけって何だよ。そういうのに、救われるやつだってたくさんいるんだぞ」

「そういうものかな」

「そうだって。そんなやつを周りがほっとかないだろうし……もう、新しい相手がいるんだろ」

目尻を下げ、笑っているはずなのに、手嶋の表情はなぜだか泣いているように見えた。

俺が別れを告げた時、茜もおんなじ表情をしていたな。涙をこらえて、笑いかけて、別れを受け入れてくれた。俺にはもったいないくらい、強くて優しいと思った。

「俺は……」

相手はいる。蓮と蘭、二人のことが好きだ。

始まりは決して良い印象だとは言えなかったけれど、ギャップに笑ってしまうほど、誰よりも人間らしい二人に惹かれた。ずっと孤独だと思い込んでいた俺を見つけてくれた二人のことを、大切に思うこの気持ちに嘘はない。

それなのに、素直に言葉にすることができない。

好きなのに。好きだから。二人の邪魔をしたくない。重荷になりたくない。そんな気持ちが日々強くなる。

それは、俺が救いようのないお人好しだからなんかじゃない。

「……いないよ」

自分で言って、涙が出そうになる。二人の相手は、俺なのに。二人の特別は、俺だけであってほしいのに。

でも、俺よりも二人のほうが大切で、二人に幸せになってほしい。何度考えても、その答えにたどり着く。二人のことが、好きだから。

心優しい手嶋の前で、決して涙を流さないよう、心を押し殺す。彼が一瞬浮かべた怪訝《けげん》な表情は、すぐに安堵と期待の感情で上書きされた。

「なら！　今度、誘ってもいいってことだよな」

手嶋が前のめりになって、両手を握る。彼とは正反対に、俺の手は冷え切っていた。

蓮と蘭に触れられると、決まって熱が生まれる。二人に対する感情が、特別な好きだと、こんな時に突きつけなくたっていいのに。

なんだか情けなくなって自分自身に呆れていると、ふと背後から、どん、とくぐもった音がした。壁に、柔らかいものがおもいきり当たったような音だ。

食堂の出入り口付近からだ、と二人して振り向くと、よろめきながらその場から走り去る人影が一瞬だけ視界に入った。その一瞬でも、俺が見紛うはずがなかった。

「手嶋、ごめんっ」

気づけば彼の手から逃れ、走り出していた。

さっきも散々走って、転んだ。足首がずきずきと痛む。先ほど捻ったのだろう。痛みを振り払い、前に進み、もう遠くなった背中を追った。

——いつから、いた？　どこから聞いてた？

口にした言葉も、相手を傷つけた時間も、もう戻すことはできない。追いついたって、何もできないかもしれない。それでも、足は止まらない。

「……待って！」

やがて長く続く廊下の中程で、その姿が見えなくなってしまう。じんじんと熱を持つ足と、乱れた呼吸と共に、進み続けた。

「蓮くん……っ」

口が、大事なその名の形を覚えている。幾度となく呼んできたその名を口にすると、すとんと胸に落ちてくる。何度でもこの名を呼びたいのだと。

中央のエレベーターホールに差し掛かった。死角からぬっと伸びてきた腕が、俺のそれをひしと捕らえる。

背中と肩に鈍い痛みを感じて、自分の身体が壁に打ち付けられたことを認識する。

誰もいないエレベーターの中、俯《うつむ》いて顔の見えない彼と俺の二人きり。彼の肩越しに見える扉がゆっくりと閉まっていく。

蓮の乱暴な息遣いだけが、密室に響いた。

「蓮くん、ごめんなさい」

何から彼に伝えるべきか、迷いに迷って、謝罪の言葉を絞り出した。言葉で繕うことなんてできないとわかっていても、彼の気持ちをいたずらに傷つけたことを心から謝りたかった。

「心配してくれたのに、突き飛ばして。嘘を、ついてしまって、本当に、ごめんなさい」

ぴくりと反応して、彼がわずかに顔を上げる。垣間見えたその風貌は知っているけど、別人だった。

柔らかく包んでくれるような人柄も、ふいに見せるおどけた表情も、欲に溺れる人間らしい一面も、過去のトラウマに顔を青くする彼も、そこにはいなかった。

何も言わず、蓮は両手で俺の頭を捕まえた。首筋に触れた左手の金属が、ひんやりと冷たい。

「蓮く……っん……！」

文字通り、蓮が噛み付いてきた。そうして塞がれた唇を割って、性急に舌が侵入ってくる。大好きな温もりのはずなのに、身体は鉛みたいに硬直して、知らぬ間にやめて、と言葉を紡いだ。

「……いっ」

黙れと言わんばかりに、唇に歯が突き立てられる。絡みつく舌が、瞬く間に鉄の味になる。片手で肩を押さえつけながら、もう片方の手は俺の衣服へ伸びる。ネクタイが強引に解かれて、ベルトが外される。

「つれ、んく……だめ……」

ここは会社で、相手はその会社の代表で、そんな彼と社内でなんて。これは思いとどまるべき行為だと、理性が働く。しかし、かぶりを振っても、その身体を強く押し返しても、彼は揺るがなかった。

いつもの、気持ちを確かめるような優しいキスじゃない。大切に、慎重に、身体を重ねるいつもの蓮じゃない。彼が怖いのではない、自分が優しい彼を変えてしまった事実に、身が竦んだ。

「っいや、だ……！」

はっきりと、拒絶の言葉を口にすると、物言わぬ身体は硬直した。思い出したように足首が痛み、壁をずり落ちながらその場にしゃがみこむ。

蓮がすかさず乗り上がり、冷たい床の上に身体を押し倒した。目の前に広がる天井の眩しい照明の影になり、蓮の表情はよく見えなかった。

ワイシャツのボタンを一つずつ外すことすら煩わしいのか。乱暴に左右に引きちぎると、ボタンが四方に飛び散り、ころころと転がる音が響いた。

「蓮くん、言わなきゃいけないことがあるんです」

口にしてから、俺の声が震えていることに気がついた。

蓮は反応することなく、淡々と衣服を脱がしていく。上半身ははだけ、スーツのズボンがだらしなくずり落ちる。

受け止められることはないかもしれない言葉を、虚空に投げかける。何度も名前を呼んだ。

「蓮くん、蓮くん、俺、二人のことを――」

「聞きたくないっ！」

喉もはりさけんばかりの大声が突き刺さる。

こんな彼を、俺は知らない。

やがて、ぼた、と一粒ずつ、俺の目蓋や頬に雫《しずく》が降ってきた。

「翔がまだ、俺たちとの関係に迷ってることくらい知ってる、わかってる！」

「……っ！」

止まない雨は、勢いを増して降り続ける。

ぐにゃりと、ひどく歪《ゆが》んだ蓮の表情がはっきりと目に入った。

「俺たちのこと、少しも覚えてなかったことも、結婚に乗り気じゃなかったことだって、全部……っ！」

くしゃくしゃになって、もう元には戻らないのではないかと思うほど、彼の表情は壊れていた。

「でも……！　それでもいいから翔を手に入れたかった……っ！」

蓮の悲痛な声は俺の心臓に深く突き刺さって、痛い。だけど彼のほうが、もっと痛くて苦しいはずだ。

肉体がたわんで骨が軋《きし》むほど強く、純真な心を弄んだ悪人の身体を抱きしめる。どうして、なぜ裏切りを知ってもなお、捕らえようとするのか。その震える背中に腕を回す勇気さえ持てない、こんな俺を愛するのか。

「翔の口から、現実なんて聞きたくない」

「違う、蓮くん」

「っ頼むから、黙って……！」

再び、蓮の唇で言葉ごと蓋をされた。

かつて取り戻した、どこまでも吸い込まれる深い色の瞳を、また濁らせた。

逃げることもままならず、ひたすら貪《むさぼ》るようなキスをする。思考を放棄して、二人で交わって溺れることしかできないのかと嘆きたくなる。エレベーターの扉が開いたのは、そのすぐ後だった。

「おい、何してる！」

衣服が乱れている俺と、その上で馬乗りになって涙を流している蓮。その光景に躊躇《ちゅうちょ》することなく、力ずくで蓮を引き剥がしたのは、蘭だった。

勢いあまって、二人して後方に倒れこむ。

「おい蓮、お前翔に何して——」

「待って、違う、蓮くんは悪くない、俺が悪いんです」

蘭がしきりに蓮の肩を揺らすが、彼は動かない。

「……ごめん、翔」

消え入りそうな声でようやく蓮が口にしたのは、謝罪だった。

「翔の優しさにつけ込んで、人生を振り回した」

たくさん泣いて、笑って、甘えて、そんな風に過ごすべき時を、たった一つの目標を頼りにして立ち止まることなく歩み続けてきたのだろう。

「気持ちが俺たちから離れていったっていい。それでも、絶対に翔を離さない」

二人の人生を振り回したのは、俺のほうだ。

「翔のこと、好きになって、ごめん」

これほど心を締め付ける悲しい言葉を、他に知らない。

好き、と俺も返そうとしたけれど、そのたった二文字を言おうとしただけで、喉の奥が締めつけられるようで、吐息だけが漏れる。心臓が早鐘のように鼓動して、嫌な汗が滲《にじ》んだ。

「蓮、もういい、戻るぞ」

束の間の沈黙を、蘭が破る。脱力した兄の肩を抱いて立ち上がると、エレベーターの開閉ボタンを押した。

「翔、下に澪を手配する。このまま地下に下がって、車で帰れ。役員専用だ、誰も乗ってこないから安心しろ」

「ま、待って、蘭くん」

「その状態じゃどのみち仕事にならないだろ。所属部署には連絡をいれておく」

一度も振り返らずに出て行く二人の後ろ姿を見つめることしかできない。蓮は、蘭は、どんな表情をしていただろう。苦しんでいた？　泣いていた？

二人には笑っていてほしいのに、俺が二人を苦しめているという事実が、頭にこびりついて離れない。

好きだと伝えられないのは、手を取って共に前に進むことも一人で退くこともできない、そんな何者にもなれない俺が、二人を幸せにできる未来を想像できないから。

――結局は自分が何をするかだ。大切な人とやらを、本当に幸せにしたいのならな。

いつかの戒《いまし》めるような言葉が脳内を駆け巡った。

体力と無遅刻無欠勤が取り柄の俺が、人生で初めて早退した。

何時間経過したのかもわからず、ベッドの上で横になる。扉が開いたことにさえ、気づかなかった。

「翔」

名前を呼ばれて飛び起きる。薄暗い寝室に、蘭が一人で立っていた。駆け寄って、触れたい衝動に駆られた途端、息苦しくなった。

「蘭くん……」

「身体は平気か」

「なんともないです。ごめんなさい、俺、心配ばっかりかけて」

「いや、それなら、いい」

蘭は、部屋に一歩入ったところで立ち尽くし、それ以上近づくことはなかった。

「蓮くん、は？」

恐る恐る、口にした。会って、謝りたい気持ちと、会うのが怖いという気持ち。同じ質量を持って、せめぎあう。

「蓮は来ない」

「え……？」

「今日から、俺たちはここに来ない」

毎日のように、二人と夜を過ごした。どんなに二人が遅くなっても、目を覚ませば両隣に温もりがあった。今日だって当たり前に、そんな時間がやってくると思っていた。手を伸ばせば触れられる距離にいた蘭が、同じ部屋にいながら遠かった。

「……怖い、だろ」

遠慮と、ほんの少しの期待が混じった目で、蘭は俺を見た。否定したいのに、後ろ暗い感情が邪魔をする。

「蓮のこと、許してやれとは言わない。でもあいつはずっと、神楽の長男って重いもん背負って、周りに弱みも見せずにがむしゃらに生きて来た。それができたのは、お前が生きがいだったからっってことだけ、わかってくれ」

母のために打算的に結婚した浅はかな考えも、二人の真剣な気持ちを踏みにじったことだって、とっくに知られているだろう。目の前にいる蘭だって、俺に失望しているのではないか。

今すぐ謝って、二人の温もりを感じたいなんて、自分勝手な感情で触れたら、きっと二人を傷つける。

出会ってから今まで、俺は何も変わっちゃいない。二人を苦しめるだけの中途半端な俺と出会わなければ、二人はもっと、自由に、幸せに生きられたかもしれない。

「……じゃあ、おやすみ」

言葉を奪われたかのように声が出ない俺に背を向けて、蘭は静かに寝室を出た。バタン、と扉が閉まり、一人きりの部屋には再び静寂が訪れる。

一人で寝るのは、何ヶ月ぶりだろうか。

初めは、あんなに一人きりの居場所が心地良かったのに、二人がいないだけで、こんなに冷たく感じるようになるなんて思わなかった。

◆

カーテンから射す日差しで目が覚める。

一人でキングサイズのベッドに寝る生活に、すっかり慣れてきた朝だ。

伸びをして、枕元にあったスマートフォンを確認すると、一件のメッセージが入っていた。

『はよ。今日はよろしくな』

今日は、先日会社で再会を果たした幼馴染《おさななじみ》であり親友の手嶋と、会う約束をしていた。

プライベートの外出時でさえ一人での行動をさせたがらない澪に、今日もいつも通り送り迎えをしてもらう約束になっていた。淡々と身支度を済ませて、澪が待っているであろうリビングへ向かう。

しかしそこに澪の姿はない。その代わりに、久しく触れ合っていない二人がソファに腰掛けていた。

「おはようございます」

「ああ、翔、おはよう」

目が合うと、蓮はいつもの爽やかな笑顔で俺に微笑みかける。俺が二人を裏切り、傷つけて、蓮が想うがまま感情を吐露したあれは幻だったのではないかと思うほど、蓮も蘭も普段通りに接してくれた。

蓮に目一杯頭を下げた時も、彼はにこりと笑って、こっちこそごめんね、と一言口にしただけだった。

一つだけ変わったことは、互いの身体に触れなくなったことだけ。

もともと多忙な二人と顔を合わせる機会は、ベッドの上がほとんどだった。社長と一介の社員という間柄では、会社で出くわすこともない。

こうしてたまに顔を合わせては、少し挨拶をするだけ。まるで、結婚したばかりのあの頃に戻ったかのようだ。

「今日は休みか」

蘭の問いに頷いた。二人とも、少しだけ痩せた気がする。ちゃんと寝ているだろうか、ご飯も、栄養のあるものを口にしているのだろうか、と気になってしまう。

「友達と少し街に出て遊んできます」

「そっか。時間は気にせず、いっぱい楽しんでおいで」

今日会う相手は、あの日食堂で一緒にいた手嶋だと、学生の頃想いを寄せてくれた相手だとは、なんとなく言えなかった。

「それじゃ、俺たちももう出るよ」

蓮も、蘭も、よく、頭にそっと大きな掌を乗せては、優しく撫《な》でてくれた。褒める時も、別れ際も、目を閉じる前も、愛を囁《ささや》く時も。

今ではその柔らかく暖かな感触がやってくることは、ない。俺に触れるはずだった二人の腕を黙って見つめる。指輪がしっかりとそこにあることに、胸をなで下ろす自分が心底嫌だった。

二人との距離が近づくと心がざわつくくせに、二人とまだかろうじて繋がっていることを確認して、瞳が微かに潤む。まるで毎朝刑の執行に怯える死刑囚みたいだ。自分から、核心に触れる勇気を持てないまま時だけが過ぎていく。

「……はい。二人とも、気をつけていってらっしゃい」

本当は、もっと二人と話したいのに。全部全部仕舞い込んで二人を見送った。

◆

幼い頃は、親友と二人で歩く雑草だらけの公園の小道を、自分たちだけの場所だと信じていた。

しかし今になっては、皆に忘れ去られてしまっただけの寂しい空間にしか思えない。

いつかこんな風に俺も忘れ去られるのだろうか。

細道を歩きながら、今考えたって仕方ないことを考え込んで、俺はため息を吐いた。

「懐かしいな、このあたり」

そんな俺とは対照的に、自然な笑みをこぼす手嶋の存在に、微かに心が軽くなる。

「よく、茜と三人で下校してたよな」

「うん。そうだね」

外はもう、すっかり夏に近づいて、日中の眩しい陽気が空気を暖めた。

「なんか今日、変な感じだったな〜。まさかまた翔と地元で遊ぶなんてな。でも、すっげー楽しい」

俺もだよ、と返すと、手嶋は目を細め、ニッ、と笑った。

「仕事、随分忙しそうだけど、親父さんの墓参り行けてるのか？」

「うん、今度母さんと一緒に行くよ。休みももらった」

父さんの命日まであともう少し。

昼はむせかえるように暑かったのに、陽が沈むと気温差に参ってしまいそうな、そんな涼しいある夏の夜に、父は病院で静かに息を引き取った。

毎年一緒に出店を出した夏祭りに、その年は出られなかった。ほのかに明るさを残した夜空に咲く花火を、願わくは父と、最後に目にしたかった。何年経ってもきっとそう思うのだろう。

「翔、あのな。茜に会った」

延々とたなびく雲を見つめながら、少なくとも俺たちにとっては大きな意義を持つ話題を、手嶋はさらりと口にした。まるで、挨拶でも交わすかのように自然と。思わず足を止めると、彼も同様に立ち止まった。

「翔に会ったらさ、無性にあいつの顔も見たくなったんだ」

「……茜、元気そうだった？」

「大人になってたよ。だけど、変わらなかった。俺らの知ってる茜だったよ」

「そっか。なら、よかった」

「怒らないのか」

「怒ることなんてないよ。俺たち、ずっと一緒にいたんだから」

高校を卒業しても社会人になっても、彼女とずっと一緒にいるのだと思って疑わなかった。

俺の人生に茜という存在が溶けて混じって一つになって、茜がいないと俺じゃないと想ってしまったら。そう考えると怖かった。だからもっと深く愛してしまう前に、父や家庭のことを言い訳にして離れた。

俺が逃げ出して置き去りにした彼女の名を手嶋の口がかたどると、動悸が耳に直接響くようだった。

「茜のこと、今でも大切なんだな」

「そう見えた？」

「明らかに緊張してんのに、なんか、優しい顔してるから」

「そうかな。自分じゃわかんないよ」

「何年一緒にいたと思ってんだ。たった五年離れてたって、俺にはわかるんだよ」

だから、これもわかるんだよな。手嶋が付け足した。深呼吸をする姿が、自身を鼓舞して一歩前に踏み出すように映る。

「もう、いるんだろ、相手」

優しく諭すような声なのに、脳天を射貫《いぬ》くように力強かった。

彼には以前、相手はいないと答えた。認めるのが怖かったからだ。

蓮と蘭、二人の顔が浮かぶ。胸が熱く焼けるように苦しいのに、目蓋の裏にいる彼らに思わず腕をのばしそうになる。

「相手がいないなんて嘘だって、本当はわかってた」

「なんで、わかったの」

「翔は、昔から正直でまっすぐで嘘が下手くそなんだよ。絶対、浮気とかできないタイプだよな」

作り物ではないとわかる笑みを浮かべ、乾いた音が空気に溶ける。

「そういうとこ、好きだよ」

「手嶋……」

「あ。いや、待て。好きだった。過去形だからな。あー……でも、友達として好きだし、現在形でもあってんのか。まぁいいや、とにかく、そういうこと」

真剣な顔をしたかと思うと、焦って取《と》り繕《つくろ》うように口数を多くする。どういうこと、とつい笑いを漏らした。

手嶋は両手を天高く上げて伸びをすると、再びあてもなく歩き出す。そのすぐ隣を、幼い頃、毎日他愛もない会話をしながらした登下校のように、同じ速度でついていく。

「覚えてるか？　小学生の時、俺の兄貴が万引きして、俺がクラスからハブられたの」

「うん、忘れてないよ」

彼の兄が万引きをして店員に捕まったのは、よりにもよってクラスメイトの親が経営している商店だった。しばらくは話題の中心になったその出来事は印象的で、今でもよく覚えている。

「でも、クラスの中でただ一人、お前だけは俺に変わらず接してくれただろ。俺、あれがめちゃくちゃ嬉しかったんだ。泥棒の弟なんかと話すなよって言われても、『なんで？　手嶋がやったわけじゃないじゃん』ってさ。ほんとに、あれに救われた」

手嶋が俺に向ける視線は、蓮と蘭が俺を見つめる時と、似ている気がした。優しく、慈しむような目だ。この目には、決して単純ではない傷跡や葛藤、慕情が秘められていると思う。

「俺、翔のことそっから好きになったんだよ。フラれてこっそり泣くくらいには、好きだった」

手嶋は戯《たわむ》れるように、それでいて力のこもった掌で肩をぱしんと叩いた。直接素肌が触れたわけではないのに、どうしてか彼の様々な感情が体内に流れ込んでくる。

俺への配慮と、友人としての好意、そしてまるで自身の気持ちに決別しているようだ。この感情を知っている。俺の胸のうちにも、同じものがあるからだ。名前はわからないけれど、おぼろげにその存在を意識している。

「本気だったんだ。だから、なかったことにはしたくない」

「なかったことになんかしない。絶対に」

「嫌じゃないのか」

「そんなわけないだろ、嬉しかった」

「本当かよ」

「友達に、嘘なんかつかないよ」

友達、と口に出してから、手嶋を見た。

ぱちっと目が合って、彼は頷く。それでいい、間違っていない。口には出さないけれど、そう言っているようだった。

「翔、今更だけど、ありがとな」

「そんな、俺は大したことなんてできてないのに」

「翔にとっては大したことじゃなくたって、救われる人間はいる。それができるから、翔はすごいんだよ」

嘘をつくことを知らない彼の目が、まっすぐに俺の中心を捉える。

「翔の相手だって、きっとそういうところに惚れたから、お前を選んだんだろうな。なんで、相手がいないなんて嘘ついたのかはわかんないけどさ、好きなんだろ」

好きだ、と正直に口にするのは憚《はばか》られて、だまって頷く。

ずっと俺だけを見ていたと言ってくれた蘭。

まっすぐに向き合う誠実さが好きだと言ってくれた蓮。

二人の顔を思い出して、凪《な》いでいた心が打ち震える。

好きだ。逃げたって離れたって、この気持ちをどこかに置き去りにすることはできやしない。

そんな俺の心の内を見透かしたように、手嶋は少しだけ声を張り上げる。

「泣きそうな顔すんなよ、人を好きになるって、すげーいいことだぞ」

彼の言葉が、胸の中で無秩序にもつれた感情を濾過《ろか》していく。彼のまっすぐな視線が、『お前を好きでよかった』と懸命に主張する。都合のいい勘違いだとは思わなかった。

俺だって、ずっと手嶋と一緒にいたんだ。寒い日も暑い日も、何にでもなれると信じて疑わなかった無垢な日々も、今日みたいに澄み切った青の下でも隣にいたから、わかる。

「だからさ、いつか紹介してくれよ。落ち着いたらでいいからさ」

どこまでも優しい彼の目を見て、首を何度でも縦に振る。

人を想うということは、幸せと絶望の両方を味わうことなのだ。

「あー……なんか、思ったより恥ずかしいなこれ」

片手で赤らんだ顔を隠す手嶋は、突然吹っ切れたように唸り、しゃがんだ。

「手嶋、ありがとう」

「何が？」

「全部」

「それじゃ、わかんねーよ」

「とにかく、手嶋に出会えてよかった。友達になれてよかった。好きになってくれて、嬉しかった。俺も、いっぱい救われた。だから、全部」

自分でも、なんてまとまりのない言葉だと思う。それでも口にしたかった。顔を上げた手嶋はまだ微かに頬を上気させていたが、いたずらっぽい目をたたえて、じゃあ、と言う。

「俺はお前に貸しがあるってことでいいか？」

「うん、いい」

「よっしゃ、言ったな。じゃあ、ついてこいよ。待たせてるんだ」

そう言うと、手嶋はとたんにしゃきっと立ち上がり、足早に歩を進める。

誰を、とは聞かなかった。聞かずとも理解できているつもりだったし、向き合うべきだと思ったから。

父を亡くしてから、すっかり忘れていた。

友達のありがたさ。人を好きになるのは、こんなに苦しくて痛いのに温かいということ。

いや、忘れていたんじゃない。きっと、ずっと逃げていた。父を失って泣き崩れる母の顔が今でも脳裏に焼き付いている。俺もそうなるのではないかと、足が竦むほど怖かったから。

一つずつ、目を背けていたものを拾いあげていく、そんな感覚だった。

「そこ、その道路沿いのファミレス、行こーぜ。昔よく行ったろ。学校帰りにさ」

地元にたったひとつしかないチェーンの飲食店は、今でも変わらずに国道沿いにぽつんと佇《たたず》んでいた。

建物が近づくにつれ、意図せずとも鼓動が速まり、血管がはち切れそうなほど拡がっていくのがわかった。それでもいい。

逃げずに彼の隣を歩く。

大切な友人と顔も合わせず、話もできなかった。仕事にばかり打ち込んで、考えることを恐れたこの五年間、きっと俺の俺たる気持ちを置いてきた空欄を埋められるかもしれないと思ったから。怖くて足がわずかに竦むのに、心のどこかでこの機会を待っていたんだと思う。だから何度もくぐったファミレスのドアを開ける手は震えたのに、その姿が目に入っても驚きはしなかった。

「茜」

席で俺たちを待っていた彼女は、一瞬驚いたように目を見開き、そのあとやっぱり笑った。俺の弱さを受け止めてくれる、全てを包み込むような笑顔だった。

「なんて顔してんの。とりあえず、座ったら」

記憶の中の彼女より少しだけ低く落ち着いた声に背中を押されるようにして、俺は彼女の向かい側に腰掛けた。手嶋は、俺と茜のどちらの隣に座るか考えあぐねていたが、茜に強く手首を引かれ、彼女の隣に座った。

「翔、驚かせたよな」

「え、なに。ちゃんと言ってなかったの？」

「いや、サプライズ的なさ」

「サプライズの相手が私じゃ重いでしょ」

大げさに肩を竦める茜に、手嶋はごめんって、と頭を下げる。

遠い記憶を鮮やかに彩る幼馴染《おさななじみ》が、地元の思い出のたまり場で顔を合わせている。そんな状況を嬉しいと思い、怖いとも思った。

「ねぇ、翔。とりあえずどうする？　何か頼む？」

「え、ああ……えっと、飲み物だけで、いいかな」

「じゃあ、そうしようか。頼んじゃうね。手嶋、三人分飲み物持ってきて。私コーラ」

俺はパシリかよ、とこぼしながら、手嶋は言われるがままに立ち上がる。茜は手元のタブレットで三人分のドリンクバーを注文した。

こうしていると、本当に普通に久しぶりに友人が集まっただけのようだ。

でも俺は、もう償えないかもしれないけれど、誰よりも愛した彼女に、伝えなければならない。

「あの、茜」

「翔さ」

二人の言葉がぶつかって、互いに口ごもる。少しして茜が、花が咲いたように口を大きく開けて笑った。

「そんなに緊張しないでよ」

「でも、俺、茜に合わせる顔なんて本当はないし」

「なんで？　今こうして会ってるじゃん。また会えてよかったよ。翔、久しぶり。順番おかしくなっちゃったけど」

「茜……」

彼女のその笑顔で、罪の意識も、心の靄《もや》も洗い流されるようだった。いや、なかったことになどしてはいけないのだが、徐々に身構えが消え、視界が微かに揺らいだ。茜に笑顔を向けてもらうことなど、もう一生許されないと思っていた。彼女の健やかで透き通った声を間近で聴くことだって。

「はい、お待たせ」

その時、お盆にコップを三つ乗せた手嶋が戻ってきた。コーラを茜の前に。薄い金色に近い色をした炭酸飲料を俺の前に差し出した。

ジンジャーエール？　と茜が手嶋に尋ねると、頷きながら彼は腰掛けた。茜は微かに頬をほころばせ、まだ好きなんだ、と独り言《ひとりご》ちた。

「ありがとー、手嶋クン」

「わざとらしい棒読みだな。なんの話してたんだよ」

「今日のこと。手嶋が声かけてくれて良かったって話」

「ほんとかよ」

「ほんと。それは本当に良かった。感謝してる。会いたかったよ、手嶋にも」

「ついでじゃん」

「妬《や》かないでよ」

「妬《や》いてねーよ」

ストローを親指と人差し指でくるくると弄りながら、茜はからりと笑う。本当に、時間が戻ったようで、猛烈な焦りが、全身を包んだ。

「茜、ごめん。本当にごめんなさい」

いてもたってもいられない、とはきっと今の俺の心情を表すのだと思う。

彼女と再び会ったことで、心が軽くなる自分が許せなかった。勝手にほぐれた緊張を結び直すように、深く頭を下げた。声が、身体が不恰好に震えたけれど構わない。

「私さ、好きな人がいるの」

すると、茜は朗らかな声色でそんな告白をした。頭を下げ続ける自分に、茜はまるでいたずらっ子のような声で言った。

「ねぇ、つむじ向けたまま話を聞く気?」

ゆっくりと顔を上げると、彼女は親友に内緒話を持ちかけるような表情だった。

「私とは住む世界が違う、すごいお家の子なんだけどね、芯が通ってて、努力家で、良い子なの。

その子が、好きだって告白してくれた。嬉しかったけど、私で本当にいいの？　って悩んだんだ。でもね、この後言うことに決めたよ。その子に、私も好きだって」

　身体を撃ち抜かれたような感覚に襲われ、びくりと肩を揺らす。俺が愛した彼女が、俺以外の人間を想うことに動揺したわけではない。高揚したのだ。気持ちが沸き立って、心臓と皮膚の境があいまいになった。

「傷つかないために大きくて頑丈な鎧を着けてるみたいだって、初めて会った時に言われたの。最初は、なに言ってるのこの子って思ったけど、『私の前では鎧を外して弱さを見せてほしい。傷つけないなんて言えないけど、一緒に傷を負うし、できた傷を何度でも綺麗だって言うよ』って言ってくれたの。私のことなんて何にもわからないくせにって思ってたのに、わかろうとしてくれることが嬉しくなってた」

　優しくて、人思いで、いつも俺を笑顔にしてくれた茜。今も変わらずに、彼女を愛する人がそばにいると思っただけで、じわりと胸が熱くなる。

「良かったな」

「うん、今、伝えたいって思ったの」

　言葉が出ない俺の代わりに、手嶋がふっ、と笑う。

「私はさ、翔が好きだった。本気だったの。その翔がこんなに真剣な顔してるから。震えても、逃げないから。だったら私も向き合わなきゃ。今の私を全部伝えるべきだって」

「本気だったのは、俺だって同じだぞ」

「そんなの、言われなくたってわかってるって」

コーラに刺したストローが強炭酸に押されてぷかぷか浮いて、やがてテーブルに転がり落ちる。

茜は気にするそぶりもなく、コップを掴んで飲むと、わずかに喉を鳴らした。

「俺、二人に好きになってもらう資格なんてあったのかな」

炭酸がガラスの中で浮かび消える様を見つめながら、そう言った。

「俺は自分勝手で、弱くて。二人と違って、この数年間、前を見てるつもりで全然進んでなかったんだ。いろんなことから逃げまわってただけで……茜を、幸せにすることだってできなかったのに」

俺とは対照的に前を向いて、幸せになろうとしている茜の話を聞いて、嬉しかったし、安堵した。同時に、つくづく自分に嫌気がさした。

「勘違いしないで」

一方的に別れを切り出された時でさえ、彼女は穏やかだった。反論する事もこちらの事情に踏み込む事もなく、受け入れてくれた。そんな彼女が、怒っていた。

「翔に幸せにしてもらわなくたって、私は生きていける。翔のせいで不幸になったりもしない。私の幸せは誰かに左右されたりしない」

彼女はしゃんと背筋を伸ばして、まっすぐに俺を見据えていた。

俺が不幸にしたと思っていた彼女が、きっと簡単には揺らぐことのないだろう気概を宿して、目の前にいた。

「だいたい、いつ幸せにしてくれなんて頼んだのよ。私、そんなにわがままな恋人だった？」

「違う、そんなわけない」

「私はね、翔と一緒に幸せになりたかったからそばにいたの。なのに、勝手に責任感じて、私から離れていったのはどっちなの」

「うん、ごめん。本当にごめん」

「謝らないでよ。残念だけど、もう翔と幸せになりたいなんて思ってないから。だから、謝る必要なんてない」

突き放すような言葉なのに、ちっとも冷たくない。彼女の言葉の一つ一つが温かく、俺をぐいぐいと引っ張り上げるようだった。

「それでも、翔のこと、大切なことに変わりはないの。悔しいけど、忘れたいと思ったこともあるけど、それでも。お人好しで自分のことは二の次で、危なっかしくて、まっすぐすぎる翔との時間をなかったことにはできなかったの」

そう言う彼女は、あの時と一緒だった。目の周りを赤く染めて、目に雫《しずく》をためる。けれども決してこぼさないという強情さで、喉を上下させ平気なふりをしてぎこちなく口角を上げる。

やっぱり、俺にはもったいない。それほど、彼女は強く、優しく、美しい人だ。

「私に申し訳ないって思うなら、好きな人のこと、ちゃんと大切にして」

「茜、それって」

「結婚したんでしょ、違う？」

茜の隣に座る手嶋が驚いて「結婚!?」と声を張り上げた。客のまばらな店内に響き渡り、しまった、と口を塞ぐ仕草が、なんとも彼らしい。

なぜ、身内以外知らないことを茜が知っているのかは、なんとなく察しがついた。彼女の視線は、テーブルに置かれた左手に注がれている。

「それ。指輪のでしょう」

ほんのわずかに浮かび上がる約束の輪の跡を、彼女はじっと見据えていた。

「え、まじ？　……ほんとだ」

「手嶋、鈍いなぁ、気づかなかったの？」

「翔に大切な相手がいることには気づいてたって、ちゃんと」

あっそ、と茜が笑う。優しい顔をして、両目が細く弧を描く。

「いつ？」

「一年前に」

「どんなひと？」

「すごく優しくて、怖いくらい純粋な人たちだよ」

綺麗すぎて、隣に立つことが怖くなる、そんな二人のことが頭をよぎる。

「なんで、そんな思いつめた顔で言うのよ。おめでたいことでしょ」

「身内以外に言うの、二人が初めてで」

なんで、と手嶋がわずかにテーブルに身を乗り出す。

「会社にも、誰にも言ってないのかよ」

「……自信がないんだ。俺が相手でも本当にいいのか、いまだに悩んでる」

決壊したように気持ちがぽろぽろとこぼれ落ちる。

「二人に幸せになってほしい。すごく大切な人なんだ。だけど俺が二人を幸せにできるとは思えなくて、どうしたらいいか、わからなくて」

初めは、二人のことを深く知ろうとは思わなかった。あの頃の俺は、二人に俺以外の相手ができたって、ちっとも辛くはなかったと想う。でも二人と同じ時間を過ごすうちに、自分でも気づかぬ間に変わっていった。

かつて愛した彼女に春が訪れたことは、自分のことのように嬉しいのに、二人にもし、俺以上に好きだと思う相手ができたらと思うと、耐え難い痛みが全身を襲う。

何度だって、二人と離れたくない、そばにいたいと心が叫ぶ。

どっちに転ぶのも怖くて、結局は一歩も踏み出せない。暖かい陽気と底冷えする夜風の間で揺れうごく弥生のように、どっちつかずなまま、何も変わっちゃいない。

「ばかじゃないの」

また、力強く腕を掴まれた。そんな気がして顔を上げた。下唇を噛みしめる彼女がいる。

「幸せにするとかなってほしいとか、人のことばっかり。じゃあ翔のことは誰が幸せにするのよ。翔のそういうとこ、好きだけど嫌いだった。でもあの時、このことを言えなかった自分も嫌い。だから言うの。翔のためじゃない」

心臓が痛くて、息が苦しくて、それでも飾らない彼女の言葉が、暗い水底から光あふれる水面へ連れていってくれる。

「あんたと一緒に幸せになりたい人の気持ち、考えたことあんの？　不格好でもいい、間違って、失敗したっていいからそばにいてほしいって思う人の気持ち、わかんの？　身を引くことが強さだなんて、絶対に認めない」

鋭く眼差しを絞る茜の目尻から、一筋の光が流れる。彼女はその光を手の甲で拭き上げて続ける。もう、その瞳は揺れなかった。

「どうしてもそばにいたいんだったら、幸せになるまであがいてよ。もう絶対手を離したりしないでよ。私は翔と過ごした時間、すごく幸せで、すごく大切だったんだから」

テーブルの上の、肌が白くなるほど握り締めたその手を離してしまった。

俺の使命を背負わせる度胸などなく、彼女の気持ちを問うことが怖くて、あがくこともなく諦めてしまった。

彼女が一息で発した言葉には、俺が逃げたあの日から、今日までの彼女の全てが詰まっていた。彼女は必死に俺の心を救おうとしていた。

ずうずうしいだろうか。それでも伝えたいと思った。こんなにまっすぐ俺と向き合ってくれる大切な人に。

「俺のほうが、幸せだった」

「何のことよ」

「絶対に、俺のほうが茜に幸せにしてもらってた」

「何を張り合ってんのよ」

「だから、ありがとう、俺のそばにいてくれて。好きを、教えてくれて」

彼女と過ごした時間が、何にも代えがたいほど大事なことに変わりはない。一生、俺の一部であり続けるだろう。

「そんなこと言ったって、許さないから」

「え？」

「ちゃんと相手を連れて報告しに来るまで、許さない」

手嶋が、うんうん、と大きく首を縦に振って便乗する。

「翔にふさわしい人か、私がジャッジしてあげる。めんどくさい元恋人を気取って、私のほうが翔のことをよく知ってるから、これからも相談に乗ってあげますよって、嫌みたらしく言ってあげるからさ」

「よく言うよ、お前、絶対そんなことしないくせに」

「うるさいな。翔に何か仕返ししてやろうって、ちょっとくらい意地悪してやろうって思ってきたのにさ。何にも変わってないんだもん。翔は翔のままで、真面目で素直なまんまなんだもん。ずるいよ、本気の意地悪なんてできない」

噛み付かんばかりに喋るのに、内容はささやかで可愛らしかった。決して自分を偽らず、全身に自身の信条を巡らせた彼女が好きだった。

彼女といると、俺が俺でいられる気がした。俺が守るとか、幸せにするだとかおこがましい。茜はいつでも俺の手を引いてくれたのだと、今になって胸にすとんと落ちてきた。

「……茜、また強くなった」

「誰のせいだと思ってんの」

「ごめん」

「次謝ったら怒るよ」

「もう、怒ってるよ」

「じゃ、殴る」

「いいよ」

「嫌だよ、殴らせないで。そんなことしたくない」

絶妙なテンポの会話が、少しずつ時間を逆行させるようだった。大切な二人と、放課後のファミレスで他愛もないことで笑って、いつだって会話が尽きないことが不思議で、暇だね私たちなんて言ってまた笑う、突き抜けた青さに彩られたあの頃に。

「翔は、あれだな。いいやつすぎるんだよな」

「……俺が？」

「そーだよ、お前は、自分以外の全てに優しいっていうかさ」

「翔は自分を喜ばせるのが下手くそなのよ」

「そう、それ。いいな、しっくりくる」

「よくない、何にも」

口を尖《とが》らせながら、茜は俺と手嶋を交互に睨んだ。だがその目には彼女なりの思いやりが投影されていた。

「悪いやつでもいいじゃんか。全部が綺麗なやつなんていないだろ」

水滴がついたガラスのコップは輪郭で小さな水溜りを作っていた。手嶋は濡れたコップを掴んで、その中身を半分ほど流し込んだ。

「障害とか不安とかを全部なぎ倒して、本当に欲しいものには貪欲《どんよく》に、腹黒くなってもいい。一部の人間に、あいつは悪いやつだって指されてもいいじゃん。お前が悪人なんかじゃないってわかるやつはいるんだし」

とりあえずは、ここに二人。彼がそう言うと、茜は一瞬納得のいかないような顔をして、呑み込むように頷いた。

「なんか、とりあえずって、嫌な響き」

「え、なんでだよ」

「なんかもっと強そうな表現がいい。絆《きずな》を前面に押し出すようなさ」

「なんだよ急に。そこに食いつくか？　ふつう」

肩を竦める手嶋に、悪いけどこればっかりは茜に同感だ、と思った。

とりあえず、なんて頼りない言葉じゃ、全然足りない。

変わらないものなんてないと決めつけていた。傷つかないように幾重にも鎧を重ねていた。けれど、それでも。

「命が続く限り、とかだと俺は嬉しいかな」

茜が緩慢な動作で頬杖をつく。それがいい、とは言わないけれど、満更《まんざら》でもない様子だった。

「うわ、一気に壮大になった」

「やっぱ、大げさすぎるかな」

「まぁ、いいんじゃねーの。結婚式だってさ、『その命ある限り愛を誓う』なんて表現するだろ。だったら、友情にもあっていいだろ、大げさなものが」

「どうして『だったら』なのかわかんないんですけどぉ」

「うるせー。元はと言えばお前が文句言うからだろーが、茜」

俺は良いやつなんかじゃない。どっちつかずで、逃げてばかりで、幸せにしたい大切な人ばかり傷つけた。

けれど大切な二人がこんな風に仰々しい誓いを立ててくれるのなら、二人が信じてくれた自分を、信じたくなった。

小突き合うような言い争いを続けた二人は、やがてぱっと目を合わせ、気が抜けたように頬を緩めた。そして、口を揃えた。

「翔、結婚おめでとう」

大きな窓ガラスから夕陽が差し込んできて、瞬間的につんとした目を細めた。光に包まれた二人がいっそう優しい。

「茜、手嶋……二人とも、ありがとう。俺、……っ俺で、よかった」

今の俺を、蓮も、蘭も、母も、茜も、手嶋も、大切な人皆が見てくれている。そんな思いが、尻ごみばかりする身体をゆっくり溶かしていく。

「なんだよ、それ。当たり前だろ」

「わ、なんかむかつく」

「なんで」

「私だって同じことを思ってたのに。先に言われた」

「何を張り合ってんだよ」

二人を染める光がだんだんと濃い橙《だいだい》色になっていく。

今日は何ができたのか。何もしなかったのか、できなかったのか。失敗して、後悔を重ねて、打ちひしがれた心の中に救いを求めるのか。あるいは懸命に生きた自分を充実した気持ちで見るのか。

日々、役割もその形も変わっていくのだろう。

だけどいつだって夕焼けはその日を生きた者全員を抱きしめるように暖かく、まぶしい。

長かった後悔や置いて来た自分自身が今、隔たりなく注がれる茜色に、大切な人たちの声に包まれていた。

鞄に手が伸びた。リングケースから取り出した印は、温かい光を吸って澄んだ赤褐色をまとう。

蓮と蘭、二人の左手も今この瞬間、同じ光を宿しているのだろうか。

まだ少し手は震えているけれど、二人との繋がりの証を、ゆっくり左手の薬指に嵌めた。

これからは手を引いて連れて行ってもらわずとも、自分の足で進む。

彼らの祝福が、きっと背を押してくれると、強く思った。

「似合うじゃん」

二人は口を揃えて言うと、またしても真似すんな、と言い合い、こらえきれず吹き出した。


「ここ最近、翔様とゆっくりお話しする機会がなくて、私たち寂しかったのですよぅ」

帰りの車内で、ハルがぼそりと呟いた。

最近はほとんど休みをとらず、仕事に没頭していた。やけになっていたのだと思う。朝早く出て、夜は残業して戻り、シャワーだけ浴びたら即ベッドへ。毎日そんな調子だった。

「お仕事は順調ですかぁ？」

「はい。大変だけど、知らなかったことがたくさん経験できて楽しいです」

「そうですかぁ、それなら良かったですぅ」

初めての対面で戸惑っていた時、二人との距離を測りかねていた頃にも、臆病で立ち止まったままの今の俺にも、ハルはいつでも変わらない。

「蓮様も蘭様も、翔様の働きぶりを褒めてらっしゃいました」

突如二人の話になり、声を詰まらせる。

蓮を傷つけ距離を置いたあの日から、ハルは俺の前で二人の話題を出すことはなかった。

「仕事以外のお話は少ないですが、それでも翔様の様子は気にかけていらっしゃいますよ」

「そう、ですか」

「実直で一生懸命で、新しい環境に弱音も吐かずに頑張っているから、現場での評価が高いんだって。自慢なさるんですからぁ」

「二人が、俺のことを……？」

「ご本人から聞いてない、ですよね」

ハルは少しだけ眉尻を下げて、困ったように笑った。

「もう十分すぎるくらい貢献しているのに、翔は頑張りすぎるって……いつも心配してらっしゃるんです。もちろん、私たちだって、そうですよ？」

「そんな……俺、まだ努力が足りないんです、頑張りすぎてなんかないですよ」

自分の力で何も成し遂げられず、父との約束も守れない。なのにそんな言葉はもったいない。

自信がなくなって最後のほうは口ごもってしまう。すると、ハルは「翔様」と呼んだ。

「以前、働かなくていいってお伝えしたこと、覚えてらっしゃいますか？」

その問いに、黙って頷く。つい最近もその言葉を思い出して打ちのめされた。

ハルは自身の手首に爪を立てるように強く握って、深く頭を下げる。

「翔様は、お父様のテナント維持のためにご無理をなさっているのだとばかり思っていました。あなた様が純粋にお仕事を好きでいらっしゃることに気づけなくて、ひどいことを言ってしまいました。本当に申し訳ございません」

「いや、そんなっ。俺がハルさんの立場だったら、俺もきっとそう言いますよ」

「翔様はいつもお優しいですね」

「本当に、いいんです。頭を上げてください」

眉根を切なげに寄せ、いつになく熱の入った声で「でも」とハルは続ける。

「お二人は、蓮様と蘭様は違うんです。きっと、翔様の努力や信条を軽視なさったことはないはずです」

ふと、二人と初めて身体を重ねた夜のことを思い出す。パーティーでのパートナー役が終われば、二人とも終わりだと疑わなかった俺を、逃さないと言った。

好きになってごめんと、涙を流していた蓮は、絶対に俺を離さないとも言った。

そんなことを何度も口にした二人は、結局、仕事も夢も、葛藤も、全部そばで見守ってくれた。けで、ただの一度も俺の生き方を否定しなかった。

「翔様を熱狂的に愛しているお二人なら、神楽の力を駆使してあなた様を縛り付けておくことができるはずです。翔様が頑なに援助を断っていらっしゃるテナントを買い取ることだって」

――いつも一生懸命で偉いね、無理するな、そんなに頑張らなくていい。

二人がくれる言葉たちは、決して俺を支配するものではなかった。

真剣でいて柔らかなハルの呼びかけに頑なに閉ざしていた記憶の蓋が開いていく。聞き入っていると、車が緩やかにブレーキをかけて停車した。

「翔様、着きましたよ」

「あれっ、さっきの……」

後部座席のドアが開くと、そこに広がる景色は、毎日帰る場所ではなかった。

先ほど親友と肩を並べ歩いた公園だ。澪に視線を送ると、いたずらっぽい色を湛《たた》えて微笑んだ。

「翔様、少し歩きませんか」

「え？」

戸惑う俺の背を、後ろから優しくハルが押す。

「たまには私たちにもわがまま言わせてくださいよぅ」

「それって、俺がいつもわがままってことですか」

「いいえ、翔様はわがままじゃなくて、真面目で融通が利かないいんですぅ」

わがままよりひどい言われようかもしれない、と笑った。澪もハルもそんな俺を見て、また笑った。

父とよくキャッチボールをした、宿題もやらずに暗くなるまで友達と遊び呆けた、そんな思い出を懐古しながら、あてもなく二人と公園を歩く。

澪とハルは、幼い俺が父と遊んでいる時ですらピッタリと尾行していたのだろうか。絵面を想像するとなかなかシュールだ。

「翔様、どうなさいましたか」

「いえ、二人もこの公園に何度も来てたんだな、って思うと可笑しくなって」

「ええ、ここで無邪気に笑う翔様を見ているのが、私たちの癒しや励みになっていたんですよ」

ありがとうございます、と二人は笑う。

「二人は俺のお兄さんみたいですね」

「恐れ多くも……私たちは、翔様を大切な家族だと思っています、昔も、今も変わらずに」

公園には、幼い頃の俺たちと同じように戯《たわむ》れる家族の姿があって、暖かい空気が流れていた。二人は俺が温もりの中にいた時も、打ちのめされるような孤独を抱えていた時も、ずっとそばで見守ってくれたのだ。

「俺にも、家族が増えたんですね」

「じゃあ翔様は、弟になるんですかねぇ」

「ハル、翔様を弟とは失礼です」

「ええ、じゃあ、どうしたらいいの」

「年齢的に兄、ではないですし、親戚だと、遠い気もしますし……」

二人があまりにも真剣な顔をして議論するものだから、耐えきれず笑ってしまった。

「っはは、そんなことで眉間に皺寄せないでくださいよ」

「えぇ、ひどぉい。真面目に考えてるのに」

「だって、そんなのどうでもいいじゃないですか」

そうだ、立場や年齢や呼称なんて、なんだっていい。

「澪さんもハルさんも、そのままでいてくれないと嫌です」

「お姉さん風を吹かせたらだめですか？」

「ハルさんは今のままでも十分台風みたいですから」

「なんですかぁ、それ」

「褒めてるんですよ、今のままの二人と家族でいたいんです」

笑うたび、言葉を交わすたび、想いに触れるたび、大切な人たちが、俺の肩の荷を降ろしてくれた。

「それでは、翔様、いってらっしゃいませ」

唐突な澪の呼びかけを理解するのに、時間は要さなかった。あてもなく歩き続けていると思った道の先に、俺の大切な家族がいたからだ。

振り返らず、吸い込まれるように歩み寄る。

「母さん」

「翔」

母は淡い水色の朝顔の柄が印象的な浴衣を着て、公園の真ん中に佇《たたず》んでいた。その隣に並ぶと、どんっ、と大きな破裂音が鳴り響いた。

何が起きたのかわからないのに、何よりも先に、今日は何曜日、と母に尋ねていた。

「日曜日」

ぱらぱらと儚い音を立て、色鮮やかな煌《きら》めきが広大な空にちりばめられた。

それがとても、綺麗だった。

「八月の、第一日曜日」

「そうよ」

「花火だ」

「そうね」

矢継ぎ早に、綺麗な花火が打ち上がった。一つ一つの光の粒が舞うたび、大切な記憶が火を灯すように蘇る。あの頃はずっと続くと信じて疑わなかった。

「この夏祭りはやらなくなったはずじゃ……」

「今年は、復活したみたいね」

「どうして」

「翔のこと誰よりもわかってる人たちがいるじゃない」

それが少し悔しいけど、すごく嬉しいのだと母は笑った。

いつしか町の人たちが集まってきていた。突如広がった美しい光景に誘われ、近所の子供達が息を弾ませ、小さな子供の手を引いて大人が雑草だらけの小道を進んでやってくる。

皆忘れてなかった。今でも誰かにとっての居場所なのだと胸が震えた。

「お父さんと翔と一緒に見る花火、本当に好きだった」

皆、空を見上げ、笑っている。父の思い出を語る母も、嬉しそうだった。

父がいなくなってからの母は目も当てられない程憔悴《しょうすい》して、毎日泣いて、それでも俺を育てるために死に物狂いで生きていた。

そんな母が、こんなに笑顔で父の思い出を語るようになったのは、神楽に来てからだ。

「……母さんは、なんで、父さんと結婚したの」

母は一瞬目を見開き、優しく微笑んだ。

「お父さんのそばにいることが、一番幸せだったからよ」

「今は、そばにいることができなくても、それでも、そう思う？」

おそるおそる聞いた。我ながら、残酷な問いだと思う。けれども母は迷いなく「もちろん」と即答した。

「一緒にいて、良いことばかりじゃなかった。それにお父さんが死んで、もう立ち直れないとも思ったわ。こんな辛い思いをするくらいなら、大切な人なんて作らなければ良かったって、思うこともあったのよ」

別れは突然やってきて、永遠に続くと信じた幸せをあっさり壊した。母の凄惨《せいさん》な姿を見てきたから、二人の手を取ることを恐れた。

「それでも、お父さんと結婚してよかった。今でも、その気持ちは変わらないわ」

「どうして、そう思えるの」

「幸せな日々も、自分の気持ちも、消えてなくなったわけじゃないのよ。お父さんと幸せになりたいと願ったから、今の私も……翔、あなたもここにいるの」

幸せになりたい、と母が口にしたその言葉が、妙に懐かしい。

その時、どん、と一際大きな花火が打ち上がった。

上がったそばから儚く消えていく花火を見て、幼い俺と若かりし頃の父の姿がはっきりと脳裏に浮かんだ。

――でもな、翔。もっと大事なことがあるんだ。一番大事なのは、一緒に幸せを築きたいと思える、大切な人を作ることだ。

俺一人で成し遂げなければならないと思っていた。俺がそばにいると傷つけてしまうと思っていた。

――いいか、翔。一人よりも二人。二人よりも三人。一緒に歩みたい大切な人が多ければ多いほど、人は成長するんだ。

いつか消えてなくなってしまう繋がりなら、結ばないほうがいいと思っていた。

――翔ならできる。自分も、大切な人も、信じられる人間になれよ。

父が本当に大事にしていた思いを、心の奥底に仕舞って蓋をしていた記憶を……やっと見つけた。

空を見上げ惚《ほう》けている俺に母は言った。

「お父さんがいなくなってから今までずっと、自分のことは二の次で、家族のために生きてきたでしょう。言葉では言い表せないほどに感謝してるわ。本当にありがとう。けどね、私もお父さんも、翔が自分のしたいように生きてくれることが一番嬉しいの」

「俺の、やりたいこと……」

俺は蓮と蘭、二人のことが大好きで、大切だ。

だからこそ二人の幸せを願った。二人にとってふさわしい人間であろうと努力した。そして、いつか来るかもしれない別れに漠然と怯えた。

好きだから隣にいたいと思うし、俺が隣にいるべきではないと思う。

でも『一緒に幸せを築きたいと思える大切な人』は、もうとっくに決まっていたのだ。

「俺、二人と幸せになっても……いいのかな」

「当たり前じゃない」

まん丸な目が見えなくなるまで笑うその顔は、父も母もよく似ていた。

生まれも育ちも違う他人だった二人が、時間をかけて家族になった証がここにあった。

「俺、行かなきゃ」

もう、訪れない春を待ちはしない。自分の力で、この手に掴みに行く。

踵《きびす》を返す俺の背に、母は「いってらっしゃい」と優しく声をかけてくれた。


いつからだろうか。

初めは、かなり怖かった。

突然目の前に現れて、身辺を調べ上げた上に結婚してくれだなんて。関わるべきではないと思った。

だが、共に過ごすうちに、彼らはただの二十四歳の青年なんだと気づいた。

彼らが俺に触れる行為に、本当の気持ちが乗っていればいいと期待したのに、いざそうなると、人を愛することに恐怖して俺のほうが立ち止まってしまった。

それでももう逃げない。苦しんで、抗って、たくさん痛みを知りながら前に進めばいい。

無我夢中で走って辿《たど》り着いた。きっとここにいると、そう思った。

俺の育った街がよく見えると言っていた、この場所に。

息を切らしながら、エレベーターに駆け込む。最上階へ到着するや否や開きかけたドアの間を無理に通り抜け、一番奥にある部屋にまっすぐに駆けていく。

思い切って開けた扉の先に、大きな窓から街を見下ろす二人の姿を見つけた。

「翔、どうしてここに……っ。まだ花火は終わってな――」

こちらを振り返り目を見開く彼らの問いかけには答えず、駆け寄る。

そして勢いに任せ、両手をめいっぱい広げ、二人の身体を抱きしめた。

涙がぼろぼろとこぼれた。この温もりが大好きだった。彼らに触れられなくなって、本当は寂しくて恋しくて、たまらなかった。

「ごめんなさい、逃げてばかりで、臆病で、不器用で、二人を傷つけて……二人を幸せにしたいのに、自信がなかったんです」

幸せはいつだって唐突に奪われる。それでもいい。その最後の時まで、ずっと二人といたかった。

「それでも、好きなんです。蓮くんと蘭くんが、大好きなんです」

二人に出会わなければ、俺はずっと一人だったかもしれない。

わがままだと言われても、ふさわしくないと言われてもいい。

自分で選んだ相手とただ、一緒にいたいんだ。誰にどう言われようと関係ない。邪魔するものは振り払って、俺の幸せは、俺が決める。

気がつくと、きつく抱きしめられていた。苦しくて、痛いのに、温かかった。

「俺を好きになってくれて、ありがとう。ずっと俺を見ていてくれて、ありがとう」

「……っうん」

「好きです、大好きです」

「知ってた」

「じゃあ、なんで泣くんですか」

「翔だって、泣いてる」

蓮は声を震わせて、微笑む。

「ほんとうに、俺でいいんですか」

「本当にバカだな、お前」

わずかに怒気を含んだ蘭の声もまた、掠《かす》れて揺れていた。

「翔に出会わなきゃ、俺たちはずっと何者にもなれなかった。今更、離したりするかよ」

「うん、ごめんなさい。俺も、離れたくない」

ぼろぼろとあふれる涙で、視界が揺れる。それでも俺は、いつか蘭がしてくれたように、愛しい彼の感情の跡を指で拭う。何度あふれても、何度でも繰り返す。

「優しくて誠実な君も、危なっかしくて目を離せない君も、全部ひっくるめて、翔という人間をずっと愛してる。君じゃないと、ダメなんだ」

わかるよ、同じだ。俺は彼の言葉に何度も頷く。

他の誰でもなく俺が、二人の隣にいたい。

この先また間違えるかもしれない。過ちを犯すかもしれない。

それでも逃げない。絶対にこの手は離さない。そう決めた。

「蓮くんと、蘭くんと、三人で幸せになりたい」

全てをわかり合うことはできなくても、この瞬間、二人と俺の気持ちが同じだとわかった。

「来年も、再来年も、ずっと、一緒にこの景色を見よう、翔」

「翔、ずっと、隣にいてくれるか」

――何度でも一緒に花火を見よう、蓮くん。

――ずっと、そばにいさせて、蘭くん。

二人が未来を口にする度に何度も頷く。

何度も口づけて、ベッドに沈んだ。何度も愛を口にした。

世の中を変える力なんてないけれど、好きな人に好きだと言うことはできる。

人を愛するって、きっとそういうことでしょう。

幸せに包まれながら頭の中で父にそう言うと、父は生意気だと笑った。

◆

四年の間、時が止まっていた空間は、まだ少し埃《ほこり》っぽくて、油の匂いが微かに残っている。きっところは綺麗な銀色の内装だったのだろうが、重ねた月日とともに、黒く濃い灰色がしみついていた。

今日、俺は母とともに、父の店を手放した。

長い間ありがとうございました、これにて手続きは終了です、と不動産会社の担当者は言った。

この店が次の人間に渡される頃には、綺麗に磨かれて俺たちがここで過ごした痕跡はさっぱりとなくなるのかもしれない。

「こちらこそ、ありがとうございました」

母と二人、示し合わせたわけじゃないのに、同じタイミングで頭を下げる。腰を折ったまま隣を見ると、角度まで一緒なのだから笑ってしまった。


ジリジリと照る太陽がアスファルトを熱し、蝉《せみ》の鳴き声が一層うるさい。

今日は、父の命日だ。

少し古い型の軽自動車が去っていくのを、俺と母はお店だった建物の前でじっと見つめていた。

——去年より少し暑くなったかな。

そう呟きながら、母は小さな日傘に俺を入れようとしてくれる。自分よりも背の高くなった子供のために肘を伸ばす母に、「貸して」と言って答えを待たずに引き取った。やや母に傾けて、二人並んで焼けるような日差しから身を守る。

そういえば、いつ俺が母の身長を追い越したのか、明確に覚えていない。少なくとも四年前、二人だけになったあの時は、まだ目線の高さが同じだったはずだ。

「翔、本当に良かったの？」

お店の鍵は、もう手元にはない。でもこれは終わりなのではなく、始まりなのだ。

「俺、ずっと父さんみたいに、誰かを笑顔にできるような料理人になりたいって思ってた」

今でもその思いは変わらない。

けれど、人を笑顔にするためには、たくさんの人の力が必要なのだと知った。

「俺に何ができるか、まだまだ分からないけど、俺を必要としてくれる場所でできることを精一杯やりたいんだ。そうしたらきっと、もっと近づける……いや、自分のことを、もっと好きになれる気がするから」

俺がそう言うと、母は俺を見上げて目尻を下げた。

「……ほっとした」

「さみしい、とかじゃないんだ」

「それももちろんあるけど……お父さんはきっと、この時を待ってた気がするのよ。きっと、『こら、いい加減ちゃんと前向けっ』って言ってるわよ」

「あー、言いそう。生きてる俺たちよりずっと前向いてそうだもん」

「勢い余って前に出すぎて、何度も振り返っては『まだ来ないのか』ってせかせかするタイプだから。翔が少しずつ自分の背に近づいてくるのを感じて、今頃足踏みしてるんじゃない？」

「じゃあ、早く追いつかないとね」

父のことを思い返して二人で笑っていると、遠くから鈍く光る無彩色の車が走ってくるのが見えた。それを見た母が、目を煌《きら》めかせた。

「さっそく、お父さんに報告しにいかないと」

「ねぇ、母さん」

「なぁに？」

「お店やる夢、諦めたわけじゃないんだ。いつか、自分でやりたいって思ってる」

きぃ、と車の大きさに反する、ささやかな音と共に俺たちの前でその車が止まる。

乗り込む前に、母は「いいわね」と言った。

「その時は手伝ってくれる？」

「じゃあ、鈍った身体を慣らしておかないとね」

「気長に、って言わないんだ」

「言わない。きっと思ったより早い気がするから」

◆

蘭はお墓の前にしゃがむと、静かに手を合わせた。

「お義父《とう》さん。一年ぶりですね」

「え……一年ぶり？」

「ああ、実は俺たち、もう何度もお義父《とう》さんに会いに来てるんだよ」

そう言うと、蓮も同じく手を合わせた。

「翔に結婚の申し込みをする前にも……息子さんを俺たちにください、って伝えにきたんだ」

「その時父さんは、なんて？」

「翔には君たちしかいないって」

「えぇ、父さん、本当に？」

俺はたくさんの花が供えられた墓石に、いたずらっぽく語りかける。母の大好きな花たちに囲まれて嬉しそうだと思った。そんなの、わかるはずないのに。

「相変わらず、三人とも仲良しね」

日傘をさす母が、後方から俺たち三人を見てからりと笑う。その隣にいる澪とハルも、顔を綻《ほころ》ばせた。

「ほんとですね、律子様。結婚記念日に三人揃ってホテルで寝すごすくらい仲良しですもんねぇ」

「こら、ハル」

「だぁって、サプライズとか準備してたのにぃ。来年は盛大にやりますからねっ」

ハルが頬を膨らませると、蓮は、ごめんごめん、と笑い、蘭も静かに目を細めた。

「あなた。私たちにこんなに賑やかで楽しい家族が増えましたよ。ちゃんと天国から見守っててくださいよ」

俺も、母も、そしてきっと父も。神楽に来て、ともに幸せになりたいと思う大切な人が増えたんだ。だから強く、明るく、前を向いていける。

「……じゃあ、私たちは先に車に戻ってるわね。翔は久々なんだから、お父さんとたくさんお話ししてきなさい」

「うん、そうする」

そう言い、母と安藤夫妻はその場から離れた。

蘭と蓮、二人の大切なパートナーの隣にしゃがんで、俺は父の墓に手を合わせた。

「父さん、会いに来るの久々でごめん。いろいろあったけど俺、今幸せだよ」

二人に見守られながら、何も言わず佇《たたず》む父の墓石に、これまでの思いや出来事を語った。

周囲の評価や自分の使命に固執していたけれど、蓮と蘭、母やハル、澪、手嶋や茜。大切な人たちが本当の気持ちに気づかせてくれたこと。

今の部署で、新事業発足のためのプロジェクトメンバーに選んでもらって、毎日大変だけど充実していること。

会社にも、手嶋や茜にも、蓮と蘭がパートナーであることを伝えたこと。

腰を抜かしていたが、皆、心から祝福してくれたこと。

会ったら嫌味を言ってやるんだなんて言っていた茜は、二人と引き合わせてもそんなことはしなかった。その代わりに「翔のこと、幸せにしてください。いまよりもうんと。私たちの大切な友達なんです」と、二人に真正面から伝えていた。

手嶋は、俺のパートナーが自分の勤める会社の社長だって知ってすごく驚いていた。変なこと言えないって萎縮してたけれど、最後にはやっぱり茜とおんなじで「バカ真面目な翔をたくさん甘えさせてやってください。あなたたちにしかできないことだから」と、自分のことのように、真剣に頭を下げてくれた。

蓮も蘭も、俺の大切な友達の言葉を真剣に聞いて気持ちを受け取ってくれた。

二人の前で口にするのはくすぐったかったけれど、包み隠さず全部伝えた。

伝えたいことは次々と出てくる。でも、今日はこれで最後にしよう。

「父さん。俺、ちゃんと見つけたんだ」

両隣にいる彼らの手を握った。掌に汗が滲《にじ》んでも、離さずに強く。

「二人のことも自分のことも信じて、これからも頑張るから。見守っててね」

もちろん返事はない。

けれど父は俺と母のことを何よりも大切に思っていたから、いつでもそばで見ていてくれると思う。

「当たり前だろ」

父の代わりなのか、蘭はそう言う。

「俺たちは翔を一生大切にします。お義父《とう》さん、安心して見ていてください」

蓮は父の墓石をまっすぐに見据えて、そう告げた。

父がいなければ、優しくて不器用でまっすぐで、かっこいい彼らに出会うことはなかった。

——ありがとう。また、何度でも会いに来るから。

「じゃあ、そろそろ行きましょうか」

立ち上がると、周りの木々が大きく揺れ動いた。

『……幸せにな、翔』

暑さを一瞬だけ吹き飛ばすような爽やかな風が、俺たちの間を吹き抜けていった。

「い、今、なんか言いましたか？」

「いや、何も」

二人は首を横に振ったが、たしかにはっきりと声が聞こえた。

何度も何度も聞いた、大切な人の声。

――そっか。やっぱり、見ていてくれたんだ。

「大切なことを教えてくれて、ありがとう」

命はいつか必ず尽きる。それでも想いは受け継がれていく。身体が朽ちて、肉体が離れ離れになる日が来ても、二人を愛したこの記憶はきっと失くさない。

「翔、そんなに笑ってどうしたの？」

「ううん、なんでもないですよ、蓮くん」

「だから、敬語じゃなくていい、翔」

「まだ慣れなくて……もう少し待ってて、蘭くん」

長いようで短い、そんな人間の一生。これから先何が起きるかなんて、誰にもわからないけれど、それでも一つだけ、確かなことがある。

俺は二人の顔を見上げて、にっこりと笑った。

「これからもずっと、そばにいるんですから！」

番外編　十年、二十年

「あ、神楽さんだ」

神楽さん、もしくは神楽くん。最近社内ではそう呼ばれる機会が増えた。

「……お疲れ様です」

会社のエントランスでスマートフォンに視線を落としている最中、例によって聴覚の良さを発揮していた。

その際に視線が合ってしまったので、誰かわからない男女二人に会釈をした。挨拶をしたことで許容されたと判断したのかは不明だが、彼らは足早に駆け寄ってきた。

「これからランチですか？　良かったら一緒に食べません？」

「えっ」

彼らの眼差しには他意はないように見えた。いち早く声をかけてくれた小柄な女性は、瞳に期待と友好の光を煌《きら》めかせている。

「ごめんなさい、今日は……人と待ち合わせをしてて」

「そっか、そうですすよね。すみません、急に声かけちゃって」

彼女は気恥ずかしそうに頬を掻いて、残念、と連れにおどけてみせた。

名前も知らない人間にこうして声をかけられることは少なくない。相手だけが一方的に俺を知っているという居心地の悪さを、こっち側になって初めて知った。

蓮も蘭も、東雲親子もこんな思いをしているのだろうかと考える。

「それじゃあ……」

妙な間があった。彼女は何かを続けようとして、あっ、という顔をして呑み込んだ。そして二人は軽く頭を下げ出口へ歩き出す。彼女が何を言おうとしたのかと、踏みとどまった遠慮と配慮が透けて見えて、思わず声を張った。

「あのっ」

「え？」

「ごめんなさい、部署とお名前を聞いてもいいですか？　その……また今度ご一緒するにしてもどこにいるかわからないとなぁ、と思って……」

彼らとどうしても『また今度』をしたいわけではない。けれども彼らは、色眼鏡で俺を見ているわけではないと思ったから、そう聞いてみた。

「――で、今度飯に行くの？」

「いや、連絡先までは交換してないから、わかんない」

「まあ、社長の結婚相手に連絡先を聞くのはなんか、気が引けるよなー」

手嶋はボリュームのある唐揚げ定食をもりもり頬張りながら、軽く仰《の》け反《ぞ》って天を仰ぐ。

手嶋の配属先は本社の目と鼻の先にある営業所だったため、たまにこうしてランチや夕食を一緒に過ごしている。

「てか、会社で佐藤を名乗るのやめたのか」

「いや、ワーキングネームは佐藤のままだよ」

スーツの内ポケットにしまった社員証を取り出す。そこには『開発部 佐藤翔』と記されている。

「じゃ、なんで神楽って呼ばれんの。開発部の人にしか言ってないんだろ、社長と結婚してるって」

「うん。そうなんだけど」

「口が軽い先輩がいるとかないよな」

「誰もそんなことしないよ。他の人には言わないでってお願いしたわけでもないけどさ」

「なら、やっぱり先輩たちが他の部署に触れ回ってるのか？」

手嶋は怪訝《けげん》そうな表情で味噌汁を飲み込む。

お世話になっている先輩方はむしろ、俺の情報を不用意に漏らさないように、俺よりも気を遣ってくれて、他部署の人間がいる場ではやたらと佐藤を強調した呼び方をしてくれる。逆に怪しいのだが、気遣いが嬉しいのでそれ以上は望まない。

そのことを伝えると「そうだよなあ、良い人たちだって言ってたもんなぁ」と頭を捻った。

「……テレビかな」

「あ、先週の？　お前、全然物怖じしないんだな。場慣れしてた」

「まさか。めちゃくちゃ緊張してたよ。生放送で噛まないかガチガチだった」

先週、広報からの依頼で新商品のＰＲ活動のために、全国放送の昼のワイドショーに出演した。あるコーナーでタレントがクイズに挑戦して、優勝した者が景品を手にできるというものだ。その景品の枠は各企業のＰＲの場として利用されている。俺がテレビに映ったのは一分にも満たない。もちろん会社の一社員としてだし、名前だって佐藤で出演した。

「で、あのクイズと苗字に何が関係するんだ？」

「その後、社内報に俺へのインタビュー記事が載った」

「あー、見たよ。『期待の人材！』って書かれてたな」

「あれね、開発部だったら誰でも良かったんだけど、先輩に押し付けられたんだ」

「でも、社内コンペで賞とったことに変わりはないだろ」

「奨励賞だけどね。それに俺一人の力じゃなくて、皆が手伝ってくれた」

「いや、賞を貰うのがまずすげーって。助けてもらえるのは翔に人徳があるからだろ」

いつでもまっすぐに称賛してくれる手嶋の言葉が照れ臭い。しかし嬉しい気持ちが競り勝った。

「ありがとう。で」

「で？」

「社内で俺の顔と名前と所属が一時的にほんの少し有名になって」

「なって？」

「それで知られたのかなって」

「いや、それだと神楽要素ねーじゃん」

彼は大げさに肩を竦める。そのリアクションの一つ一つがお手本のようで見ていて楽しい。

「ねぇ手嶋、知ってる？」

「何を？」

「この食堂、お昼時にいるのって、大体本社の人たちなんだよ」

この言葉を発すると同時に、視界に映る何名かがびくりと肩を揺らしたので、やっぱり、と思わず苦笑する。手嶋は誰よりも目を丸くして声を張り上げた。

「ちょっ、じゃあ俺たちの会話はいっつもがっつり聞かれてるってことかよ」

「はは、さっきの人たちにも、またお友達と大盛り定食ですかって聞かれちゃった」

「それ、あんまり笑い事じゃねーよ」

途端に声を絞った彼は、心なしか身体まで小さくして周りに視線を走らせる。なんだかおかしくて、いいよ普通に話して、と笑いながら告げた。

「別に誰も悪くない。会話が聞こえちゃうのも、個室じゃないんだし仕方ないよ」

「でもだからって、聞こえた内容を言いふらすなんてさあ」

手嶋が低い声で警戒するように辺りを見回す。居心地が悪そうにそわそわする人間もいた。

「言いふらしてるんじゃないよ、そんなつもりはないと思う。たとえば偶然入った店に芸能人がいたら、身近な人に言ったりするだろ。今日、誰々がどこにいて何を食べてたよ、って」

「そりゃあまあ、そうかもしれないけど」

「俺は別に有名人でもなんでもないけど、そんな感覚に近いんだと思うよ。社長の相手って、あの人だったんだ、くらいのさ。そんでたまたまテレビと社内報で顔と名前が広まっちゃっただけで」

そう思いたいという気持ちもあった。

だからって特別、嫌悪も焦りもなかった。ひけらかすつもりもないし、二人のパートナーであることを必死に隠すつもりだってない。

自然体で友人とのランチを楽しんで、信頼する会社の先輩と気兼ねなく話して、大切なパートナーと外だろうが家だろうが人目なんて気にせずに共に過ごしたいのだ。

「もちろん盗撮したりSNSにリアルタイムで流したりするのは悪質だよ。だけどそんなことはされてないし、二人の作った大切な会社の大切な社員さんたちがそんなことしないって信じてるから」

この言葉は、信じるというよりも牽制に近い。別にいいけど、一線は越えないでね、というメッセージだ。できればこの言葉を拡散させてほしい。

「翔……お前、どんどん肝が据わってきたな」

「むしろ、手嶋に俺のこと聞かれたりしたら申し訳ないよ」

「俺がそんなこと気にすると思うか？　むしろ翔の親友だって自慢してやる」

手嶋は胸を突き出して得意げに言った。

もうそろそろ昼休憩が終わる。残っていた白米を全て口の中に放り込んで、味噌汁で流し込んだ。

食堂を出ると、ポケットの中のスマートフォンが震える。取り出して見ると、画面には大切な人の名前が浮かんでいた。

手嶋は黙って手をひらひらと振って、自身のスマートフォンを取り出して指差す。また後で連絡する、という意味だろう。俺は着信を取りつつ手嶋に手を振って歩き出した。

「もしもし、蘭くん」

『翔、外か』

「うん。さっきまで手嶋とご飯してて」

『そうか、昼時に悪いな』

「今はもう戻ってるところだから、大丈夫です……っあ、大丈夫だよ」

癖のように出てきた敬語をとっさに直すと、くぐもった笑い声が届く。

『別に直さなくてもいい』

「ごめんね。忘れた頃につい出ちゃって……それで、どうしたの？」

『ああ、仕事の話なんだが……午後、いつでもいい。社長室まで来られるか』

蘭の声がわずかに重く聴こえるのは、電話越しだからというわけではなさそうだ。

俺は返事をして電話を切ると、そのまま社長室へ向かった。


毎日丁寧に手入れされた掛け布団とシーツとまくらは、お日さまの匂いを取り込んでいる。お風呂上がりにキングサイズのベッドに転がって今日、一日を思い返す。よくそのまま寝落ちするけど、この時間が至福だった。

「翔、髪」

枕に突っ伏して香りを楽しんでいると、ベッドがもう一人分の重さでわずかに沈む。心配そうに髪を撫《な》でられるのが実は好きで、こうしてたまに乾かさずにわずかに水分を残したまま寝室に来る。恥ずかしいから、本人には言わない。

ごろんと仰向けに転がって、その表情を確認する。彼は優しく笑っていた。

「蘭くん、今日はもう仕事いいの？」

「早く来ないと翔、寝るだろ」

「寝てても、触っていいのに」

ばか、と一言だけこぼすと、蘭は腰を抱きかかえて俺の上半身を起こさせる。自分から蘭の脚の間に入って、彼に背を向けて体育座りをする。言わなくても、こういう行動できっと俺の魂胆は彼に見透かされているんだろう。

「可愛いな、お前」

蘭は手にしていたタオルでわしわしと俺の髪を乾かしていく。

「良かった。呆れてなくて」

「一緒に風呂に入れれば、毎回こうしてやる」

「一緒は嫌だな」

なんで、と不機嫌な声とともに心なしか腕に力が入っている。蘭は結構、わかりやすい。

「恥ずかしいから」

「今更」

「今更でも、なんでも」

「……今度、旅館にでも行くか。部屋に風呂がついてるところ」

「そこまでして一緒に入りたい？」

「さぁな」

「でも、旅行は行きたい、皆で。絶対楽しい」

結婚して初めて蘭が寝室にやってきた時は緊張で全身がこわばっていたのに、今ではこんな軽口を叩きあいながら身体を預けている。幸せだなあ。ごく自然とこの言葉が唇から零れることが増えてきた。

「なあ、翔」

「ん？」

「取材の話、断ってもいいぞ」

取材かあ、と独《ひと》り言《ご》ちる。そういえば、そんな話を今日聞いた。それくらいで、大して覚えていなかった。

髪が乾いたのか、蘭は手を止めて、ぎゅう、と俺の身体を抱きしめた。

「回答の期限、明後日まであるんですよね」

「ああ」

「じゃあ、それまでまだ考えます。だから気を遣わなくていいですよ」

「翔、仕事の話になると敬語になるな」

「そりゃあ、仕事モードですから」

「ベッドの上だぞ」

身体を後ろにゆっくり引かれて、ふかふかのベッドに転がる。

「ここから先はモードを切り替えろ」

「それって、えっちなモード、とかですか」

お前なあ、と額を押さえた蘭がため息を吐く。リモコンを操作し煌々《こうこう》と光る明かりを消すと、暗闇でつぶやく。

「いつもの翔の、だ」

柔らかい唇の奥には熱を孕《はら》んだ荒々しい欲望があることを知っていた。


断るという選択肢は、正直俺の中にはなかったが、期限まで回答を出さないことにした。

「取材を受けると、どんなメリットがありますか」

「うーん、そうだね。まずは企業のイメージアップでしょう。家族向けのサービス展開も増えてきているから、会社のトップ自身が家族を大切にしているっていう好印象は与えられるかな。あとは、翔の可愛さと健気さと聡明さが全国に知れ渡って、ファンができちゃうかなぁ」

「最後のはまたジャンルが違う気が……」

「まあ、とりあえず。一番大切なのは翔がしたいかしたくないかだから、こっちのメリットは考えなくてもいいよ」

「俺だってここの社員ですよ。会社のためになることはしたいから」

「でもその前に俺の大切な人だから」

社長室のソファに腰掛けたまま、蓮は俺の肩を軽く抱いて目元にキスをした。

「職場ですよ、ここ」

「翔も俺も今日の業務は終わったよ。さ、いちゃいちゃモードになろう、敬語やめてね」

「双子だなぁ」

「え？」

「ううん、なんでもない」

社長に招かれた者以外は決して足を踏み込めない聖域で、俺は得意げに彼を抱きしめた。愛する人が仕事モードは終わりだと言うのだから、便乗したっていいだろう。

「翔、最近社内でも人気者でしょう。嬉しいんだけど、少し寂しい」

「人気者？　どこが？」

「いろんな人に声かけられて、お誘いも受けてるでしょ」

「ああ……なんか、もう俺が社長のパートナーだって社内ではほぼ全員にバレてるみたい」

「嫌じゃない？」

「どうして？」

心配そうに覗き込んでくる蓮の目を、俺はじっと見つめ返す。

「一方的に知られるのって、なんだか怖かったりしない？」

「蓮くんは、怖かったの？」

「物心ついた時にはすでに神楽の跡継ぎだって世間に知られてたから、俺たちにはそれが当たり前だった。でも翔は違う。急に周りの見る目が変わって、辛くないかなって」

蓮は小さな子供をあやすように、よしよしといつも以上に丁寧に俺の頭を撫《な》でる。

二人が取材の話をした時も、俺に気を遣っていたのがわかった。だから、安易に答えは出さず、ぎりぎりまで向き合ってから決めたかった。

「まったく問題ないって言ったら嘘になるかもしれないけど。でも、辛くなんてないよ」

「無理、してない？」

「うん。だって、大切な人たちはなんにも変わってないから」

俺の存在がどれだけたくさんの人に知れ渡ろうと、大切な友人も、職場の先輩も、家族も、そして蓮と蘭、愛する人間は変わらずそばにいるのだ。それでいい。それがいい。

「あは、翔と結婚できて、本当に幸せだ」

「俺も。蓮くんとこうしていられて幸せ」

「今日は、俺ともしてくれる？　翔」

「昨日は俺が断ったみたいな言い方……蓮くんが帰ってくるまで起きてられなかっただけですよ」

「あ、敬語」

「とにかく……仕事中以外だったらいつだっていいよ」

安堵したように蓮は目を細め、キスを額に落とす。次は唇に。下唇を食《は》んで、隙間から舌を潜らせてくる。

「っん……蓮、くん」

その舌がさらに奥へ進む前に、両手で肩を押しやった。

「今はだめ」

「仕事中じゃないよ」

「職場もだめ」

「えー、後付けずるい」

「蘭くんが戻ってきたら、三人で早く帰ろう」

いじけているのだと訴える尖《とが》った唇に、キスを落とした。

◆

いつもの食堂で、日替わりの麻婆豆腐定食を注文した。

ここの料理は全て、お手本のような味付けでどのメニューもどこかほっとする味がした。だからここが好きで、昼時にはよく訪れる。店内はスーツを着たサラリーマンで賑わっているので、庶民派で量を多く食べられる人間が好む店なのだと思う。

だが彼女たちは細身で、服装もどことなくオシャレで、洗練された雰囲気を持っている。それなのに俺の行きつけのこの店で良かったのだろうか、と席に着いてからわずかに気がかりだった。

「神楽さん、ありがとうございます」

「えっ？　何が、ですか」

「今日、誘ってくれたから。うれしかったです」

彼女の名前は千葉《ちば》さん。もう一人の男性は要《かなめ》さん。二人の関係は総務部の同期だ。こんなわずかな情報しか知らないのに、いつかエントランスで声をかけてくれた彼らとともにランチをしている。なんだか変な気分だ。

「社長、怒らないっすか」

「いや、こんなことで怒ったりしないですよ」

「そっか、なら良かった」

要さんは文字通り肩の力を抜いて、椅子に深く座り直した。

店員の女性が器用にいくつもの皿を両手に抱えて、テーブルまでやってくる。次々に並ぶ料理たちはどれも白い湯気を上げていて、いっそう食欲をそそった。提供のスピードが早いのもこの店の魅力だ。

二人の目の前にも、普通盛りを頼んだはずなのに大盛りにしか見えない料理が並んでいた。要さんは大きなどんぶりにひたひたに盛られた五目ラーメン。千葉さんはとんかつ定食。ご飯は山盛りで、肉の一切れがかなり大きい。俺でも食べきれるかわからない量だった。

「いただきます」

だが彼女は目を輝かせて、躊躇《ちゅうちょ》なく大きな口を開けてとんかつを頬張った。そしてあっという間に一切れが彼女の口の中に消えた。

「……食べないんですか？」

「っあ、いや、食べます。いただきます」

千葉さんの華奢《きゃしゃ》で可憐な見た目からは想像できない豪快な食べっぷりに、思わず見入ってしまった。そのことに気がついたのか、要さんが隣で笑う。

「あー、この子こう見えて大食いなんすよ。食の好みも脂っこくて味濃いのばっか好きだし」

「えっ、そうなんだ」

「人は見かけによらない、ってやつっすよね」

「ちょっと、私はどんな見かけだっていうの」

「そりゃ、主食はサラダで、健康とか体重とかに気を遣って、よく行くのは小洒落《こじゃれ》たカフェみたいなとこで、ちっちゃいのにやたら高いパスタとかで満足するような見かけだよ」

「ふっ……」

偏見《へんけん》がつまりすぎだ、と彼女は眉をひそめた。俺はというと、要さんが代弁してくれた彼女のイメージがあまりにも解釈一致すぎて、思わず笑ってしまった。

「やっぱり神楽さんにもそう見えてたんですね」

「はい……でもあまりに気持ちよく食べてくれるので、俺も美味しく感じます」

「それは何よりです」

彼女は次々に白米と揚げたてのとんかつを口に運んだ。

「でも、俺たちも神楽さんのイメージは、やっぱり違ったっす」

「どんな、イメージでした？」

「やっぱりあの社長と結婚するような人ですから。なんかこう、近寄りがたい人なのかなって。でも実際、初めて見かけた時、思わず駆け寄って話しかけちゃったくらい、親しみやすくて良い人そうって思ったたっすね」

そう話す彼のどんぶりの中身は、もう半分以下になっている。彼もこんなに細身なのに、その身体の一体どこに消えていくのか。

「記事も見ましたよ。すごく良かった。写真も、すごく自然体というか。まあ、三人の普段なんて私は知らないんですけどね」

「ありがとうございます。俺に取材したって何のメリットもないと思ってたんですけど、案外掲載誌も売れてるみたいで……ありがたいことですけど、なんか変な感じです」

「もっと知りたいと思わせる何かがあるんですよ、きっと」

千葉さんはおもむろに手を挙げると、店員を呼び止めてキャベツのお代わりを頼んでいた。まだ食べるのか、とまた清々しい笑いが込み上げた。

「ところで、なんで二人は俺に声をかけてくれたんですか」

二人も、取材を申し込んでくれた記者も、会社で声をかけてくれる人たちも、皆俺を知りたいと思ってくれているのだろうか。素朴な疑問が浮かぶ。

「う－ん、なんか、言葉にするのは難しいんですけど」

千葉さんはお代わりのキャベツが盛られるのをぼんやり眺めながら、頭をひねった。

「ああ、この人きっと幸せなんだろうなぁ。って思って」

想像のななめ上を行く回答だったし、答えになっていない。だがこの時点で俺も二人に、同じ会社の社員以上の興味を持っていた。だから黙って頷いた。

「社長の結婚相手で、会社の同僚で、コンペで賞もとって、テレビにも社員の代表で出て……っていう情報しか知らないと、持ってるカードだけで推理して神楽さんをどんな人か決めつけちゃう人だっているでしょう。なんか、それが嫌で」

彼女の言わんとすることが、頭の中でゆっくりと輪郭を持つ。

はたから見れば、俺は『お金目当てで社長に取り入った分不相応な一般人』『実力もないのに身《み》内贔屓《うちびいき》で結果を出した狡《ずる》い人間』だろう。

全てが普通なのにどうして彼が、と思う人間が大多数だと思う。卑屈や悲観からではなく、客観的に分析した結果だ。

そしてこれらは全て、一面を切り取って作り上げた神楽翔だということも理解している。

俺だって知ろうとしていなかった。だから今日まで、目の前の若者二人が大衆食堂で目を輝かせながら大盛りを食す人物だとは思いもしなかった。

「実物を見たら案外控えめで、でも全身から楽しそうなオーラが出ていて、ああ、なんか知らない部分が多いのが嫌だなって思ったんです。もっとこの人を知りたいなって。……うーん、なんか私の言いたいことまとまってないな。要くん、ヘルプ」

「大丈夫でしょ、多分伝わってる。ね、神楽さん」

前のめりになって聞き入っていた俺に、要さんが同意を促す。

「正直、最初は戸惑いましたけど、声をかけてくれて、知ろうとしてくれて、嬉しかったです。ありがとうございます」

わからない部分を埋めようともせずに、決めつける人間だって多い。けれど、こうして自らの手で足りないピースを埋めようとしてくれる人間もいるのだ。

俺も彼らのピースを見つけたいんだな、と頭を下げながら腑に落ちた。

「あの、良ければなんですが……連絡先とかって」

「えっ、良いの？　今度こそ社長に怒られない？」

思わず敬語が吹き飛んだ二人が、目を丸くして目を見かわす。しかしその間も、しっかりと自身のスマートフォンを操作して、関係を前進させるお膳立てをしていた。

「二人はそんなことを気にするタイプじゃないですよ……たぶん」

「たぶんなのか……こわいなあ……。あ、どうしよ、これ、私の連絡先なんだけど」

きっと二人は、大して不安ではないし遠慮もしていない。互いに淡々と操作を進めて、俺のスマートフォンには二人の連絡先が、二人のスマートフォンには俺の連絡先が登録された。

「アカウントの名前も、もう神楽なんすね」

「あ、はい」

「最近、名札の名前も神楽になりましたよね」

首からぶら下げた社員証を指さして、彼女が言う。

「取材の時に神楽って名乗ったから、それを機に全部変えたんです。もともとタイミングを逃してただけだったので」

「佐藤でも、神楽でも、似合ってますよ。うん」

佐藤翔も、神楽翔も、どちらも俺だ。愛する両親の存在の証であり、愛するパートナーと共に歩んでいる証だ。

「次は、蓮くんと蘭くんのことも知ってください。ぜひ」

「社長、大盛り食べるんすか?」

「ここじゃなくても、どこでも、いつでも。時間はいっぱいありますから」

それもそうか、と二人は声を合わせた。

相手だけが一方的に俺を知っているという居心地の悪さは、もうない。

彼らを知った。これからも時間をかけて、一つずつ『知らない』を埋めていきたい、とそう思った。

◆

並んで歩く彼の、期待と憂慮がないまぜになった視線が降ってくる。

彼の肩越しに眩しい太陽が広がっていた。熱気にゆらめく空気を、潮の匂いを運ぶ風が連れていく。

「一度ＯＫしちゃうと、次から次へと依頼が来るよね。さすがに選ばせてもらうけど。本来は翔の仕事じゃないし」

「二人が良いと思ったものなら、何でも受けますよ」

「本当に良いの？」

「うん、良いんです」

そう返して、俺は両隣にある掌を強く握った。

「デートなんだろ、敬語やめろよ」

「じゃあ、仕事の話はもうやめましょう」

ふっと鼻を鳴らして「そうだな」と蘭が口元を緩める。

「でも珍しいね、翔が『三人で街を歩きたい』なんて」

「うん、初めて言った」

「何かあったの？」

「ううん。何にも」

二人との関係を隠すつもりも、ひけらかすつもりもない。だけど、見知らぬ誰かに都合よく脚色されて娯楽の一部や鬱憤《うっぷん》のはけ口となるのは嫌だから、と躊躇《ちゅうちょ》していたのかもしれない。

「好きな時に好きな人と好きなことをして過ごしたいって、思っただけだよ」

群青色の海がさざめいて白波を立てている。

青空の下で、港沿いの森林公園をあてどなく歩いて、たわいもない話をする。そんなよくある休日のデートに、実はひそかに憧れていた。

やってみると案外なんてことはなかった。視線を感じたり、声をかけられたりすることはある。それ以外は、大切な人とともに幸せを築いているだけだ。

「へぇ……これ以上俺たちのこと惚れさせると、大変だよ」

「どんなふうに？」

「こんなふうに」

ふっと、蓮が腰を折った。温かいものが俺の身体に覆いかぶさってきて、心臓がびくりと拍動した。

「蓮くん、ここ、外」

「うん」

「だめだよ」

「好きな時に好きな人としたいことをしただけだよ」

もう、とため息を漏らすけれど、だんだん可笑しくなってきて、忍び笑いが漏れる。

「楽しいな」

「来週は、もっと楽しいところに行くか」

「え？　どこ？」

「温泉旅館、予約したから空けとけよ」

蘭の思いがけない提案に目を瞠《みは》る。

「本当に、連れて行ってくれるの？」

「当たり前だろ」

「え、蘭。聞いてないんだけど」

「今言ったからな。お前も空けとけよ、蓮」

二人と握った手を解いて、精一杯腕を伸ばして、愛する二人を抱きしめた。

「翔、ここ、外だよ」

さきほどの仕返しと言うように、おどけた声がする。それでも構わずに力を込めた。

「嬉しい、すごく、楽しみ」

行こう。蘭に髪を乾かしてもらいに。

職場でも外でもない場所で、二人とゆっくり触れ合うために。

「これ以上、好きになったらどうなっちゃうんだろう」

「どうもしない。そばにいるだけだ」

「大丈夫。俺たちはきっと、ずっと楽しいよ」

二人の言葉が全身にしみわたる。

根拠なんかなくたって、二人の言葉に賭けても良いと思った。

これから先、十年、二十年、いやもっと長い時間が経っても、俺は二人の隣にいて、二人を愛していていいのだ。

俺は満面の笑みを浮かべて蓮と蘭を見上げると、二人の頬にキスを落とした。

大好評発売中！

気がつくとゲームの世界にいたゲームオタクのタクミ。
困り果てていると過保護な団長ガゼルと美貌の副団長フェリクスが率いる黒翼騎士団に拾われる。彼らと王都へ向かう道中、タクミは偶然拾った刀を使ってモンスターを討伐していく。
ところが、この刀は驚異的な力を与える代わりに、発情状態にさせるアイテムだった！
すると、ガゼルとフェリクスがタクミを慰めようと迫ってきて——!?

無料で読み放題
今すぐアクセス！
アンダルシュ Web漫画

B6判 定価：748円(10%税込)
ISBN：978-4-434-33435-1

アンダルシュサイトにて好評連載中！

竜の恩恵を受けるパルセミス王国。その国の悪の宰相・アンドリムは、娘が王太子に婚約破棄されたことで前世を思い出す。同時に、ここが前世で流行していた乙女ゲームの世界であること、娘は最後に王太子に処刑される悪役令嬢で、自分は彼女と共に身を滅ぼされる運命にあることに気が付いた。そんなことは許せないと、アンドリムは策略をめぐらせ、王太子側の人間であるゲームの攻略対象達を陥れていく。ついには、ライバルでもあった清廉な騎士団長を自身の魅力で籠絡し——!? アルファポリス第7回BL小説大賞、ダークファンタジーBL、開幕！

無料で読み放題
今すぐアクセス！
アンダルシュ Web漫画

ISBN 978-4-434-33436-8
B6判 定価：748円(10%税込)

アンダルシュサイトにて好評連載中！

&arche COMICS
アンダルシュコミックス

毎週
木曜
大好評
連載中!!

春日絹衣
かどをとおる
きむら紫
黒川レイジ
しもくら
槻木あめ
辻本嗣
綴屋めぐる
つなしや季夏
戸帳さわ
森永あぐり
雪潮にぎり
Roa …and more

甘くて苦い僕たちは／
きむら紫

巻き添えで異世界召喚されたおれは、
最強騎士団に拾われる／
原作：滝こざかな　漫画：しもくら

半魔の竜騎士は、辺境伯に執着される／
原作：矢城慧兎　漫画：森永あぐり

異世界で傭兵になった俺ですが／
原作：一戸ミヅ　漫画：槻木あめ

毒を喰らわば皿まで／
原作：十河　漫画：戸帳さわ

萌ゆるハルに出会う僕ら／
かどをとおる

異世界でのおれへの
評価がおかしいんだが／
原作：秋山龍央　漫画：Roa

隠れΩの俺ですが、
執着αに絆されそうです／
原作：空飛ぶひよこ　漫画：春日絹衣

異世界でおまけの兄さん
自立を目指す～巡礼編～／
原作：松沢ナツオ　漫画：黒川レイジ

典型的な政略結婚をした俺のその後。／
原作：みなみゆうき　漫画：つなしや季夏

ふれる白雪／綴屋めぐる

腐男子の俺が陽キャ幼馴染に迫られてる件／
雪潮にぎり

最推しの義兄を愛でるため、
長生きします！／
原作：朝陽天満　漫画：辻本嗣

無料で読み放題
今すぐアクセス!
アンダルシュ Web漫画

BL webサイト
&arche
アンダルシュ

BLサイト
「アンダルシュ」で読める
選りすぐりのWebコミック!

この作品に対する皆様のご意見・ご感想をお待ちしております。

おハガキ・お手紙は以下の宛先にお送りください。

【宛先】

〒 150-6019 東京都渋谷区恵比寿 4-20-3 恵比寿ｶﾞｰﾃﾞﾝﾌﾟﾚｲｽﾀﾜｰ 19F
（株）アルファポリス　書籍感想係

メールフォームでのご意見・ご感想は右のＱＲコードから、
あるいは以下のワードで検索をかけてください。

アルファポリス　書籍の感想　検索

ご感想はこちらから

本書は、「アルファポリス」（https://www.alphapolis.co.jp/）に掲載されていたものを、
改題、改稿、加筆のうえ、書籍化したものです。

平凡《へいぼん》な俺《おれ》が双子《ふたご》美形《びけい》御曹司《おんぞうし》に溺愛《できあい》されてます

ふくやまぴーす

2024年 2月 20日初版発行

編集－山田伊亮・大木 瞳
編集長－倉持真理
発行者－梶本雄介
発行所－株式会社アルファポリス
〒150-6019 東京都渋谷区恵比寿4-20-3 恵比寿ｶﾞｰﾃﾞﾝﾌﾟﾚｲｽﾀﾜｰ19F
TEL 03-6277-1601（営業） 03-6277-1602（編集）
URL https://www.alphapolis.co.jp/
発売元－株式会社星雲社（共同出版社・流通責任出版社）
〒112-0005 東京都文京区水道1-3-30
TEL 03-3868-3275
装丁・本文イラスト－輪子湖わこ
装丁デザイン－AFTERGLOW
（レーベルフォーマットデザイン―円と球）
印刷－図書印刷株式会社

価格はカバーに表示されてあります。

落丁乱丁の場合はアルファポリスまでご連絡ください。

送料は小社負担でお取り替えします。


ISBN978-4-434-33455-9 C0093